곤충 극장

곤충 극장
Ze života hmyzu

카렐 차페크 희곡선집 김선형 옮김

**ZE ŽIVOTA HMYZU (1921), VĚC MAKROPULOS (1922),
BÍLÁ NEMOC (1937)**
by KAREL ČAPEK

이 책은 실로 페매어 제본하는 정통적인 사철 방식으로 만들어졌습니다.
사철 방식으로 제본된 책은 오랫동안 보관해도 손상되지 않습니다.

곤충 극장
7

마크로풀로스의 비밀
103

하얀 역병
231

역자 해설
인류여 불멸을 꿈꾸지 말라!
두 번의 세계 대전과 함께 완전 연소한 작가의 〈삶〉
325

카렐 차페크 연보
341

곤충 극장

등장인물

여행자, 교수

제1막 나비들
아파투라 이리스(암컷), 아파투라 클리티에(암컷)
펠릭스(수컷), 빅토르(수컷), 오타카르(수컷)

제2막 청소부와 약탈자
하루살이 번데기(암컷)
쇠똥구리 씨, 쇠똥구리 부인, 제3의 쇠똥구리
맵시벌, 맵시벌 유충, 귀뚜라미 씨, 귀뚜라미 부인
기생충, 시체 먹는 딱정벌레들

제3막 개미들
장님, 기술자 1(독재자), 기술자 2(참모총장)
발명가, 병참 장교, 기자
자선기금 모금자, 신호 장교
노란 개미 대장, 병정, 노동자, 장교, 전령
들것 운반병, 부상자들

에필로그
하루살이 세 마리, 하루살이 합창단, 민달팽이 두 마리

프롤로그

푸르른 숲 속 공터.

여행자 (무대 측면에서 비틀거리며 나온다. 실족해 넘어진다. 관객을 보고 고래고래 고함을 친다) 그래, 계속 웃어 봐! 웃기지, 안 그래? 빌어먹을. 다치지는 않았다고. 내가 어떻게 넘어졌는지 봤어? 화살처럼 똑바로 쓰러졌다고! 영웅처럼 말이야! 그건…… 인간의 타락을 재현한 거야! (땅바닥에 드러누워 팔꿈치를 괸다) 내가 취했다고? 천만의 말씀. 다른 게 다 핑글핑글 돌고 있는 거야. 핑글핑글……. (회전목마에 탄 듯 머리를 빙빙 돌리다가 미친 사람처럼 웃는다) 멈춰, 내릴 거야, 속이 메슥거린다고! (주위를 둘러본다) 이제 내 말 알겠어? 모든 게 핑글핑글 돌고 있다고. 이 행성 전체가. 전 우주가. 오로지 나를 위해서. 황송하기 짝이 없군. (옷매무새를 다듬는다) 미안하네 이거. 내가 지금 우주적 화음의 중심이 될 만큼 옷을 잘 차려입지 못해서 말이야. (모자를 벗어 땅바닥에 던진다) 거기, 거기가 이제 네 중심이다.

저걸 축으로 돌아, 튼튼하니까……. 그래, 짊어진 십자가 무게에 못 이겨 좀 넘어졌다. 어이, 작은 꽃, 곤드레만드레 취한 주제에, 하고 생각했지? 맑은 정신이라고 그렇게 고고하게 굴지 마. 캐모마일, 이건 베인 상처에 좋다지 — 자, 여기 내 심장 있다, 어디 고쳐 봐. 나한테 너 같은 뿌리가 있었으면 이렇게 여기저기 떠돌아다니지도 않을 텐데, 안 그래? (트림을 한다) 그리고 떠돌아다니지 않았다면 지금 내가 아는 걸 알지도 못했겠지. 별의별 걸 다 봤다니까, 암. 대규모 전쟁에도 참전해 봤고, 라틴어도 좀 배웠고, 손을 안 대본 일이 없어 — 삽으로 똥을 푸기도 하고, 길거리 청소부 노릇도 했지. 다른 사람들은 손도 안 대려고 하는 일들 말이야. 내가 그런 사람이야. 어딜 가나 사람들은 나를 알지. 인간, 사람들은 날 그렇게 불러. 이 인간아, 너는 체포다. 엉덩이 치워, 인간아. 꺼져, 이 인간아. 사람들이 나를 인간이라고 불러도 난 개의치 않아. 하지만 말이지, 내가 행여 〈이 인간아, 금화 한 닢 내놔〉라고 한다면 그들은 아마 줄행랑을 놓을걸! (관객 중 한 명에게 말을 걸며) 인간아, 너 무슨 문제 있냐? 나도 당신네들을 내 맘 내키는 대로 부를 거라고, 알았어? 나비, 쇠똥구리, 개미. 인간이든 곤충이든, 난 아무 상관 없어. 말썽은 내가 일으키는 게 아니니까. 하지만 관찰하게 되는 건 어쩔 수 없지. 땅에 뿌리를 박고 있다면 하늘이나 물끄러미 바라보련만. (일어나 무릎을 꿇고 앉는다) 저 위의 천국 말이지! 멋져! 평생 저길 쳐다보고 있어도 좋을 것 같아! (일어서서 또 다른 관객을 가리킨다)

그렇지만 난 그럴 수가 없어, 안 그래? — 나는 인간이라고! 동포인 인간들을 바라봐야만 해. 참 가관이지!

교수 (나비 채집망을 들고 킬킬 웃으며 무대 위로 올라온다) 아파투라 이리스! 아파투라 클리티에![1] 화장한 숙녀! 기가 막히게 근사한 종(種)이지! 잠깐…… 잡았다! 내 조그만 님프! 다시 사라졌네! 놓쳤군. 신중해야지. 기다렸다가, 부드럽게…….

여행자 어이 선생님, 실례지만 그 나비들은 왜 잡고 계시는 겁니까?

교수 쉿, 움직이지 말아요! 조심하쇼, 나비들이 당신 몸에 앉으려 하니까. 냄새가 나면 어디든 앉거든. 진흙. 똥. 시체. 그래, 그거야! 좋았어!

여행자 그냥 내버려 둬요. 지금 노닐고 있는데!

교수 무슨 소리요, 노닐고 있다니? 짝짓기 철이란 말이오, 이 인간아. 이건 교미를 위한 서곡이라고. 수컷이 암컷을 쫓으면 암컷은 도망가고, 체취를 발산하고, 구애하는 수컷을 옭아매는 거요. 수컷이 더듬이로 암컷을 간질이다가 결국 기진맥진해 쓰러지면 암컷은 계속 날아가고, 새롭고 더 튼실한 짝이 나타나고, 암컷은 또 도망가고, 체취로 새 수컷을 희롱하고, 그러면 사랑에 빠진 놈은 또 그 암컷을 쫓는 거지. 아아! 모르겠소? 자연의 법칙이 그래요. 사랑의 영원한 포옹이지. 영원한 투쟁. 영원하고 또 영원한 교미. 쉿, 이제 조용히 하쇼.

---

1 *Apatura iris*, *Apatura clythie*. 각각 나비의 종(種)을 가리키는 학명이다.

여행자 그러면 잡아서 나비들을 어떻게 할 겁니까?

교수 무슨 뜻으로 하는 소리요? 나비는 모두 분류해서 날짜를 적고 수집품 목록에 올려 둬야지. 채집망은 제일 고운 섬유로 만들어야 나비 날개 가루가 벗겨지지 않아요. 나비는 조심스럽게 가슴을 꼬집어서 죽여야 하지. 그다음에는 핀으로 꿰고 종이테이프로 쫙 펼쳐서 건조를 시킨다오. 스펀지에 나이트릴 한 방울을 떨어뜨려 먼지가 생기거나 좀이 슬지 않게 처리하지요.

여행자 그게 다 무슨 쓸모가 있습니까?

교수 자연을 사랑하는 거지. 댁은 이해를 못 할 거야, 이 인간아. 아, 또 나비들이 오는군. 신중해야지. 이번에는 잡고 말겠어! (황급히 퇴장한다)

여행자 영원한 포옹, 영원하고 영원한 사랑의 투쟁. 교수 말이 맞아. 난 만취한 게 아니야, 멀쩡하게 볼 수 있으니까. 모두 쌍쌍이야, 모두 커플이야. 하늘, 파리들, 나무들 ― 발정 나고 비벼 대고 밀치고 내동댕이치고. 나무 꼭대기의 새들 ― 내 눈에 안 띌 거라는 생각은 하지도 말라고! 그늘 속 거기, 뜨겁고 소리 없는 투쟁 속에서 몸과 몸을 맞대고 엉겨 붙은 너희들 ― 내 눈에는 보여! 영원한 교미, 영원히 몸과 몸을 휘감고……. 그래, 어쩌면 난 취했는지도 몰라. (눈을 가린다) 계속 사랑을 하라고. 난 안 볼 거야. 보느니 악을 지르고 말지. (무대에 어둠이 깔린다) 만물이 짝을 짓고 싶어 해. 어둠 속에 오로지 너희들, 덜컹거리는 길을 따라 헤매는 너희뿐이야. 사랑의 숨바꼭질에 심장을 열어 봤자 다 헛수고지만. 이 얘기는 그만하지. 교수 말대로 그게 자연의 현명한 법칙이야. 만물이 쌍쌍이야……. 꽃들이 만발한 아름다운 정원이 보이는군…….

배경 막이 올라간다.

 젊은 짝들, 아름답고 젊은 나비 커플들이 한없이 행복하게 날아다니며 유희를 즐기고, 사랑의 바람에 퍼덕거리며 끝없고 영원한 포옹을 하고 있네. 만물이 짝짓기를 원하니까 말이야. (눈을 가린다)

무대 조명이 들어온다.

 여기가 어디지?

제1막
나비들

만발한 꽃과 부드러운 쿠션들로 에워싸인 찬란한 파란색 공간. 거울들, 술집 바에서 쓰는 높은 스툴들, 칵테일이 담기고 스트로가 꽂힌 색색 술잔들이 놓여 있는 테이블.

여행자 (눈을 비비고 사방을 둘러보며) 어이, 뭐 이렇게 아름다운 곳이 있담! 이건 마치 — 이건 마치 천국 같잖아! 화가가 색칠한들 이보다 아름다울까. 게다가 이 향기 — 멋져!

클리티에가 깔깔 웃으며 무대 위로 달려 나온다.

여행자 나비들, 나비들이 노닐고 있어. 하루 종일이라도 쳐다볼 수 있지만, 이거 내가 너무……. (코트에 묻은 먼지를 턴다) 나비들한테 쫓겨나도 할 수 없지, 난 그냥 여기 누워 있어야겠어. (쿠션들을 쌓아서 작은 침대를 만든다) 맘에 안 드는 게 보이면 그냥 눈 감고 낮잠이나 자지 뭐. (드러눕는다)
펠릭스 (들어온다) 이리스는 어디 있지? 방금 꿀을 빨고 있는 걸 봤는데. 이리스, 이리스! 이리스에 맞는 운율을 찾을 수만 있다면! (쿠션들을 깔고 앉는다) 〈이리스 — 인챈트리스〉[2] 아니, 그건 영 아니야. 다른 걸로 해보자. 〈사랑은 내 심장에 다이아몬드 퀴라스[3]를 둘렀네.〉 퀴라스 — 이리스. 훌륭해! 그 앞에 뭔가 섬뜩하고 절망적인 게 있어야 되는데. 그래야 갑자기 반전으로 돌아서지. 〈그리고 심장은 빛나는 방패 같구나.〉 그녀가 나를 배반하면 운율이 맞는 알렉산드리아 시행으로 비가(悲歌)를 지어야지. 아, 괴로움은 시인의 운명이로다!

무대 뒤에서 깔깔거리는 웃음 소리가 들린다.

그녀야. (입구를 등지고 짐짓 우수에 젖은 듯 손으로 머리를 괸다)

이리스 (무대 위로 달려 나오고, 그 뒤로 빅토르가 따라 나온다) 안녕, 자기. 혼자 있어? 왜 그렇게 슬픈 거야?

펠릭스 (돌아서면서) 이리스! 이거 뜻밖이네!

이리스 왜 밖에서 놀지 않아? 바깥에 여자애들이 얼마나 많은데!

펠릭스 (벌떡 일어난다) 내가 여자들한테 관심 없는 거 알잖아, 이리스!

이리스 가엾은 우리 자기, 대체 왜?

---

2 *enchantress*. 주술을 걸어 미혹하는 여인.
3 *cuirasse*. 〈갑옷〉 혹은 〈흉갑〉을 뜻한다.

빅토르 아직은 관심이 없다, 이 얘기인가?

펠릭스 이제는 관심이 없다는 얘기야.

이리스 (쿠션들 사이에 앉는다) 저 소리 들었어, 빅토르? 내 면전에 대고 저런 소리를 한다니까! 이리 와, 이 무례한 남자 같으니. 나와 같이 앉아. 더 가까이, 더 가까이 와. 자, 이제 말해 봐, 자기. 여자들한테 관심이 없다고?

펠릭스 그래, 이제 여자들한테는 질렸어.

이리스 (깊이 한숨을 쉬며) 아, 남자들이란 어찌나 냉소적인지! 자기네 쾌락만을 위해서 산다니까. 단물을 다 빨아먹고 나서는 〈이제 질렸어〉라고 말하지. 여자로 태어나다니 참으로 끔찍한 일이지 뭐야!

빅토르 어째서?

이리스 우리는 질리는 법이 없으니까. 말해 봐, 펠릭스, 처음 사랑에 빠진 게 언제지?

펠릭스 기억이 안 나, 너무 옛날 일이라. 아직 학생 때였을 거야.

빅토르 그러니까 굼벵이 시절 말씀이시겠지. 잎사귀를 먹는 초록색 굼벵이…….

이리스 검은 머리였어, 펠릭스? 그 여자 예뻤어?

펠릭스 대낮처럼, 푸르른 창공처럼 아름다웠지. 그리고 어여쁘기가, 음, 마치…….

이리스 마치 뭐? 말해 봐, 빨리!

펠릭스 마치…… 마치…… 너 같았지!

이리스 내 사랑 펠릭스, 그 여자도 널 사랑했어?

펠릭스 몰라, 말도 걸어 본 적 없어.

이리스 아니, 그럼 대체 뭘 해본 거야?

펠릭스 멀리서 바라봤어.

빅토르 초록색 잎사귀에 주저앉아서 말이지?

펠릭스 습작을 했지 — 시며, 편지며, 첫 소설이며…….

빅토르 굼벵이가 할 수 있는 만큼 잎사귀도 어마어마하게 파먹고 말이지.

이리스 그렇게 못되게 굴지 마, 빅토르! 저것 봐, 펠릭스 눈가가 눈물에 젖어 촉촉하잖아. 정말 다정하지 않아?

빅토르 눈물? 천만에, 저 녀석의 눈은 앞에 있는 걸 보고 침을 질질 흘리는 거야.

이리스 말도 안 되는 소리, 펠릭스는 그런 애 아니야! 그렇지, 펠릭스?

펠릭스 맹세하지만 내 눈은 촉촉하지 않아.

이리스 어디 한번 봐. 내 눈을 들여다봐.

빅토르 하나…… 둘…… 셋…… 넷! 그 이상은 못 견딜 줄 알았어!

이리스 (깔깔 웃으며) 내 눈이 무슨 색이지, 펠릭스?

펠릭스 천국 같은 파랑.

이리스 아니, 아니야, 갈색이야! 누가 그러는데 황금빛 도는 갈색이래. 파란 눈은 도저히 못 봐주겠어. 너무 차갑고 열정이라곤 없단 말이야! 작고 가엾은 클리티에는 눈이 파랗거든. 걔 눈 좋아해, 펠릭스?

펠릭스 클리티에? 모르겠어 — 그래, 눈이 예쁘지.

이리스 흥, 저리 가. 그 애는 다리가 깡말랐단 말이야! 당신네 시인들은 말이야, 여자에 대해서 아무것도 몰라.

빅토르 펠릭스가 새로 지은 시 읽어 봤어? 계간지 봄 호에 실렸다고.

이리스 어서, 나한테 읽어 줘!

펠릭스 (쿠션들 사이에서 일어나려고 버둥거린다) 쓸데없는 짓! 네가 읽는 거 싫어! 낡았다고! 이제 그런 건 다 지난 일이야!

이리스 (그를 눌러 앉히며) 가만 앉아 있어, 펠릭스!

빅토르 (목청을 가다듬고) 제목은 「영원한 타락」이야.

펠릭스 (손으로 귀를 막는다) 그걸 읽는 건 금지야!

빅토르 (또박또박 강조해서 읽는다)

> 낮게, 더 낮게
> 세상은 퇴각하네
> 우리 삶은 그저 〈절반의 지구〉일 뿐
> 여자는 똑바로 누워 그걸 받아 네네.

이리스 기발하지 않아, 빅토르? 못됐어, 펠릭스. 대체 어디서 저런 생각을 한 거니?

빅토르 (계속 읽는다)

> 사랑은 합일하고자 분투하고
> 꿈들은 현실이 되기를 갈망하고

세상은 퇴각하네
그러니 내 사랑, 함께 추락하자

이리스 퇴각? 무슨 소린지 모르겠군. 그리고 합일은 또 뭐야?
빅토르 아, 그러니까 — 말하자면 — 목표에 도달한 사랑이라고나 할까.
이리스 어떤 목표?
빅토르 있잖아, 그렇고 그런 거.
이리스 저속하기 짝이 없네! 어떻게 이럴 수가 있어, 펠릭스! 너 무서운 애구나! 음탕해! 라틴어는 항상 그렇게 천박한 거니?
펠릭스 이리스, 이러지 마. 그저 워낙 한심한 시라 그런 거야!
이리스 왜 그렇게 한심해?
펠릭스 제대로 쓰질 못했어 — 아직은 말이야.
이리스 빅토르, 미안한데 내 부채 좀 찾아와 줄래? 정원에 두고 왔지 뭐야.
빅토르 난 신경 쓰지 마. 어차피 둘 사이에 끼고 싶지도 않았어. (퇴장한다)
이리스 자, 빨리, 펠릭스. 낱낱이 말해 줘! 알고 싶어!
펠릭스 이리스, 이리스, 어떻게 저 공작같이 거들먹거리는 놈을 참고 달고 다니는 거야?
이리스 빅토르 말이야?
펠릭스 저 닳고 닳은 늙은 염소! 저놈이 너를 대하는 태도는 굴욕적이야……. 그리고 사랑도, 전부 다. 저놈은 수치를 몰라. 그건…… 그건 잔인해! 어떻게 넌 그럴 수가 있니!

이리스 가엾은 빅토르, 참 위로가 되는 아이지. 하지만 빅토르 얘기는 그만해. 우리 시 얘기를 하자. 난 정말이지 시를 너무나 사랑해. 〈현실이 되고자 갈망하는 꿈들…….〉 (다시 쿠션들에 기대어 몸을 파묻고 올려다본다) 아, 펠릭스, 너에겐 틀림없이 커다란…… 재능이 있을 거야. 〈그러니 내 사랑, 함께 추락하자〉라니. 으음, 그 열정! 말해 줘, 펠릭스. 시인들은 지독하게, 지독하게 열정적이지? 그렇지?

펠릭스 오, 이리스, 난 그런 건 이미 까마득한 옛날에 겪고 지나왔어.

이리스 라틴어가 그렇게 무례하지 않으면 좋을 텐데! 난 다 참아도 음탕한 이름만큼은 못 참아. 여자는 부드럽게, 살살 다뤄야 한단 말이야, 펠릭스. 네가 지금 나한테 키스한다면, 거기에도 음탕한 이름을 붙일 거니?

펠릭스 감히 어떻게 너한테 키스를 해?

이리스 쉿, 자기, 너희 남자들은 뭐든지 할 수 있잖아. 내게 더 가까이 다가와 봐. 자, 말해 줘, 이 시는 누구를 위해 쓴 거야? 클리티에?

펠릭스 아니, 장담하지만 절대 —

이리스 그럼 누구?

펠릭스 맹세해. 아무도 아니야. 지상의 모든 여인들을 위해 쓴 거지.

이리스 (한쪽 팔꿈치로 땅을 짚고 몸을 일으키면서) 맙소사! 그러니까 너 정말로 합일 — 네가 뭐라고 했더라?

펠릭스 이리스, 신성한 모든 걸 걸고 맹세해!

이리스 (다시 쿠션들에 기대어 뒤로 누우며) 펠릭스, 이 바람 둥이! 말해 줘, 네 연인은 누구였니?

펠릭스 아무에게도 말하지 않겠다고 약속해 줄래?

이리스 약속해.

펠릭스 글쎄, 그러니까 한 명도 없었어.

이리스 그게 정말이야?

펠릭스 그래, 맹세해. 아직은.

이리스 너란 남자의 순진한 척이란! 거기 빠져 넘어간 여자가 몇이나 될까! 너희 남자들은 다 새빨간 거짓말쟁이야! 너는 위험한 놈이야!

펠릭스 내 명예를 걸고 말하는데, 나를 비웃어선 안 돼, 이리스! 상상 속에서 이미 끔찍한 괴로움을 겪었단 말이야! 끔찍한 낙담, 헤아릴 수도 없는 연애들 ─ 모두 내 꿈속에서. 시인에게 꿈은 현실이야. 나는 모든 여자들을 알지만 단 한 여자도 알지 못해, 이리스.

이리스 (팔꿈치에 기대어 몸을 일으키며) 그런데 왜 이젠 질렸다고 했어?

펠릭스 아, 이리스, 남자들은 누구나 자기가 가장 사랑하는 것을 파괴하기 마련이야.

이리스 까만 머리였어, 그 여자? 아니면 금발?

펠릭스 꿈이야, 이리스. 영원한 꿈.

이리스 〈현실이 되고자 갈망하는 꿈…….〉 아 펠릭스, 네 눈은 너무나 정열적이야! 네 재능은 틀림없이 어마어마할 거야! (쿠션들 사이에 푹 파묻히며) 지금 무슨 생각 하고 있어, 자기?

펠릭스 네 생각. 여자들은 수수께끼야.

이리스 그러면 수수께끼를 풀어 봐 — 여자를 가져! 하지만 부드럽게, 펠릭스, 부드럽게 가져야 해.

펠릭스 네 눈을 똑바로 볼 수가 없어.

이리스 그러면 딴 데를 봐.

펠릭스 이리스, 정말로 —

이리스 (벌떡 일어난다) 펠릭스, 난 오늘 기분이 째져! 여자라는 건 얼마나 바보 같은지! 내가 남자면 좋겠어. 그러면 정복하고 키스하고 유혹할 텐데……. 난 무시무시하게 정열적인 남자가 될 거야, 펠릭스! 난 그냥 — 원하는 걸 움켜쥘 거야. 거칠게, 폭력적으로……. 네가 여자애가 아니라니 정말 아쉽다. 아, 알겠다 — 너는 이리스가 되고, 나는 펠릭스가 되면 되지!

펠릭스 아냐 이리스, 펠릭스가 된다는 건 위험한 일이야. 기다리고 갈망하고 욕망한다는 뜻이니까…….

이리스 (황홀해하는 목소리로) 아냐 펠릭스, 만물을 욕망한다는 뜻이지!

펠릭스 그렇지만 만물을 욕망하는 것보다 더 큰 일이 있어.

이리스 그게 뭔데?

펠릭스 불가능을 욕망하는 거지.

이리스 (실망해서) 네 말이 맞아. 넌 언제나 옳아, 불쌍한 펠릭스. (일어선다) 빅토르는 뭐 하느라 이렇게 오래 걸리는 거지? 네가 대신 좀 불러 줄래?

펠릭스 (벌떡 일어난다) 내가 기분 나쁘게 했어, 이리스? 내가 말을 너무 많이 했어?

이리스 (거울에 비친 자기 모습에 감탄하며) 가엾은 펠릭스, 넌 너무 말을 너무 적게 해서 탈이었어!

펠릭스 불가능을 욕망한다니, 이리스 — 그따위 소리를 하다니 내가 미쳤었나 봐.

이리스 적어도 무례하긴 했지. 너한테 얼마나 힘든 일인지는 모르지만, 자기 때문에 난 절망스러워. 여자하고 같이 있을 때는 불가능을 욕망한다는 소리를 하면 안 되는 법이야. 여기, 이 자리에 없는 거니까.

펠릭스 그렇지만 불가능은 여기 있는걸.

이리스 어디?

펠릭스 (거울을 가리키며) 저기, 거울 속에 비친 네 모습에, 이리스!

이리스 (깔깔 웃으며) 거울 속 내 모습? 너, 거울 속 내 모습을 사랑하는 거니? (거울 쪽으로 두 팔을 뻗는다) 자, 봐, 거울 속 내 모습이 네 말을 들었어. 안아 줘! 키스해 줘, 어서!

펠릭스 닿을 수 없는 곳에 있잖아. 마치 너처럼.

이리스 (돌아서서 그를 본다) 내가, 닿을 수 없다고? 어떻게 알아?

펠릭스 그걸 모른다면, 널 사랑하지도 않을 테니까.

이리스 펠릭스, 내가 네 손길이 닿을 수 없는 데 있다니 정말 안됐다!

펠릭스 참된 삶은 오로지 우리 손길이 닿을 수 없는 데 있는 법이야.

이리스 그렇게 생각해? (그의 머리채를 잡고 끌어당기며 노래한다) 〈연인이여, 함께 추락하자.〉

펠릭스 그 한심하기 짝이 없는 시 얘기는 이제 그만!

이리스 그러면 어서, 새로운 시를 내게 바쳐! 정말로 열정적인 시를 말이야!

펠릭스

죽음이여 어서 오라, 내 간절한 애원을 들어 다오
언젠가 내 심장이 뛰던 곳 저기에
이제는 벌어진 상처가 피를 흘리고 있네.
그러나 새로운 사랑이 천사의 옷을 주고
다이아몬드처럼 단단한 하니스[4]를
사랑의 새 갑옷으로 주었으니
이 모든 건 다 이리스, 이리스, 이리스 덕분이네!

이리스 이리스, 하니스 — 매혹적이기 짝이 없네!

클리티에 (무대 밖에서) 이리스! 이리스! 이리스!

이리스 개가 오네. 혐오스러운 자기 남자를 데리고. 하필이면 우리가 이제 막 —

클리티에 (깔깔 웃으며 달려온다) 어떡해, 이리스! 오타카르가 방금 뭐라고 했느냐 하면 — 미안, 펠릭스, 널 못 봤지 뭐야. 우리 귀여운 꼬마는 오늘 어때? 이리스, 이 친구 놀

---

[4] *harness*. 〈마구(馬具)〉를 뜻한다.

리고 있었던 거야? 얼굴이 새빨개졌네!

오타카르 (달려 나온다) 잡았다, 클리티에! (다른 사람들을 본다) 아, 정말 미안하군, 이리스! 잘 지내지, 친구?

펠릭스 (쿠션들 속으로 꺼지듯 주저앉으며) 으음!

이리스 무슨 일로 이렇게 흥분해서 잔뜩 달아오른 거야, 클리티에?

클리티에 오타카르하고 술래잡기를 하고 있었지.

오타카르 어찌나 빠른지 도무지 따라잡을 수가 없었어.

빅토르 (무대로 나온다) 자, 최고의 선남선녀들이 여기 다 모였군. (클리티에에게 경례를 붙이며) 안녕하시오, 젊은 연인들.

클리티에 휴, 목말라! (빨대로 칵테일을 홀짝 마신다)

이리스 얘, 기대서 쉬어. 너 몰골이 말이 아니야. 쟤 또 살이 빠진 것 같지 않아, 빅토르?

클리티에 고마워, 얘. 넌 꼭 우리 엄마 같다니까.

빅토르 어제 가든파티에 갔었어?

클리티에 어제 일을 누가 신경이나 쓴다고 그래? 이제는 까마득한 고대 역사가 된걸!

이리스 (클리티에에게) 이리 와, 내 친구. 보디스[5]가 찢어졌네. 뭘 하고 다닌 거야?

클리티에 오카타르가 잡아당겼나 봐, 내 ―

이리스 네 목을?

클리티에 그이를 좀 봐. 다리밖에 없잖아. 어이, 다리 아저씨!

오타카르 미안한데 뭐라고 했지?

---

5 *bodice*. 드레스의 상체 부분.

빅토르 그럼 나는?

클리티에 넌 혀밖에 없지. 네가 날 볼 때면 꼭 온몸에 침을 질질 발라 놓는 기분이라고. 어휴!

이리스 너 정말 못됐다, 클리티에! 그럼 펠릭스는?

클리티에 가엾은 아가, 어찌나 슬픈지! (그의 몸을 털썩 깔고 앉는다) 문제가 뭐야, 우리 꼬마 왕자님?

펠릭스 난 사색 속에서 길을 잃었어.

클리티에 그럼 그 길로 꺼져 버려! 넌 생각이 너무 많아!

펠릭스 남자는 뇌가 있으니까. 그걸 사용해 한다고.

클리티에 그럼 여자는?

펠릭스 오용해야지.

클리티에 (일어선다) 이 끔찍스러운 남자는 날 미워해.

빅토르 멋지군, 증오라 — 그건 사랑의 첫 단계지.

이리스 펠릭스와 사랑? 말도 안 되는 소리 마. 펠릭스가 여자에 대해 뭐라고 했더라?

펠릭스 이리스, 제발 부탁이야.

이리스

　　우리 삶은 그저 〈절반의 지구〉일 뿐
　　여자는 똑바로 누워 그걸 받아 내네.

빅토르 펠릭스, 이 늙은 나방 같으니. 그렇게 많은 여자들을 정복한 줄은 몰랐군.

오타카르 하하하! 환상적인데! 똑바로 누워서!

이리스 〈현실이 되고자 갈망하는 꿈들……〉

클리티에 잠깐, 아직 오타카르가 웃음을 그치지도 못했잖아.

오타카르 하하하!

펠릭스 이 시를 낭독하는 건 이제 금지야! 이 단계는 내게 이미 옛날 얘기라고!

이리스 펠릭스는 정말 지독하게 재주가 많다니까. 이리스와 운율이 맞는 단어를 찾아 줄 사람이 달리 누가 있겠어?

클리티에 네 곱절이나 뚱뚱하리스?

펠릭스 빌어먹을, 제발 조용히들 좀 해!

오타카르 하하하! 이리스, 네 곱절이나 뚱뚱하리스!

이리스 (이를 악물고) 넌 시에 대해 뒤틀린 개념을 갖고 있어.

빅토르 뭘 기대하는 거야? 클리티에의 재주는 자유롭고도 개방적으로 흐른다고!

이리스 그 말은 맞아, 빅토르.

오타카르 하하하! 자유롭고 개방적이래 — 마음에 드는데!

클리티에 펠릭스, 이리스에 맞는 운율을 잘 조절했니? 아니면 그냥 너무 빨리 흘러 버렸니?

이리스 가만 좀 내버려 둬. 이이가 나한테 얼마나 멋진 시를 바쳤는지 아무도 못 믿을걸.

클리티에 말해 봐, 이리스. 당연히 시적이시겠지.

이리스 이리스 — 단단한 하니스!

빅토르 뭐라고?

이리스 〈단단한 하니스〉라고!

클리티에 이런 펠릭스, 조잡하기 짝이 없다! 정말 그런 말을 했어?

이리스 조잡하지 않아. 뭐가 조잡해?

클리티에 하니스를 끌고 들어오는 모습을 상상해 봐. 꼭 여자가 잡아탈 말이라도 되는 것처럼!

오타카르 하하하! 늙은 암말에 하니스를 씌운다니, 기막히군!

펠릭스 (벌떡 일어난다) 그건 다이아몬드 하니스라고!

이리스 저리 가, 이 서투른 애송이. 이젠 진짜 지긋지긋해.

빅토르 어이, 나 하나 생각났다! 펠릭스 오줌싸개[6]!

이리스 진짜 기발하다, 빅토르!

클리티에 세상에, 빅토르가 운율을 맞추다니!

오타카르 하하하! 〈펠릭스〉, 〈오줌싸개〉! 훌륭한데!

클리티에 눈이 어찌나 촉촉하신지. 그런 눈으로 날 보지 마. 나까지 눈물이 나겠네!

오타카르 허, 시란, 아무 의미도 없단 말이야!

빅토르 모두 거짓말이고 도망치기지.

이리스 아니, 아니야! 시는 정서에 대한 거야!

오타카르 〈오토〉, 〈모토〉. 쉽잖아!

빅토르 아주 남성적인 운율이군, 오토.[7]

클리티에 빅토르, 우리에게 남성적인 운율을 지어 줘. 평생 한 번만이라도 남자다운 일을 좀 해봐.

오타카르 오토, 오토, 사랑은 그의 모토!

이리스 네겐 엄청난 시-시-시적 재능이 있어, 오토. 어째서 시를 한 번도 쓰지 않은 거야?

---

6 *pee licks*. 〈펠릭스〉와 발음이 비슷하다.
7 오토Otto는 오타카르Otakar의 애칭이다.

오타카르 무엇에 대해서?

이리스 사랑에 대해서. 나는 시를 숭배해.

오타카르 호호호! 우리 시인들은 — 항상 한 줄기 영감을 찾아 헤매지!

클리티에 (하품을 하며) 이제 그만! 내 영혼은 문학에 물려 버렸다고.

오타카르 네가? 너는 영혼 빼면 시체잖아.

클리티에 그리고 나는 끔찍하게, 아주 끔찍하게 연약해.

이리스 〈변덕쟁이 클리티에〉.[8] 내가 너 같지 않아서 정말 다행이지 뭐니.

클리티에 너는 전혀 다르지. 워낙 덩치부터 전함처럼 튼튼하시니까.

빅토르 귀담아듣지 마, 이리스! 클리티에가 우리한테 보여줄 거라고는 영혼밖에 없다니까.

클리티에 그보다 훨씬 많아, 빅토르.

빅토르 예를 들면?

클리티에 문이라든가 내 등이라든가.

빅토르 그쪽도 절벽이겠지, 아마?

이리스 (깔깔 웃으며) 오, 빅토르, 내가 키스해 줄게! 난 위트 있는 남자가 정말 너무 좋더라! 어서 와, 나 잡아 봐라! (무대 밖으로 달려 나간다)

빅토르 기다려, 기다리라고, 잠깐만! (뒤를 쫓아 달려 나간다)

클리티에 다리에 털이 북슬북슬한 나나니벌 같으니!

---

8 *Flighty Clythie*. 계속 운율을 맞추며 말장난을 하고 있다.

오타카르 하, 음!

클리티에 (오타카르에게) 너도 입 닥쳐, 멍청아! 펠릭스!

펠릭스 (뛰어온다) 응?

클리티에 어떻게 넌 저 뚱뚱하고 늙은 왜알락꽃벌 같은 걸 사랑할 수가 있어?

펠릭스 이리스 말이야? 바보 같은 소리 마. 그건 오래전 일이야. 이젠 다 끝났다고.

클리티에 이리스는 지독하게 편협해. 다리도 꼭 꿀벌 똥꼬같이 생겼고. 아, 펠릭스, 너는 갓 부화한 거나 마찬가지지! 그래서 아직도 여자들에 대해 청춘다운 환상을 갖고 있는 거구나!

펠릭스 맹세하지만 이제 그 단계는 지났다니까, 클리티에! 이제 날개에 가루도 붙어 있단 말이야!

클리티에 펠릭스, 넌 암컷들을 몰라. 이리 와서 내 곁에 앉아 봐. 우리가 어떤지 넌 전혀 모른다니까. 우리의 어리석은 견해, 우리의 지평, 우리의 주둥이 — 아흐!

펠릭스 정말이야, 나 벌써 날개에 가루도 생겼어!

클리티에 요새는 젊음이 대세야. 정말 모던하지 뭐야! 아, 젊고, 나비에다, 시인이라니……!

펠릭스 그만둬, 클리티에, 청춘의 숙명은 시련이야. 그리고 시인의 숙명은 백배의 시련이고. 내 말은 믿어도 좋아.

클리티에 아니, 아니야, 시인은 큰 소리로 웃어야만 해. 주둥이를 쭉 풀고 삶의 달콤한 즙을 만끽해야 한다고! 펠릭스, 널 보면 내 첫사랑이 생각나!

펠릭스 그게 누구였는데?

클리티에 사실은 딱히 없었지만. 빅토르나 그저 그런 수컷들 — 내게는 다 혐오스러워. 이렇게 하면 되겠다. 펠릭스, 너랑 나랑 여자 친구가 되자!

펠릭스 여자 친구?

클리티에 솔직히 너 사랑에 관심 없잖아, 안 그래? 사랑은 너무 조잡하니까. 나는 뭔가 숭고한 걸 원해 — 순수하고 특이하고 새로운 거.

펠릭스 시?

클리티에 어쩌면. 내가 너를 얼마나 사랑하는지 봐.

펠릭스 잠깐. (흥분해서 벌떡 일어난다)

> 아이의 눈 속에 들어오듯
> 작은 햇살 한 줄기 파닥거리며
> 내 심장 속으로 들어왔네
> 그녀가 내게 와 미소 지었네
> 양귀비 씨앗처럼 붉게
> 수줍은 꽃을 피우며
> 그녀가 내게 선물을 내밀었지…….

클리티에 (일어난다) 그다음은 어떻게 돼?

펠릭스 아직 도입부밖에 없어. 결말을 꼭 써줄게. (날아간다) 지금까지 써낸 그 어떤 작품보다 훌륭할 거야!

클리티에 에휴! (더듬이를 꼬며 그녀를 빤히 쳐다보고 있는 오타카르 쪽으로 돌아선다) 뭐 하고 있어? 주둥이 가지고 장난은 그만 치시지, 키다리 아저씨!

오타카르 (그녀를 놀리며) 내 것이 되어 줘! 내 것이 되어 줘! 내 것이 되어 줘!

클리티에 그 다리 치우지 못해!

오타카르 내 것이 되어 줘! 이제 우리는 약혼한 거다! 난 기다릴 수가 없 —

클리티에 오토, 오토, 자기는 끔찍하게 잘생겼지만 말이야…….

오타카르 난 자기를 엄청나게 사랑해! 내 것이 되어 줘!

클리티에 흉부에서 쿵쿵 울리고 있는 네 심장 소리를 들어봐! 하아, 해봐!

오타카르 하아!

클리티에 다시!

오타카르 하아아!

클리티에 네 가슴이 우레처럼 울리고 있어! 너는 너무나 크고 강해!

오타카르 클리…… 클리…… 클리……. 내 것이 되어 줘!

클리티에 농담이시겠지!

오타카르 나…… 나는…… 원해! (그녀를 붙잡는다) 내 것이 되어 줘!

클리티에 (도망치며) 내가 댁의 알을 품어 주길 원하시는 거겠지!

오타카르 너를 숭모한다고!

클리티에 (깔깔 웃으며 파닥거리고 날아간다) 저리 가. 너 때문에 내 몸매가 망가질 거야!

오타카르 나는 원해, 원한다고……!

클리티에 (여전히 웃으며) 기다려. 기다리라니까. 좀 참아 보라고!

오타카르 (그녀를 쫓아 날아가며) 클리티에, 내 것이 되어 줘!

둘 다 날아가 버린다.

여행자 (똑바로 일어선다) 저런 거지. 사랑의 찬란한 퍼레이드란 말이야. 사실 우스꽝스러운 거야, 영원한 구애 — 작은 곤충 다리, 비단처럼 부드러운 날개 아래 살랑대는 꽁무니. 해묵은 얘기라고. 그저 사랑일 뿐이야!

클리티에 (다른 쪽에서 계속 날아다니면서 거울을 보고 화장을 덧칠한다) 아휴! 겨우 떨어냈네!

여행자 아, 이런 살롱에 모이는 부류들이 시를 논하며, 얄팍하기 짝이 없는 빨대로 삶의 기쁨을 홀짝거리니! 아, 이 달콤한 전율과 불화! 영원한 욕구 불만에 찬 영원한 연인들의 영원한 거짓말. 아, 다 지옥에나 가버리라고 해. 그저 곤충에 불과한걸.

클리티에 (파닥거리며 그에게 날아온다) 당신은 나비인가요?

여행자 (모자를 휘저어 나비를 쫓으며) 아니, 나는 인간이야.

클리티에 그게 뭐죠? 살아 있는 건가요?

여행자 아마 그럴걸.

클리티에 (파닥거리며 그의 주위를 돈다) 사랑도 하나요?

여행자 그래, 하지. 나비와 마찬가지로.

클리티에 그거 흥미롭군요! 당신이 걸친 그 검은 가루는 뭐예요?

여행자 이건 흙먼지야.

클리티에 그 근사한 향기는 뭐죠?

여행자 똥과 땀이지.

클리티에 그 향기 때문에 미치겠네요. 너무나 새로워요!

여행자 저리 꺼지지 못해, 이런 걸레 같으니!

클리티에 날 잡아요. 날 잡아 봐요!

여행자 꺼져, 헤픈 년!

클리티에 (파닥거리며 바짝 다가붙는다) 냄새 좀 맡아 볼래요. 당신 냄새가 어떤지 좀 보게요. 음, 이런 냄새는 처음 맡아 보는데요.

여행자 전에도 너 같은 여자를 본 적이 있어. 그 여자도 아주 좋아 죽었지. 내가 왜 그토록 그녀를 사랑했을까? (클리티에를 움켜쥐고) 난 그 작은 벌레 같은 몸을 이렇게 애무하며 간청했어. 하지만 그 여자는 내 면전에서 깔깔 웃었고 난 그녀를 보내 줬지. 죽여 버렸어야 했는데. (놓아준다) 꺼져 버려, 작은 나방, 다시는 보고 싶지 않아.

클리티에 당신, 웃기는 사람이군요! (거울 앞에서 코에 분칠을 한다)

여행자 체취에 흠뻑 젖어서 그거나 구걸하는 꼬마 집시 —

클리티에 (그에게 다가온다) 더 해줘요! 당신이 날 보고 꺼지라고 말하는 게 좋아요! 당신은 너무나 강인해요!

여행자 이건 또 뭐야, 염병할 벌레 같으니! 더 해달라고? 꽁무니를 찰싹 쳐서 얼굴이 화끈 달아오르게 해줄까?

클리티에 사랑해요, 흠모해요!

여행자 (뒷걸음질을 치며) 저리 가, 혐오스러운 벌레야!

클리티에 그러는 당신은 얼간이고! (거울 앞에서 날개를 빗질한다)

이리스 (후끈 달아올라 돌아온다) 자기야, 나 마실 것 좀 줘!

클리티에 어디 갔다 온 거야?

이리스 (빨대로 홀짝거리며 마신다) 밖에. 휴, 너무 덥다!

클리티에 너 빅토르랑 뭐 했어?

이리스 빅토르? 어느 빅토르? 아, 그렇지, 기억난다. (깔깔 웃는다) 재미있었어. 어찌나 웃었는지!

클리티에 빅토르가 재미있다고?

이리스 잠깐만 기다려 봐, 너도 머리가 빠지도록 웃게 될걸. 〈기-기-기-기다려.〉 그런 거 있잖아. 내일이라고는 없는 것처럼 죽도록 쫓아오는 거 — 그런데 갑자기 어마어마하게 큰 새가 나타나더니 그를 꿀꺽 삼켜 버렸어!

클리티에 설마!

이리스 사실이야, 맹세해! 순식간에 말이야! 사라져 버렸다니까! 얼마나 웃었는지 몰라. (쿠션들 사이로 파고들어 얼굴을 묻고 히스테리를 일으키듯 웃어 댄다) 아, 나-나-남자들이란!

클리티에 누구? 빅토르?

이리스 아니, 오타카르 말이야. 빅토르는 새한테 먹혔잖아.

상상을 해봐. 그러고서 1분 후에 너의 작은 오타카르가 눈이 툭 불거진 채 나타나더니, 활활 타올라서는 곧장 — 곧장 — 하하하하 —

클리티에 곧장 뭐?

이리스 곧장 내 안으로 직행했다고! 〈사랑해! 우리는 약혼했어! 영원히 내 것이 되어 줘!〉 어쩌고저쩌고하면서 말이야. 그러더니 쑥 들어오는 거야! 쾅!

클리티에 그래서 넌 어떻게 했어?

이리스 〈나가, 나가!〉 내가 말했지. 그렇지만 그는 아랑곳 않고 계속했어. 〈나-나-나, 너를 엄청나게 사랑해! 내-내-내 것이 되어 줘!〉

펠릭스 (손에 시 한 수를 들고 날아온다) 여기, 클리티에, 다 썼어! 들어 봐. (벅찬 감정을 담아 읽는다)

> 아이의 눈 속에 들어오듯
> 작은 햇살 한 줄기 파닥거리며
> 내 심장 속으로 들어왔네
> 그녀가 내게 와 미소 지었네
> 양귀비 씨앗처럼 붉게
> 수줍은 꽃을 피우며
> 그녀가 내게 선물을 내밀었지…….

이리스가 머리를 베개에 묻고 히스테리를 일으키듯 웃어 댄다.

펠릭스 (낭독을 멈추고) 뭐가 잘못됐어?

이리스 (흐느끼며) 짐승! 괴물! 목을 졸라 버리고 싶어!

클리티에 누구? 오타카르?

이리스 (흐느끼며) 이제 그 녀석 알을 낳게 될 거야! 짐승! 알이라니! 내 몰골은 흉측해지겠지!

펠릭스 들어 봐, 클리티에. 이게 새로 쓴 부분이야.

> 양귀비처럼 만개하며
> 그녀가 얌전히 내게 선물을 내밀었네
> 그녀가 말했지, 그건 나야, 내 미스터리야.
> 왜냐하면 나는 나 자신에게 미스터리거든.
> 생명으로 보글거리며 촉촉한,
> 이렇게 꽃피는 나는 아이일까?
> 이렇게 유혹하는 나는 여인일까?
> 아, 보여 줘, 나는 그 방법을 알지 못하니.

이리스 (일어선다) 아휴, 머리가 엉망이 됐네.

클리티에 꼴 한번 못 봐주겠다, 얘. 잠깐만. (이리스의 머리를 손질해 주며 조용히) 뚱돼지!

이리스 아하, 질투를 하신다? 오타카르는 정말 죽여주더라! (날아가 버린다)

펠릭스 들어 봐, 클리티에, 여기가 제일 좋은 부분이야.

> 생명으로 보글거리며 촉촉한

이렇게 꽃피는 나는 아이일까?
　　　이렇게 유혹하는 나는 여인일까?
　　　아, 보여 줘, 나는 그 방법을 알지 못하니.

클리티에　네 시 따위 저리 치워. 저 뚱돼지 같으니! (날아가 버린다) 어딘가 또 다른 남자가 있을 거야.

펠릭스　(그녀를 뒤쫓으며) 잠깐만! 아직 남았단 말이야. 다음에 사랑 부분이 나온단 말이야!

여행자　멍청이!

펠릭스　아니, 여기 누가 있었어요? 잘됐네! 당신한테 결말을 읽어 주면 되겠어요!

　　　이렇게 유혹하는 나는 여인일까?
　　　아, 보여 줘, 나는 그 방법을 모르니.
　　　말해 줘요, 세상이여, 무슨 뜻인지…….

여행자가 펠릭스를 털어 내버린다.

펠릭스　(약간 멀리 날아가며)

　　　말해 줘요, 세상이여, 무슨 뜻인지
　　　내 뺨에 새롭게 피어나는 이 홍조는…….

여행자가 펠릭스를 잡으려고 쫓아간다.

펠릭스　(팔짝팔짝 뛰며 도망친다)

　　　　나는 여인이며 나는 사랑한다!
　　　　나는 생명이며 나는 꽃피운다!
　　　　나는 여인이며 나는 사랑한다
　　　　그렇다, 처음으로 나는 사랑한다!

　　아시겠죠? 그건 클리티에예요! (날아가 버린다)

여행자　(객석을 향해 팔을 휘휘 저으며) 빌어먹을 나비들 같으니!

　　막이 내린다.

제2막
청소부와 약탈자

 듬성듬성 풀이 돋아 있는 모래 언덕. 풀잎이 나뭇등걸만큼이나 두껍다. 왼쪽에는 맵시벌의 굴이, 오른쪽에는 버려진 귀뚜라미 둥지가 있다. 여행자는 무대 앞쪽에 누워 잠들어 있다. 풀잎에 붙은 번데기 하나가 시체를 먹는 벌레 떼에 습격을 당하고 있다. 연약하게 생긴 딱정벌레가 무대 왼쪽에서 달려 나와 번데기를 풀잎에서 떼어 낸다. 또 다른 청소부 딱정벌레가 처음에 나온 녀석을 쫓아 버리고 번데기를 끌고 가려 한다. 세 번째 딱정벌레가 프롬프트 박스[9]에서 튀어 올라와 두 번째 딱정벌레를 쫓아 버리고 번데기를 질질 끌고 간다.

번데기 나, 나, 나야!

 세 번째 청소부 딱정벌레가 다시 프롬프트 박스로 후다닥 들어간다. 첫 번째 딱정벌레가 왼쪽에서 황급히 뛰쳐나오고, 두 번

---

 9 *prompt box.* 연극 공연 중 배우에게 동작이나 대사를 알려 주는 사람이 있는 곳.

째 딱정벌레는 오른쪽에서 달려 나오더니 번데기를 놓고 싸움을 벌인다. 세 번째가 프롬프트 박스에서 뛰어 올라와 다른 녀석들을 쫓아 버리고 아까 끌고 가던 번데기를 계속 끌고 간다.

번데기 지구 전체가 갈라지고 있어! 내가 탄생하고 있는 거야!
여행자 (고개를 든다) 무슨 일이지?

세 번째 딱정벌레가 다시 프롬프트 박스로 후다닥 뛰어내린다.

번데기 위대한 일들이 곧 일어날 거야!
여행자 잘됐네. (머리를 땅에 누인다)

침묵.

남자 목소리 (무대 밖에서) 썩 비키지 못해, 이 늙어 빠진 푸대 자루야!
여자 목소리 지금 나한테 하는 말이야?
남자 목소리 그럼 누구겠냐? 이 덜떨어진 말벌아.
여자 목소리 개미 같으니!
남자 목소리 등에 같으니!
여자 목소리 괄태충!
남자 목소리 나방!
여자 목소리 똥벌레!
남자 목소리 거지!

여자 목소리 똥자루!
남자 목소리 어이, 우리 작은 똥 덩어리 좀 잘 보란 말이야!
여자 목소리 조심해!

   거대한 공 모양의 똥 덩어리가 천천히 무대 위로 굴러 올라온다. 쇠똥구리 두 마리가 밀고 있다.

쇠똥구리 씨 잘되고 있어?
쇠똥구리 부인 아이고, 하느님 맙소사! 당신 때문에 기겁했잖아! 이제 됐어, 여보?
쇠똥구리 씨 우리의 세계, 우리의 수도, 우리의 둥지 알, 우리의 소중한 똥 무더기!
쇠똥구리 부인 우리의 빛나는 똥 무더기! 온통 황금빛이고 질척질척하고!
쇠똥구리 씨 우리의 기쁨이자 행복! 어떤 희생도 과하지 않아. 여기서 조금, 저기서 조금, 아끼고 모았지. 불평하는 건 절대 아니야…….
쇠똥구리 부인 하루 종일 서서 아주 작은 똥 덩어리들을 수백 개씩 갈퀴로 긁어모았단다. 너를 위해서. 너를 빚고 네 형태를 만들고 또 보관하고…….
쇠똥구리 씨 네 속을 채우고 동그랗게 다듬고 말이야. 우리의 빛나는 커다란 태양!
쇠똥구리 부인 우리의 황금빛 찬란한 덩어리!
쇠똥구리 씨 우리의 목숨!

쇠똥구리 부인 우리의 세계!

쇠똥구리 씨 좀 고약한 냄새를 풍기긴 하지만 말이지, 녀석! 와서 이 녀석 묵직한 것 좀 느껴 봐, 여보! 멋지군!

쇠똥구리 부인 천국의 선물!

쇠똥구리 씨 신의 너그러운 은혜!

번데기 세계의 사슬이 갈라지고 있어, 새로운 삶이 시작되고 있어, 내가 세상으로 나가고 있어!

여행자가 고개를 든다.

쇠똥구리 씨 (너털웃음을 웃으며) 쇠똥구리 부인.

쇠똥구리 부인 왜, 무슨 일인데? (같이 웃기 시작한다)

쇠똥구리 씨 재물, 난 재물이 너무 좋아! 온전한 나의 것! 개인의 꿈!

쇠똥구리 부인 우리 노동의 결실!

쇠똥구리 씨 난 좋아서 미쳐 버릴 거야 — 아니면 걱정하다가 돌거나. 틀림없어.

쇠똥구리 부인 아니 왜?

쇠똥구리 씨 걱정, 책임감 때문에! 이제 하나 생겼으니 또 한 덩어리 만들기 시작해야겠군. 그 고생을 또 해야 한다니!

쇠똥구리 부인 아니, 또 만들어서 어디다 쓰게?

쇠똥구리 씨 그러면 두 개를 갖게 되잖아, 멍청한 여편네야! 작은 둥지 알이 두 개라니, 상상을 해보라고! 어쩌면 세 개가 될 수도 있지. 봐, 하나 끝내자마자 당장 새로 시작해야 한다고.

쇠똥구리 부인 그래야 두 개가 생기니까.

쇠똥구리 씨 아니면 세 개.

쇠똥구리 부인 쇠똥구리 씨!

쇠똥구리 씨 이번엔 또 뭐야?

쇠똥구리 부인 누가 훔쳐 가면 어쩌지?

쇠똥구리 씨 우리 아기를? 사람 간 떨어지게 하지 마, 이 여자야, 제발 좀!

쇠똥구리 부인 다음 걸 만드느라 저 아이를 굴려 주지 못하면 어떻게 될까?

쇠똥구리 씨 숨겨 놓자. 어디 잘 챙겨 두는 거지. 투자를 하는 거야. 깊고 예쁜 굴을 하나 파서 어디 안전한 데 묻어 놓자.

쇠똥구리 부인 아무도 못 찾으면 좋겠는데!

쇠똥구리 씨 우리 꼬마 황금 덩이를 두고 그런 소리는 하지도 마! 자, 이제 여기서 기다리면서 잘 지키고 있어. 움직이면 안 돼. (황급히 사라진다)

쇠똥구리 부인 어디 가는 거야?

쇠똥구리 씨 우리 사랑스러운 아가를 안전하게 잘 숨겨 둘 만한 깊은 구멍을 찾으러 가지. (사라진다) 절대 어디 가면 안 돼!

쇠똥구리 부인 쇠똥구리 씨! 돌아와! 잠깐, 저기 좀 봐! 저 멍청한 영감이 귀가 먹었나. 저렇게 예쁜 구멍이 있는데! 걱정 마라, 황금 덩이야, 절대로 널 두고 어디 가지 않을 테니! 내가 가서 한번 봐야겠다. 아냐, 안 그러는 게 좋겠어.

그래도 한번 봐야겠다. 그냥 살짝 보고 얼른 와야지. (허둥지둥 무대 뒤로 가다가 뒤를 돌아본다) 우리 공 착하지. 엄마 금방 올게. (맵시벌의 굴로 들어간다)

번데기 태어난다! 태어난다! 새로운 세계다!

여행자가 일어난다.

제3의 쇠똥구리 (잠복하고 있다가 무대 측면에서 뛰쳐나온다) 어이, 시민, 비켜! 이건 내가 잡은 기회야! 먼저 차지하는 사람이 임자라고! (공을 굴리며 나간다)

여행자 어이, 난 신경 쓰지 마쇼!

제3의 쇠똥구리 신경 안 써, 선생! 거기 조심!

여행자 갖고 가는 거, 그게 뭐요?

제3의 쇠똥구리 하 — 공이지, 자본, 황금!

여행자 (뒤로 물러서며) 지독한 냄새가 나는데요, 당신 황금에서!

제3의 쇠똥구리 황금은 냄새가 안 나요, 선생! 작은 자산의 공을 계속 굴려야 해. 데굴데굴 굴리는 거요. 순환하는 거지. 어서 가자! 하!

여행자 이젠 어떻게 하려고?

제3의 쇠똥구리 재물, 난 재물이 너무 좋아! 온전한 나의 것! 개인의 꿈! (공을 굴리며 무대 좌측으로 간다) 내 작은 보물! (퇴장하며) 이걸 파묻으면 얼마나 신이 날까! 뒤를 조심해야지! (퇴장한다)

여행자 재물이라, 뭐 안 될 거 없지. 누구나 자기만의 작은 공을 갖고 싶어하니까.

쇠똥구리 부인 (맵시벌 굴에서 기어 나온다) 아니야, 누가 이미 저기 살고 있어. 애벌레. 작고 꾸물거리는 유충들. 저긴 네가 있을 곳이 못 된다, 공아! 공아? 우리 꼬마 아가씨 어디 갔니? 공아? 우리 꼬마 공 아가씨 어디 갔어?

여행자 방금 전에 ―

쇠똥구리 부인 (돌아서서 그를 보며) 우리 공 어쨌어? 도둑놈! 서라, 이 도둑놈아!

여행자 말했듯이, 방금 전에 ―

쇠똥구리 부인 살인자! 내 공 내놔! 우리 공 돌려 달란 말이야!

여행자 덩치 큰 친구가 ― 저리로 굴리면서 갔어요.

쇠똥구리 부인 어떤 친구? 어느 쪽으로?

여행자 혐오스럽고, 허셋덩어리에, 어깨에 잔뜩 힘이 들어간 꾀죄죄한 놈인데 ―

쇠똥구리 부인 우리 남편 말이군요!

여행자 살이 축 처지고 냄새나고 밭장다리에 ―

쇠똥구리 부인 그래요, 그래요, 그게 우리 영감이에요!

여행자 뭔가 내 것이 있어서 파묻게 되다니 너무 좋다고 했어요.

쇠똥구리 부인 딱 우리 영감이 하는 말이네! 그이가 안전하고 좋은 구멍을 발견한 게 틀림없어. (외쳐 부른다) 쇠똥구리 씨! 쇠똥구리 씨! 우리 멍청한 영감 어디 있어?

여행자 이쪽으로 굴리고 갔어요.

쇠똥구리 부인 멍텅구리 같으니, 대체 왜 날 부르지 않은 거지? (무대 좌측으로 달려간다) 여보! 영감! 공아! 기다려! (보이지 않는 곳으로 사라진다) 공아!

여행자 여기 이 친구들은 좀 다르군. 그렇게 천박하지 않고, 좀 더 점잖고. 그래, 내가 좀 취했었어. 온통 나비 생각뿐이었으니까 — 아름다운 나비들, 약간 빛은 바랬지만 여전히 최고의 상류층. 영원한 짝짓기, 부터 나는 사교계 아가씨들과 젊은 애인들, 제 몫의 쾌락을 누려 보겠다고 발버둥 치는 벌레들. 그런 부류에는 신물이 나. 적어도 이 친구들에게선 진한 노동의 냄새가 나잖아. 쾌락은 안중에도 없지, 그저 재물뿐. 두 발을 단단히 땅에 딛고 선 평범한 사람들 말이야. 분수에 맞는 야망을 갖고 오래갈 행복을 건설한다고. 비록 그 토대가 똥이라 해도 말이지. 쾌락은 한순간이지만 똥 냄새는 영원해. 사랑은 자기만을 위한 거지만 건설은 뭔가 더 큰 명분을 위한 거잖아. 그러니 탐욕스러우면 좀 어때 — 가족을 위한 거라면 탐욕도 좋은 거야. 가족은 모든 걸 정당화해. 자기 식구들 벌어 먹여야 하는 마당에 강도질을 마다할 사람이 어디 있담?

번데기 (외친다) 비켜라, 내가 들어갈 공간을 내어 줘. 어마어마한 일이 일어나려 하고 있다고!

여행자 그게 뭔데?

번데기 내가 세상에 태어나기 일보 직전이란 말이다!

여행자 잘됐네. 그런데 뭘로?

번데기 나도 몰라 — 뭔가 엄청나게 대단한 거!

여행자 알겠어. (번데기를 들어 올려 아까 붙어 있던 풀잎에 붙여 준다)

번데기 전대미문의 업적을 이루고 말 거야!

여행자 예를 들어서?

번데기 존재하는 거지!

여행자 그거 좋네, 번데기. 마음에 들어. 세상 만물이 태어나려고, 영원히 살려고, 백만 가지 감정을 느끼려고 발버둥치지. 중요한 건 오직 하나뿐이야. 바로 존재한다는 경이로운 축복이지.

번데기 그 순간이 임박했다고 세상에 알려. 내가, 내가…….

여행자 네가……?

번데기 나도 아직 몰라. 난 위대한 일을 이룩하고 싶어.

여행자 위대한 일이라고? 진정해. 그런 생각은 아예 하질 말라고. 똥 공을 굴리는 이 선량한 사람들은 이해 못 할 거야. 똥 공은 작고 뚱뚱하지만, 꿈은 커다랗고 공허하니까.

번데기 뭔가 엄청나고 굉장한 일!

여행자 좋았어, 번데기. 거대한 일? 어디 그렇게 되길 빌어 보자고!

번데기 세상이 숨을 죽이고 내 탄생을 지켜볼 거야!

여행자 그럼 어디 계속해 봐. 내가 지켜보고 있으니까. (주저앉는다)

맵시벌 (죽은 귀뚜라미 시체를 질질 끌면서 엉큼엉큼 살금살금 다가온다) 쭈쭈, 우리 공주님! 아빠가 너를 위해 아주 좋은 걸 갖고 왔단다! (굴 입구로 스르륵 미끄러져 들어간다)

번데기 (외친다) 아, 탄생의 고통! 이 괴로움! 행성 전체가 나를 반기기 위해 갈라지고 있어!

여행자 어디 계속해 보시지. 말리지 않을 테니까.

번데기 물러서, 물러서, 안 그러면 나의 비상에 휩쓸려 쓰러질지도 몰라.

맵시벌 (객석에 등을 돌린 채 굴에서 나오면서 자기 딸한테 계속 말한다) 다 먹어 치워라, 어디 가지 말고! 아빠가 더 맛있는 걸 많이 구해서 금방 돌아올게! 우리 귀여운 딸이 뭘 먹고 싶을까?

유충 (굴 입구에 서서) 나 심심해, 아빠.

맵시벌 아, 우리 귀염둥이, 심심해? 아빠가 우리 공주님한테 제대로 뽀뽀해 주고 나서 좋은 거 찾아다 줄게. 귀뚜라미 한 마리 더 갖다 줄까? 원하는 건 뭐든 말해 보렴.

유충 나, 나 — 나 뭐 갖고 싶은지 모르겠어.

맵시벌 똑똑한 딸내미 같으니, 특별한 진수성찬을 상으로 줘야겠네. 아빠는 이제 일하러 간다, 아가. 우리 달콤한 꼬마 벌레를 먹여 살려야 하니까.

유충이 다시 굴 속으로 내려간다.

맵시벌 (성큼성큼 휘적휘적 걸어와 여행자에게 다가온다) 넌 대체 뭐냐?

여행자 (벌떡 일어나 뒷걸음질 친다) 나? 난 그냥 떠돌이예요. 별거 아닙니다.

맵시벌 먹을 수 있는 건가?

여행자 아닐걸요.

맵시벌 (킁킁 냄새를 맡는다) 어휴, 별로 신선하지 않군. (살짝 고개 숙여 인사한다) 내 이름은 맵시벌 씨요. 댁은 자식이 있소?

여행자 내가 아는 한은 없는데요.

맵시벌 봤소? 우리 꼬마 유충 말이오. 정말 아름답지 않소? 훌륭하게 크고 있지. 똑똑하기도 하고. 식성도 아주 좋아. 자식들이란 참으로 기쁨을 주는 존재지. 안 그렇소?

여행자 다들 그렇게 말하더군요.

맵시벌 그 말이 맞아. 일을 해야 할 이유, 싸워서 지켜 내야 할 이유를 준단 말이오. 분투와 투쟁, 그게 삶이잖아. 안 그렇소? 저 애는 단것을 워낙 좋아하지. 아이란 먹고 자라고 뛰놀아야 하는 법이오. 내 말이 틀렸소?

여행자 확실히 아이는 요구하는 게 많죠.

맵시벌 난 날마다 우리 아이를 위해 귀뚜라미를 세 마리씩 잡아다 끌고 온다오! 우리 딸 예쁘지 않소? 게다가 영특하기도 하지. 귀뚜라미 한 마리를 통째로 다 먹어 치운다고 생각한다면 오산이야. 보드라운 살만 쏙쏙 파먹는다고! 물론 살아 있는 놈이어야 하지. 우리 딸은 바보가 아니거든.

여행자 그건 저도 알겠더라고요.

맵시벌 난 딸을 아주 자랑스러워하는 아비요. 암, 자랑스럽고말고. 걔는 날 닮았거든. 하나의 육신이라, 이 말씀이지.

응? 도저히 수다를 멈추지 못하겠군. 어찌나 여기저기 돌아다녀야 하고, 귀찮은 일도 많은지. 자식들을 키우는 건 말도 못 하게 힘들어요. 진짜 고역이라니까. 그 어린것들을 먹여야지, 키워야지, 예뻐해 줘야지. 장차 먹고살 밑천도 마련해 줘야지. 그래도 최소한 이게 다 누굴 위해서 하는 짓인지는 아니까.

여행자 다들 그렇게 말하더군요.

맵시벌 댁이 못 먹는 거라니 아쉽구려. 애한테 뭐 먹을 걸 갖다 줘야 하니까 나중에 봅시다. (몸으로 번데기를 꽉 누르며) 아니, 대체 이건 뭐요?

번데기 (새된 소리로 비명을 지른다) 나야, 번데기, 새로운 세상의 탄생을 선포하고 있어!

맵시벌 (다시 꾹꾹 눌러 보면서) 에이, 아직 덜 익었군! 나한테는 아무 쓸모가 없어!

번데기 나는 곧 창조를 ─

맵시벌 이제 서둘러 가봐야겠소. 안녕, 내 보물아. (달려 나간다) 아빠 금방 돌아올게! (퇴장)

여행자 예뻐해 주고, 밑천 마련해 주고, 먹이고, 쩍쩍 벌리는 주둥이를 채워 주고, 살아 있는 귀뚜라미를 먹이로 갖다 주고. 그렇지만 귀뚜라미 역시 살고 싶어 할 테고, 아무에게도 해 끼칠 생각이 없을 텐데. 겸손한 노래로 삶을 찬양하는 저런 명랑한 꼬마 친구를 대체 왜 죽인단 말이야? 이해할 수가 없군.

유충 (굴에서 기어 나와) 아빠, 아빠! 나 배고파!

여행자 네가 유충이구나. 어디 얼굴 한번 보자.

유충 당신은 진짜 끔찍하잖아! 나 심심해. 나, 나는 원해…….

여행자 뭘?

유충 뭘 원하는지 모르겠어. 뭔가 갈기갈기 찢어 버리고 싶어. 살아 있는 무언가를……. 그럴 수 있다면 쾌감에 온몸이 꼬물거릴 텐데!

여행자 (돌아서면서) 너 대체 뭐가 문제냐?

유충 싫어, 싫어, 끔찍하게 싫다고! (굴로 다시 기어 들어간다)

여행자 저따위 식구를 먹여 살린다니. 당최 머릿속에서 생각을 떨쳐 버릴 수가 없네. 기껏해야 벌레들일 뿐인데, 그래도 왠지 생각하게 된단 말이지.

쇠똥구리 씨 (돌아온다) 어서, 내가 구멍을 찾았어! 어디 있어, 여편네야? 내 공 어디 갔어? 우리 여편네 어디 갔어?

여행자 그 더럽고 냄새나는 늙은 지방 덩어리 말이오?

쇠똥구리 씨 (흥분해서) 바로 그 여자요. 내 똥 공은 어디 갔소?

여행자 늙어 빠지고 추악한 얼룩무늬에, 머리에서 발끝까지 똥으로 범벅을 한?

쇠똥구리 씨 그 여자라니까! 이 여편네가 내 어여쁜 공을 어디로 갖고 간 거지?

여행자 부인께서는 그쪽을 찾으러 갔어요.

쇠똥구리 씨 내 공은? 내 재산! 마누라한테 지키고 있으라고 말하고 갔는데!

여행자 글쎄, 어떤 괴짜 노인네가 나타나서 굴리고 갔어요. 저기, 저쪽으로. 이젠 자기 거라나 뭐라나.

쇠똥구리 씨 빌어먹을 여편네! 내 공 어디 갔어!

여행자 말했잖아요, 그가 굴리고 갔다고. 부인은 여기 없었어요.

쇠똥구리 씨 어디 있었는데? 어디로 갔는데?

여행자 그 노인네를 따라갔어요. 당신을 부르고 있던데요.

쇠똥구리 씨 내 공이?

여행자 아뇨, 부인께서.

쇠똥구리 씨 여편네는 필요 없어, 내 공을 원해! 세상에, 하느님 맙소사, 내 공 어디 갔지?

여행자 어떤 친구가 굴리면서 갔다니까요.

쇠똥구리 씨 도둑놈! 살인자! 그놈 잡아라! (땅바닥에서 발버둥 친다) 내 평생 모은 재산인데! 내 황금 대신 차라리 내 목숨을 가져가라, 이놈아! (벌떡 일어난다) 사람 살려! 도둑이야! 살인자다! (좌측 무대 밖으로 쏜살같이 달려 나간다)

여행자 도둑놈이라니! 살인자라니! 냄새 나는 똥 덩어리 하나 때문에 하늘 무너지겠네. 가슴이 찢어지는 이 슬픔에서 한 가지 위로를 찾을 수 있다면, 그건 쇠똥구리의 똥 덩어리를 이제 또 다른 쇠똥구리가 갖고 있다는 사실이지. (무대 가장자리에 앉는다)

남자 목소리 (무대 밖에서) 조심해 이 여자야, 휘청거리다가 넘어지지 말고! 여기 있다, 우리 작은 둥지! 자, 이제 조심조심. 괜찮아?

여자 목소리 멍청하게 좀 굴지 마, 당연히 괜찮지!

남자 목소리 당신은 몸조심을 해야 되잖아. 지금 같은 몸 상태에서…….

귀뚜라미 씨와 임신한 귀뚜라미 부인이 등장한다.

귀뚜라미 씨 이제 눈을 좀 떠봐. 자! 어때? 마음에 들어?
귀뚜라미 부인 아, 귀뚜라미 양반, 나 너무 피곤해.
귀뚜라미 씨 여보, 좀 앉아서 쉬어. 조심하고.
귀뚜라미 부인 (앉는다) 그 긴 여행에다 새집까지 — 난 녹초가 됐어! 당신, 이사한다고 흥분해서 무리를 한 거야.
귀뚜라미 씨 까꿍, 엄마! 예비 아기 엄마!
귀뚜라미 부인 놀리지 마, 남사스럽게!
귀뚜라미 씨 하! 무슨 말을 말아야지. 귀뚜라미 부인은 아기를 낳지 않는대요. 다 뜬소문이랍니다!
귀뚜라미 부인 (슬프게) 놀리지 마, 여보. 안 웃기단 말이야.
귀뚜라미 씨 아, 여보, 난 너무나 행복해! 우리 꼬마 귀뚤이들이 태어날 때까지 기다릴 수가 없단 말이야! 하루 종일 지저귀고 노래하겠지! 난 기뻐서 미쳐 버릴 거야!
귀뚜라미 부인 이런, 여보, 바보같이!
귀뚜라미 씨 히히! 그런데 새집은 마음에 들어?
귀뚜라미 부인 너무 좋아!
귀뚜라미 씨 우리의 둥지, 우리의 저택, 우리의 — 우히히히 — 안식처!
귀뚜라미 부인 물기가 없으면 좋겠어. 누가 지은 걸까?

귀뚜라미 씨 걱정 마. 제대로 된 귀뚜라미 집이니까.

귀뚜라미 부인 그렇지만 어째서 비워 두고 간 걸까?

귀뚜라미 씨 이사 간 거지! 하하! 이사를 간 거라고! 그 녀석이 어디로 갔는지 당신은 모르지? 한번 맞혀 봐! 어서, 맞혀 보라고!

귀뚜라미 부인 짐작도 못 하겠네. 말해 줘, 귀뚜라미 씨! 나 놀리지 말고. 안 그러면 내가 강제로 다 털어놓게 만든다!

귀뚜라미 씨 글쎄, 어제 어떤 찌르레기가 그 녀석을 덮쳐서 가시에다 꽂아 놨지 뭐야. 완전히 몸뚱이를 꿰뚫었더라고! 장난 아니야! 다리를 이렇게 퍼덕거리고 있었어! 크하하! 그때까지 살아 있더라고! 그래서 여기가 우리 집으로 좋겠다 생각했지. 이번엔 운이 좋았어. 당신 생각은 어때?

귀뚜라미 부인 숨이 붙어 있었어? 아유, 끔찍해라!

귀뚜라미 씨 진짜 재수가 좋았지, 아! 랄랄라! 잠깐, 우리 문패를 달자. (배낭에서 〈귀뚜라미 씨의 음악상〉이라고 쓰인 간판을 꺼낸다) 어디다 걸까? 여기? 왼쪽으로? 좀 오른쪽으로?

귀뚜라미 부인 좀 더 위로. 사지를 막 퍼덕거렸어?

귀뚜라미 씨 (분주하게 간판을 걸며) 그래, 그랬어.

귀뚜라미 부인 소름 끼쳐! 지금 어디 있어?

귀뚜라미 씨 보고 싶어?

귀뚜라미 부인 그래. 아니, 아니야, 굉장히 끔찍하겠지?

귀뚜라미 씨 그럼, 당연하지. 간판 똑바로 걸렸어?

귀뚜라미 부인 아, 귀뚜라미 씨. 나 기분이 이상해.

귀뚜라미 씨 (그녀에게 달려가며) 세상에, 시작된 거야?

귀뚜라미 부인 저리 가! 아, 정말 두렵다.

귀뚜라미 씨 겁내지 마, 엄마! 여자들은 다 하는 거잖아!

귀뚜라미 부인 어떻게 그런 소리를 할 수가 있어? (흐느껴 운다) 아, 귀뚜라미 씨, 아직도 날 사랑해?

귀뚜라미 씨 당연하지! 울지 마. 용감한 엄마가 되어야지!

귀뚜라미 부인 (훌쩍훌쩍 울며) 그 귀뚜라미가 다리를 어떻게 했는지 다시 보여 줘.

귀뚜라미 씨 이렇게!

귀뚜라미 부인 하지 마! 너무 웃겨!

귀뚜라미 씨 거봐, 괜찮지? 이젠 울음 뚝! (그녀 옆에 앉는다) 우리는 여기서 아주 잘 살 수 있을 거야. 장사가 잘되기 시작하면 집을 꾸미자. 그리고 —

귀뚜라미 부인 커튼을 사야지.

귀뚜라미 씨 커튼 — 당연하지! 우리 똘똘한 엄마! 아빠한테 키스 한번 해주세요!

귀뚜라미 부인 그만둬, 자기는 정말 철이 없어!

귀뚜라미 씨 당연한 소리. (벌떡 일어난다) 내가 뭘 갖고 왔는지 한번 맞혀 봐!

귀뚜라미 부인 커튼?

귀뚜라미 씨 아니, 좀 작은 거. (주머니를 뒤진다)

귀뚜라미 부인 빨리, 빨리 보여 줘!

귀뚜라미 씨 (딸랑이 두 개를 꺼내 양손에 하나씩 들고 흔든다) 딸랑딸랑! 딸랑딸랑!

귀뚜라미 부인 어머, 귀여워라! 하나는 나 줘!
귀뚜라미 씨 (딸랑이를 흔들며 노래한다)

> 귀뚜라미 귀뚤이가 태어났다네
> 귀뚤귀뚤, 귀뚤귀뚤, 귀뚤귀뚤.
> 귀뚜라미 요람 위에
> 귀뚜라미 엄마 아빠 서 있었네.
> 찌르륵 찌르륵
> 잠들 때까지 자장가를 불러 주었지.

으하하!
귀뚜라미 부인 나도 해볼래! 어서, 여보, 당장 내놓지 못해!
귀뚜라미 씨 자, 그러니까 내 말 들어, 자기야 —
귀뚜라미 부인 (딸랑이를 흔들며 노래한다)

> 달콤한 귀뚤귀뚤 귀뚤이 —

귀뚜라미 씨 서둘러야겠다. 한 바퀴 돌리면 —
귀뚜라미 부인 (계속 노래한다)

> 달콤한 귀뚤귀뚤 귀뚤이 —

귀뚜라미 씨 집집마다 문을 두드리고 광고지를 나눠 줘야지. 딸랑이 한번 흔들어 줘. 가면서 나도 딸랑거리게.

귀뚜라미 부인 나는 어떡하고? (눈물이 글썽글썽해서) 나 혼자 두고 가지 마!

귀뚜라미 씨 시장 현황 조사도 하고, 내 이름도 알려야지. 딸랑거리면서 다닐 거야. 어쩌면 이웃집에서 인사를 올지도 모르잖아. 수다도 떨고, 애들 안부도 물어보고, 뭐 아무튼 그렇게 해. 내가 돌아올 때까지 아기 낳으면 안 돼! (귀뚜라미 부인을 향해 다리를 파닥거려 보인다)

귀뚜라미 부인 못됐어!

귀뚜라미 씨 으하하! 착하게 굴어. 금방 집에 올 테니까! (후다닥 달려 나간다)

귀뚜라미 부인 (딸랑이를 흔들자 귀뚜라미 씨가 멀리서 화답한다) 귀뚤귀뚤 귀뚤이가 태어났다네. 아아, 겁이 나!

여행자 (일어서며) 걱정 말아요. 작은 생물들은 진통을 못 느끼니까.

귀뚜라미 부인 당신은 딱정벌레인가요? 당신, 물어요?

여행자 아니에요.

귀뚜라미 부인 아이들은요?

여행자 하나도 없어요. 행복한 결혼의 조각보에 낳은 게 하나도 없어요. 우리 집 지붕의 따스한 기쁨을 느껴 본 적도 없지요 — 다른 이들의 실패를 지켜본 적도 없고.

귀뚜라미 부인 설마, 농담이죠? 이렇게 안타까운 일이! (딸랑이를 흔든다) 귀뚤귀뚤 귀뚤이! 그이가 대답을 안 하네. 어째서 결혼을 안 했어요, 딱정벌레 씨?

여행자 그냥 이기적이라서요, 순전히 이기적이라. 나 자신이 창피한 줄 알아야죠. 이기적인 사람은 고독 속에서 위안을 찾는 법이에요. 사랑이나 증오나 다 필요 없으니까. 다른 이들의 평화 한 점을 갈망할 필요도 없고…….

귀뚜라미 부인 당신네 남자들이란! (딸랑이를 흔든다) 귀뚤귀뚤 귀뚤이! 귀뚤귀뚤!

번데기 (외친다) 나, 나, 나! 이렇게 비좁게 날 압박하지 마! 나는 미래를 품고 있단 말이야!

여행자 (번데기 쪽으로 걸어가서) 그럼 태어나시든지!

번데기 난 경이로운 일들을 해낼 거야!

쇠똥구리 부인 (돌아온다) 우리 영감 어디 있지? 이 바보 영감탱이가 어딜 간 거야? 우리 공은 어디 갔어?

귀뚜라미 부인 아주머니는 공을 갖고 놀아요? 보여 주세요!

쇠똥구리 부인 갖고 노는 게 아니야, 우리 똥 공이라고 — 우리 미래, 우리의 세계. 그런데 지금 머리에 똥만 가득 찬 우리 남편이라는 작자가 어디 가서 그걸 잃어버렸어!

귀뚜라미 부인 어머, 가엾어라. 남편분이 떠나 버리신 거예요?

쇠똥구리 부인 그럼 당신네 남편은 어디 있소?

귀뚜라미 부인 사업차 나갔어요. (딸랑이를 흔든다) 귀뚤귀뚤 귀뚤귀뚤!

쇠똥구리 부인 아니, 상태가 이런데 부인을 어떻게 혼자 두고 나간담?

귀뚜라미 부인이 흐느껴 울기 시작한다.

쇠똥구리 부인 진즉에 결혼을 했는데 아직 공도 없는 거요?

귀뚜라미 부인 공을 어디다 써요?

쇠똥구리 부인 제대로 된 똥 공은 가족을 하나로 묶어 준다오. 진정한 삶 — 즉 안정을 주지.

귀뚜라미 부인 아니, 아니에요. 삶이란 우리만의 가정이에요. 둥지를 짓고, 가게를 사고. 커튼도 달고요. 아이들도 있지요. 꼭 맞는 귀뚜라미 씨를 만나는 거예요. 우리의 작은 가정. 우리의 세계.

쇠똥구리 부인 그렇지만 똥 공 없이 살림을 어떻게 꾸려 가려고? 어디를 가나 굴리고 다녀야지. 새댁, 잘 들어요. 자기만의 똥 공이 있어야 남편을 꽉 붙들어 매놓고 살 수 있다니까!

귀뚜라미 부인 좋은 집이면 충분할 것 같은데요!

쇠똥구리 부인 똥 공이라니까!

귀뚜라미 부인 커튼이에요!

쇠똥구리 부인 똥 공!

귀뚜라미 부인 소파하고 의자들!

쇠똥구리 부인 거, 재미있게 수다 떨었우! 거참 착하고 속없는 새댁일세.

귀뚜라미 부인 아이들은 어쩌시고요?

쇠똥구리 부인 내 귀여운 공만 있다면야! (퇴장한다) 데굴데굴, 데굴데굴……! 공, 공, 공아……!

귀뚜라미 부인 진짜 심술궂은 할멈이야! 한심도 하지! 남편이라는 사람은 틀림없이 도망갔을 거야! (딸랑이를 흔든

다) 귀뚤귀뚤, 귀뚤귀뚤……! 아, 진짜 기분이 이상해. (문지방을 윤나게 닦는다) 아, 몸을 쿡 찔려서 사지를 퍼덕거리던 그 귀뚜라미!

맵시벌 (무대 위로 달려 올라와 엉큼엉큼 살금살금 귀뚜라미 부인에게 다가오더니, 야회복 뒷자락에서 비수를 꺼내 어깨를 한껏 젖히고는 그녀 몸에 푹 찌른 다음 자기 굴 쪽으로 질질 끌고 간다) 다들 길을 비켜!

여행자 (흠칫 물러나며) 살인이다, 살인이야!

맵시벌 (자기네 굴 앞에서 아래쪽을 향해 외쳐 부르며) 어서 와 봐, 우리 아가! 아빠가 너를 위해 뭘 가져왔게?

여행자 저놈이 부인을 죽였는데 난 돌처럼 그냥 서 있었어! 이럴 수가, 외마디 소리도 내지 못하고! 아무도 그녀를 구해 주러 오지 않았어!

기생충 (배경 쪽에서 등장하며) 내 말이 그 말일세, 친구!

여행자 죽어 버리다니. 그렇게 천진하게, 죄도 없이!

기생충 그게 바로 내가 하고 싶은 말이라니까. 나도 다 봤다고 — 나는 그런 짓은 절대 못 할 텐데. 그쪽은 할 수 있나? 하지만 뭐 우리 모두 먹고살아야 하니까. 안 그래?

여행자 당신은 누구요?

기생충 나? 사실 별거 아니야. 빈털터리고 — 고아, 기생충, 뭐 그렇게들 부르더군.

여행자 옳은 일이 아니잖아요. 저렇게 죽이다니!

기생충 아, 내 말이 그 말이라니까, 친구. 그럴 필요가 없었거든. 나처럼 배를 곯은 것도 아니잖아. 저 친구는 그저 바리바리 쌓아 놓으려는 거라고! 충격적이지! 세상이 어떻게 되려고 이러는지. 아무것도 없는 사람도 있는데, 저놈은 먹이 창고를 저렇게 꽉꽉 채워 놓고 말이야. 안 그래? 비수가 있다 이거지. 나는 맨손밖에 없는데! 무슨 말인지 알겠어?

여행자 암요.

기생충 그 말이 바로 내 말이야. 나로 말할 것 같으면, 난 아무도 안 죽여. 턱주가리가 그렇게 안 되어 있어서. 심장도 약하고. 또 생성…… 생선…… 아니, 맞다, 생산 수단도 없다니까. 그저 굶주림밖에 없다고. 세상에 정의란 없어.

여행자 아니, 아니야 — 살인은 나쁜 거야!

기생충 그 말이 내 말이라고, 친구. 적어도 바리바리 쌓아 놓으면 못쓰지. 자본주의자의 축재라니! 무산자들에게는 공평하지 못한 일이야. 게걸스럽게 먹고 딱 끝내야지! 게걸스럽게 먹어 치운 다음에는 끝을 내야 한다고. 그러면 식량이 모두에게 돌아갈 만큼 넉넉하게 남을 테니까. 안 그래?

맵시벌 (굴에서 올라오며 저 아래쪽을 향해 외친다) 맛있게 먹어, 우리 공주님. 제일 맛있는 부위만 쏙쏙 골라서. 너 참 근사한 아빠 됐다?

기생충 경의를 표합니다, 선생님.

맵시벌 (기생충에게) 당신, 혹시 먹잇감이오? (킁킁 냄새를 맡는다)

기생충 설마, 농담이시겠지요, 각하! 저 말씀입니까?

맵시벌 윽, 혐오스러운 놈 같으니, 저리 꺼져! 여기서 뭘 하고 있는 거야?

기생충 제 말이 그 말입니다, 각하. (뒷걸음질 친다)

맵시벌 (여행자를 보고) 저 귀뚜라미 보이쇼?

여행자 그럴걸요.

맵시벌 멋진 솜씨지. 안 그렇소? 누구나 할 수 있는 일은 절대 아니야. 여기가 좋아야 된다니까, 친구. (이마를 손가락으로 톡톡 친다) 전문가적 지식, 행동력, 예지력. 일만 생각하며 살아야 된달까.

기생충 (앞으로 나서며) 그 말이 바로 제 말입니다, 전하.

맵시벌 뭔가 해내고 싶으면 노력을 해야 해요. 장래를 생각해야 하고, 가족도 보살펴야 하니. 그러니까 — 그걸 뭐라고 하더라? 그렇지, 야망이라는 게 있는 법이라고. 강인한 인물은 자기 수준에 맞는 곳을 찾아가기 마련이지, 내 말이 맞지 않소?

기생충 어떻게 그보다 더 잘 표현하겠습니까, 선생님.

맵시벌 그럼, 그럼. 제대로 일을 처리하고, 차세대 맵시벌을 키우고, 하느님이 주신 재주를 잘 써먹어야지 — 그게 바로 살 만한 가치가 있는 삶이다 이거요.

기생충 그게 바로 제 말입니다, 폐하.

맵시벌 저리 치워, 똥 같은 면상을 한 주제에. 네놈한테 하는 말이 아니야.

기생충 그렇고말고요, 폐하.

맵시벌 의무를 다하고, 정직하게 하루의 직무를 끝내면 따뜻한 느낌이 든다오. 헛되이 살지 않았다는 기분이 든다 이거지. 고상한 얘기 아니오, 응? 금방 날아갈게, 울지 마

라! (굴을 향해 노래를 불러 준다) 눈물을 닦아라, 우리 어여쁜 아가! (후다닥 달려가며 퇴장)

기생충 늙은 살인자! 목덜미를 노리고 달려들고 싶은 걸 참느라 죽는 줄 알았네! 어떤 놈들은 뭐든 다 해도 된단 말이야. 상황만 도와줬다면 나도 일하고 살았을 거야. 그렇지만 삼키지도 못할 걸 꾸역꾸역 갖는 놈들이 있는데 내가 왜 일 따위를 해야 하지? 나도 행동력이 있다고. 다만 그게 여기 있을 뿐이지. (배때기를 툭툭 친다) 난 배가 고파, 알았어? 배가 고프다고!

여행자 다 고기 한 덩어리 얻어먹자고 하는 짓이군!

기생충 그게 바로 내 말이야. 죄다 고기 한 덩어리 얻자고 하는 짓이라니까. 다른 딱한 새끼가 배를 곯더라고 말이야! 죄다 자기 배를 불려야 하는 거지, 안 그래?

여행자 (딸랑이를 주워 들고 흔들며) 가엾은 귀뚤귀뚤 귀뚤이!

기생충 내 말이 그 말이라고. 누구나 살고 싶어 하지.

무대 측면 뒤편에서 찌르륵거리며 답하는 소리가 들린다.

귀뚜라미 씨 (딸랑이를 흔들며 나타난다) 나 여기 있어, 우리 꽃님이! 어디 있어, 여보? 내가 뭘 가져왔게?

맵시벌 (살금살금 그에게 다가간다) 하!

여행자 조심해, 조심하라고!

기생충 (그를 말린다) 그냥 둬요, 선생! 괜히 끼어들지 말고. 어차피 일어날 일은 일어나게 돼 있어.

귀뚜라미 씨   여보야는 어디 있지?

맵시벌   (큰 낙차로 뛰어내리며 귀뚜라미를 덮쳐 몸을 찌르더니 들쳐 메고 간다) 공주님! 아빠가 가져온 것 좀 보렴! (굴로 내려간다)

여행자   (두 손을 하늘로 쳐들며) 전지전능하신 하느님! 이 꼴이 안 보이세요?

기생충   내 말이 그 말이야. 오늘만 해도 귀뚜라미가 세 마리 짼데 난 아무것도 없잖아. 자연의 법칙에 위배된다고.

맵시벌   (굴에서 스르륵 미끄러져 나온다) 이제 먹고 있어라, 우리 아가씨. 아빠는 일을 해야 한단다. 먹어, 먹어, 한 시간 후에 돌아오마. (황급히 달려 나간다)

기생충   역겨워 죽겠군. 늙은 조폭 같으니라고! (굴 주위를 어슬렁거린다) 굴욕이야. 놈에게 맛을 보여 주겠어! 이제 갔나? 내가 처리해 주지. (굴로 들어간다)

여행자   살인에 살인이 꼬리를 무는군! 심장이여, 멎어 버려라! 이건 인간들이 아니야, 벌레들일 뿐이지. 딱정벌레들. 풀잎 두 개 사이에서 벌어지는 치졸한 드라마. 벌레와 벌레가 싸우고, 딱정벌레가 딱정벌레와 죽도록 싸우지. 인간들이 아니야. 그저 벌레들일 뿐이라고. 다시 인간들을 찾을 수만 있다면 얼마나 좋을까. 인간들은 그냥 먹어 치우는 것 이상을 바라잖아 — 무언가 건설하기를 바라잖아. 목표가 있고 결말이 있어. 그들만의 작은 둥지를 짓는다고 — 아니, 그건 쇠똥구리였지! 똥 공은 쇠똥구리들한테나 줘버려. 인간들에겐 더…… 인간적인 이상이 있단 말이야. 겸허한 인간은 온 존재를 바쳐 삶을 찬양한다고. 행복을 위해 필요한 건 별로 없어. 자기 일만 잘하고, 자기 가정을 가꾸고, 자기 자식들을 키우면 되지. 죽도록 노력하면서 다리를 퍼덕거리는 이웃을 구경하는 게 얼마나 기분 좋은 일인지 — 아냐, 그건 귀뚜라미잖아! 그 편협하고 치졸하고 백치 같은 귀뚜라미의 행복에 우리 인간들이 만족할 수는 없잖아. 우리는 그저 제 주둥이나 꽉꽉 채우고 안일하게 행복을 되새김질하는 것 이상을 원한다고. 삶이 요구하는 건 진짜 남자야. 삶은 투쟁이라고. 강력한 손으로 움켜잡는 거야. 영웅이 되고 싶어? 작아져선 안 돼. 약해선 안 된다고. 살고 싶어? 움켜잡아. 먹고 싶어? 그럼 죽여 — 아니, 아니야, 그건 맵시벌이야! 조용히 해봐. 온 세상의 턱주가리들이 움직이는 소리를 들어 봐. 냠냠, 피를 뚝뚝 흘리면서! 아삭아삭, 살아 있는 살점들을! 삶이 삶을 먹어 치워! 삶이 삶을 먹고 산다고!

번데기 (몸을 꿈틀거리며) 뭔가 위대한 사건이 임박했어! 어마어마하게 굉장한 것! 태어난다니! 존재한다니!

기생충 (몸이 퉁퉁 불은 채 딸꾹질을 하면서 맵시벌의 굴에서 뒹굴뒹굴 굴러 나온다. 깔깔 웃는다) 늙은 구두쇠, 차-차-창백한 공주님을 위해서 그걸 다 쟁여 놓았더란 말이지! 역겨워, 토할 것 같아! 꺼억! (트림한다) 빌어먹을 딸꾹질! 식탁 밑에서라면 난 누구든 다 먹어 치울 수 있지! 날 따라올 자 아무도 없을걸!

여행자 꼬마 유충은 어떻게 됐지?

기생충　(껄껄 웃으며 딸꾹질을 한다) 자연의 은혜는 몸을 쩍 벌린 채 모두에게 열려 있다고! (트림을 한다)

막이 내린다.

제3막
개미들

녹음이 우거진 숲.

여행자 (깊은 생각에 잠긴 채 앉아 있다) 됐어, 이만하면 당신들도 충분히 봤겠지. 남의 몫을 강탈하기 위해 굴을 파놓고 굶주린 채 있다가 삶의 몸뚱어리에 이처럼 들러붙어 쭉쭉 빨아먹는 생물들을 봤잖아. 산다는 건 쟁취하는 거야. 그러니 당신네들도 저렇게 하라고. 쟁취하고 약탈해. 이만하면 볼 꼴 못 볼 꼴 다 본 셈이니까.

침묵.

당신네들도 벌레와 다를 거 하나 없어. 다른 생물들이 흙에 떨어뜨린 빵 부스러기를 모으는 바퀴벌레지. 한심해! 아무짝에도 쓸모없다고. 심지어 당신네들을 덥석 채갈 놈들에게조차 쓸모가 없다니까!

번데기 (외친다) 자리를, 내 자리를 내줘! 나는 곧 태어날 거야! 세상을 감옥에서 해방시킬 거라고! 얼마나 놀라운 생각인가!

여행자 나, 나, 나를 위한 무구한 투쟁! 자기 자식한테 무의미한 자기 존재를 영원히 새겨 넣기 위한 게걸스러운 축제! 이제 그만둬! 빌어먹을 마술 같으니! 나는 다시 인간의 길을 걷고 싶단 말이야. 인간의 길, 너는 실수투성이인 나를 언제 반겨 맞이할 거냐? 인간의 발화 속에 담긴 표지판들. 마을, 소도시, 군, 국가. 국가! 그만! 머리가 핑핑 돌고 있다고! 마을, 소도시, 군, 국가. 그렇다면 인간적인 건 모두…… 나보다 더 중요한 것이군. 그게 문제야. 배를 땅에 찰싹 붙이고 사는 벌레들은 자기밖에 모르지 — 그게 전부라고 생각한다고. 마을, 구역, 단체, 사회적 전체, 공통의 명분 —

번데기 나는 창조의 고통을 겪고 있다! 경이로운 과업을 갈구한다!

여행자 (벌떡 일어난다) 공통의 명분! 그거야! 인간의 관념! 우리는 위대한 우주의 창고 속 낟알 한 톨에 불과하단 말이야! 하찮은 나보다 더 크고 중요한 게 있다고! 인류, 국가 — 맘대로 부르라지! 그러나 그것에 봉사해야 해. 당신은 미물이니까. 생명의 위대한 보상은 바로 그 생명을 희생하는 거야. (앉는다)

번데기 구원의 시간이 임박했어! 위대한 징표와 위대한 예언이 내 탄생을 선포할 거야!

여행자 인간은 오로지 위대한 의무를 통해서만 위대한 거야. 전체의 일부일 때만 온전해지는 거야. 〈훌륭한 삶을 살라〉는 〈목숨을 내놓으라〉는 뜻이야. 삶이 희생을 의미할 때 더 위대한 무언가가 되는 거지 — 말이 아니라 실천을 통해서 말이야!

번데기 (발작하며) 내 날개를 봐! 내 거대한 날개를 보라고!

여행자 제일 가까운 마을까지 가는 길만 보이면 좋겠는데! 날 무는 이건 뭐지? 아, 너구나, 꼬마 개미. 아니, 여기 또 있네! 여기에도 있고! 맙소사, 내가 개밋둑을 깔고 앉아 있잖아! (일어난다) 내가 왜 이랬지? 아니, 저것 좀 보게 — 하나 — 둘, 셋하고 — 넷. 여기 또 있군 — 하나, 둘, 셋…….

배경 막이 올라가면 개밋둑 입구가 나타난다. 붉은 벽돌로 지은 다층 건물이다. 문간에 장님 개미가 앉아서 계속 숫자를 세고 있다. 장님 개미가 세는 리듬에 맞추어 배낭을 메고 서까래와 삽을 짊어진 개미들이 양쪽에서 들어와서 층마다 가로질러 교차해 간다.

장님 (쉬지 않고) 하나 하고, 둘 하고, 셋 하고, 넷. 하나 하고, 둘 하고, 셋 하고, 넷. 하나 하고, 둘 하고, 셋 하고, 넷…….

여행자 뭐 하는 거요? 왜 숫자를 세고 있습니까?

장님 하나 하고, 둘 하고, 셋 하고, 넷…….

여행자 여기는 어딥니까? 공장? 아니면 뭐죠?

장님 하나 하고, 둘 하고, 셋 하고, 넷…….

여행자 여기서 뭘 만드는 거지? 저 눈먼 친구는 왜 저렇게 계속 숫자를 세는 거야? 알았다, 구령을 하는 거구나. 모두가 저 〈하나 하고, 둘 하고, 셋 하고, 넷〉에 맞추어 움직이고 있어. 마치 기계처럼. 끔찍해, 머리가 핑글핑글 도는군.

장님 하나 하고, 둘 하고, 셋 하고, 넷······.

기술자 1 (무대 위로 달려 올라간다) 빨리, 더 빨리! 하나 하고, 둘 하고, 셋 하고, 넷!

장님 (더 빨리) 하나 하고, 둘 하고, 셋 하고, 넷······. (개미들 모두 더 빨리 뛰기 시작한다)

여행자 어이, 이보시오, 무슨 일이오? 이 공장은 뭡니까?

기술자 1 당신은 누구요?

여행자 나는 나요.

기술자 1 어느 서식지 출신이지?

여행자 인간계죠.

기술자 1 여기는 앤토폴리스[10]요. 원하는 게 뭐요?

여행자 그냥 좀 둘러보는 거죠.

기술자 1 일자리를 찾나?

여행자 그럴 수도 있고.

기술자 2 (무대 위로 후다닥 뛰어 올라온다) 발명이다! 발명! 새로운 가속이야! 어이, 눈먼 친구, 〈하고〉는 집어치워! 하나, 둘, 셋, 넷! 알겠나? 시간을 아끼라고! 하나, 둘, 셋, 넷!

장님 하나 하고, 둘 하고, 셋 하고, 넷.

기술자 2 틀렸다니까! 하나, 둘, 셋, 넷!

장님 하나, 둘, 셋, 넷. (개미들이 보다 더 빨리 움직이기 시작

---

10 *Antopolis*. 〈개미들의 대도시〉라는 뜻. 차페크가 붙인 이름이다.

한다)

여행자 그렇게 빨리 하지 말라고, 머리가 핑핑 돌잖아.

기술자 2 저건 누구야? 어디서 왔어?

기술자 1 인간계에서. 인간 개밋둑이 어디 있는지 자네 아나?

여행자 저기, 여기, 어디에나 있지.

기술자 2 (버럭 소리를 지른다) 어디에나 있다고? 미친놈이군!

기술자 1 몇 명이나 되는데?

여행자 많아. 우리를 만물의 영장이라고 하더군.

기술자 1 하하! 우리가 만물의 영장이야!

기술자 2 우리가 앤토폴리스다!

기술자 1 세계에서 가장 강력한 개밋둑!

기술자 2 가장 거대한 민주주의 체제지!

기술자 1 세계적인 강대국이다!

여행자 어떻게 그렇게 되지?

기술자 1 모든 개미는 명령에 복종해야 한다.

기술자 2 모든 개미는 일해야 한다. 오로지 그분을 위해서.

기술자 1 오로지 그분만이 명령을 하신다.

여행자 누구?

기술자 1 국가지. 정부이자 민족.

여행자 맙소사, 꼭 우리 같잖아. 우리도 민주주의가 있어 — 투표도, 의회도. 당신네들도 의회가 있나?

기술자 1 아니, 우리는 공통의 명분이 있다.

여행자 하지만 누가 공통의 명분을 대변하지?

기술자 1 지도하시는 분이지. 공통의 명분은 오로지 명령으로만 말한다.

기술자2 법률로서 존재한다.

여행자 그럼 누가 당신네들을 지배하는 거야?

기술자1 이성이지.

기술자2 법률.

기술자1 국가의 이익.

기술자2 옳소! 옳소!

여행자 그건 좋군. 모든 게 공통의 명분을 위한 거라니.

기술자1 그 위대함을 위하여 —

기술자2 적에게 대항하자.

여행자 적이 누군데?

기술자1 만인이지.

기술자2 적들이 우리를 포위하고 있다.

기술자1 우리는 불개미를 패퇴시켰어.

기술자2 우리는 아마존 개미들을 멸종시켰다.

기술자1 우리는 회색 개미들까지 정복했다. 남은 건 노란 개미뿐이야. 이제 우리는 그들을 말살해야 해.

여행자 왜?

기술자1 공통의 명분을 위해서지.

기술자2 공통의 명분은 더 숭고한 목표를 요구하거든.

기술자1 인종적이고!

기술자2 산업적이고!

기술자1 식민지를 정복하고!

기술자2 국제적이고!

기술자 1 세계적인 목표를!

기술자 2 옳소! 옳소!

기술자 1 공통의 명분은 끝없는 희생을 의미한다.

기술자 2 희생으로 견고하게 다져지지! 전쟁들로 자양분을 공급받고!

여행자 그러니까 너희는 병정개미들이구나!

기술자 2 쉿, 이 친구, 아무것도 모르는군!

기술자 1 앤토폴리스의 개미는 평화를 사랑하는 개미다!

기술자 2 평화를 사랑하는 개미들의 나라!

기술자 1 일개미들의 나라!

기술자 2 우리는 그저 세계를 정복하고 싶을 뿐이야.

기술자 1 세계 평화를 위하여 —

기술자 2 평화로운 노동을 위하여 —

기술자 1 말하자면 —

기술자 2 상기한 모든 이익들을 위하여. 우리가 전 세계의 공간을 정복하고 나면 —

기술자 1 우리는 시간을 정복할 것이다.

기술자 2 시간에는 아직 주인이 없으니까.

기술자 1 시간은 공간보다 더 크다. 시간의 주인이 우주의 주인이 될 것이다.

여행자 잠깐만, 나 생각 좀 하고. 시간을 정복한다고? 오로지 영원만이 시간을 정복할 수 있어.

기술자 1 속도는 시간의 주인이다.

기술자 2 속도를 좌우하는 자가 시간을 지배한다.

기술자1 하나, 둘, 셋, 넷!

장님 (더 빨리) 하나, 둘, 셋, 넷. 하나, 둘……. (개미들의 움직임이 더욱더 빨라진다)

기술자1 박자를 가속해.

기술자2 생산의 박자를.

기술자1 삶의 박자를.

기술자2 모두 움직임이 빨라졌다.

기술자1 간결해졌다.

기술자2 계산대로.

기술자1 초 단위까지.

기술자2 1백분의 1초 단위까지.

기술자1 시간을 절약하라.

기술자2 생산을 증진하라.

기술자1 우리는 그간 지나치게 느리게 일했다. 삐걱거리면서 말이야. 개미들이 권태로워 죽어 가고 있다.

기술자2 경제적이지 못해.

기술자1 비인간적이지. 앞으로 개미들의 사인은 과로뿐이다.

여행자 그런데 왜 저렇게 빨리 하는 거지?

기술자1 국익을 위해서.

기술자2 생산의 문제는 세력의 문제다.

기술자1 그리고 평화도. 평화는 무한한 분투니까.

기술자2 우리는 평화를 위한 전투의 선봉에 선 거야.

장님 하나, 둘, 셋, 넷.

전령이 달려 올라와 두 공병에게 중요한 전갈을 전한다.

여행자 하나, 둘, 셋, 넷, 더 빨리! 늙은 시간에 속도의 채찍을 휘둘러! 시간을 철썩철썩 때리고 시간에 올라타서 달리게 만들어! 속도는 진보다! 세계는 결승점을 향해 거침없이 달리고 점점 더 빨리 파멸로 치닫지. 계속 숫자를 외쳐라, 눈먼 이여. 하나, 둘 —
장님 셋, 넷 —
기술자 1 더 빨리, 더 빨리!
노동자 1 (짐을 못 이겨 쓰러지며) 아아!
기술자 2 이건 뭐야? 일어나!
노동자 2 (허리를 굽혀 노동자1을 살핀다) 죽었군.
기술자 1 너하고 너, 속보로! 시체를 치워!

개미 두 마리가 시체를 운반해 나간다.

기술자 2 속도 전쟁에서 쓰러지다니 얼마나 큰 영광인가!
기술자 1 (개미들에게) 조심해서 들어 올려! 너무 느려! 시간을 낭비하고 있다! 던져 버려!

개미들이 시체를 던진다.

기술자 1 하나, 둘, 셋! 저리 치워 버리고 빨리 행진한다! 하나, 둘, 셋!

기술자 2 셋, 넷! 속보로!

여행자 적어도 빨리 죽긴 했군.

기술자 1 일해! 일! 일하는 자가 더 많이 가질 것이다!

기술자 2 더 많이 가지는 자는 더 많이 일해야 한다!

기술자 1 더 많이 필요하니까!

기술자 2 보호해야 할 것이 더 많으니까!

기술자 1 정복해야 할 것이 더 많으니까!

기술자 2 평화를 위해 정복하라!

기술자 1 평화는 곧 노동이다!

기술자 2 노동은 곧 권력이다!

기술자 1 권력은 곧 전쟁이다!

기술자 2 옳소! 옳소!

목소리 다들 비켜! 정신 똑바로 차리지 못해!

몸뚱이보다 더 큰 머리를 달고 있는 발명가가 비틀거리며 손으로 더듬어 길을 찾고 있다.

발명가 신사 여러분, 제발 길을 비키란 말이오! 나는 두뇌를 운반하는 중이야! 끔찍하게 깨지기 쉽단 말이오! 전부 유리로 만든 거요! 깨지면 수천 조각으로 박살 날 거요! 와장창! 부탁이니 뇌를 조심하시오, 뇌를 조심해!

기술자 2 이번엔 무슨 일입니까, 발명가님?

발명가 터져 버리려 하고 있다. 끔찍하게 고통스러워 — 한번 벽에 쿵 부딪으면 와장창 깨져 버릴 거야! 너무 커서 달고 다니기가 버거워. 조심해, 뇌를 조심하란 말이야!

기술자1 신제품은 뭡니까?

발명가 새로운 기계다. 찰칵거리는 소리 들리나? 어마어마하게 큰 물건이다. 양팔로 껴안기도 힘들지. 저리 비켜, 난 기계를 운반하고 있단 말이다!

기술자1 어떤 종류의 기계입니까?

발명가 전쟁 기계 — 최신 모델이지! 가장 크고, 가장 빠르고, 가장 강력하게 생명을 아작 내는 기계다! 푹! 소리가 들리나? 1만 명이 죽었다, 10만 명이 죽었다⋯⋯. 푹, 푹! 아직 잘 돌아가고 있어. 20만이 죽었다니까! 푹!

기술자1 저분을 좀 봐! 진정한 천재 아닌가? 대단한 학자야.

발명가 이 고통! 내 머리가 쪼개지고 있어! 내가 박살 나버릴지도 모르니까 길을 비켜! (퇴장한다) 푹, 푹⋯⋯.

기술자2 과학이야말로 국가에는 최고의 봉사지.

기술자1 과학은 위대해. 전쟁이 날 거야.

여행자 어째서 전쟁을 하지?

기술자1 우리한테 새 전쟁 기계가 생겼으니까.

기술자2 우리는 아직 세계의 작은 조각을 손에 넣지 못했어.

기술자1 전나무 숲에서 자작나무 숲까지 이어지는 조각이지.

기술자2 풀잎 두 개 사이로 난 통로.

기술자1 남쪽으로 자유롭게 통하는 유일한 길이지.

기술자2 특권의 문제야.

기술자1 상업이지.

기술자2 우리의 위대한 민족적 관념!

기술자 1 우리냐, 노란 개미냐!

기술자 2 이보다 더 정당하고 명예로운 전쟁은 일찍이 없었다 —

기술자 1 우리가 지금 준비하는 이 전쟁보다 말이지.

기술자 2 준비는 끝났어.

기술자 1 이제 우리는 카수스 벨리[11]를 기다린다.

장님 하나, 둘, 셋, 넷…….

공이 울린다.

기술자 1 무슨 소리지?

목소리들 전령이다, 전령!

전령 1 남부군 경비대에서 보고를 요청합니다!

기술자 1 보고하라.

전령 1 최고 사령부의 명령을 받고 우리는 국경을 넘어 노란 개미 영토로 진격했습니다!

기술자 1 그런데?

전령 1 노란 개미들이 저를 생포하여 지휘관에게 데려갔습니다.

기술자 1 그런데?

전령 1 지휘관이 보낸 편지가 여기 있습니다.

기술자 1 어디 보여 주게. (편지를 받아 읽는다) 〈노란 개미 정부는 앤토폴리스가 자작나무와 전나무 사이의 영토에 소속된

---

11 *casus belli*. 〈개전의 명분〉을 의미하는 라틴어.

두 풀잎 사이의 통로에서 즉각 물러날 것을 요구한다……〉

기술자 2 하는 소리 좀 보게!

기술자 1 〈……이 영토에는 우리 국가에 필수 불가결한, 역사적이고 신성하고 군사적이고 산업적인 이익이 걸려 있다. 법에 따라 우리가 마땅히 소유해야 할 영토다.〉

기술자 2 이건 앤토폴리스에 대한 모욕이야. 절대 참을 수 없다!

기술자 1 〈그리하여 우리는 연대에 진격 명령을 내렸다.〉(편지를 떨어뜨리며) 전쟁! 드디어 전쟁이다!

기술자 2 드디어 전쟁이군! 도발에는 응전할 수밖에!

기술자 1 무기를 들어라!

전령 2 (달려 들어온다) 노란 개미들이 우리 국경을 넘어오고 있습니다!

기술자 1 (개밋둑 복도로 황급히 뛰어 들어가며 외친다) 개미들이여, 무기를 들라!

기술자 2 (다른 복도로 달려 들어가며) 무기를 들라, 무장하라!

사이렌이 울린다. 개미들이 사방에서 개밋둑으로 몰려온다.

장님 하나, 둘, 셋, 넷! 하나, 둘, 셋, 넷!

개밋둑 내부의 소요가 점점 심해진다.

여행자 무기를 들라, 개미들이여! 풀잎 두 개 사이의 통로를 사수하라! 풀잎과 풀잎 사이 조막만 한 땅뙈기! 그대들의 신성한 권리다! 숭고한 국익이다! 지상에서 가장 위대한 분쟁! 수단과 방법을 가리지 말라! 만세! 무기를 들라! 저 땅덩어리가 타국에 속하게 되어 이방의 개미가 자기 식량을 그대들의 개밋둑으로 가지고 들어온다면 어떻게 살아갈 수 있겠는가? 두 개의 풀잎을 위해 10만의 목숨을 바치라! 부족한가? 너무 적은가? 전쟁은 곤충의 일이다. 참호를 파고, 흙을 푸고, 총검으로 공격하고, 전우의 시체를 넘어 전진하라. 50야드의 변소를 위한 5만의 사상자! 공통의 명분 만세! 우리의 역사적인 유산이여! 우리의 따뜻한 가정을 위한 자유! 두 개의 작은 풀잎이 걸려 있다! 이토록 준엄한 사안은 오로지 죽은 자만 이해할 수 있다!

번데기 지구 전체가 전율하고 있어! 뭔가 위대한 일이 일어나고 있어. 내가 곧 태어날 거야!

북소리가 울리자 소총, 총검, 기관총으로 무장하고 헬멧을 착용한 개미들이 횡대로 행진해 대형을 구성한다. 기술자 1이 총사령관 배지를 달고 장교들과 함께 들어온다. 기술자 2가 참모총장이 되어 함께 입장한다.

여행자 (대열을 지나치며) 여러분은 훈련을 보고 계십니다. 일동 차렷! 전투 준비! 조국이 그대를 원한다. 맞서 싸우거나 장렬하게 쓰러지라! 두 개의 풀잎이 지켜보고 있다!

기술자 1 (단상에서 펄쩍펄쩍 뛰며) 병정들이여! 우리는 어쩔 수 없이 그대를 조국의 국기 아래로 부를 수밖에 없었다! 잔인한 원수가 비겁하게도 공격을 감행해 평화를 위한 우리의 조치를 무산시켰다. 이런 국가적 위기의 시간을 맞아 나는 스스로 독재자가 될 것을 선포한다!

기술자 2 독재자에게 영광 있으라! 제군, 만세를 불러라. 그러지 않으면 —

병정들 독재자에게 영광 있으라!

독재자 (경례를 붙인다) 고맙다, 제군. 그대들은 시대의 요구를 이해해 주었다. 손에 총을 들고 우리는 정의와 자유를 위하여 싸울 것이다 —

참모총장 그리고 국가 권력 —

독재자 그리고 국가 권력을 위해 싸울 것이다. 우리는 문명과 군대의 명예를 사수할 것이다. 제군들이여, 나는 최후의 피 한 방울까지 그대들과 함께 흘릴 것이다!

참모총장 사랑하는 지도자 각하, 만수무강하소서!

병정들 사랑하는 지도자 각하, 만수무강하소서!

독재자 (경례를 붙인다) 내 병정들은 내가 안다. 우리는 최후의 승리까지 싸울 것이다! 용맹스러운 투지여, 영원하라! 만세!

병정들 만세! 만세! 만세!

독재자 (참모총장에게) 제1연대와 제2연대, 진군하라! 제4연대는 전나무 측면을 공격하고 노란 개미들의 개밋둑을 덮쳐라. 암컷과 유충들을 말살하라! 제3연대는 대기하라. 단 한 놈도 살려 두지 말라!

참모총장 (경례를 붙이며) 예, 각하!

독재자 신의 가호가 함께하기를. 우향우, 진군! (북소리가 울린다)

참모총장 우향우, 진군! 하나, 둘, 하나, 둘, 하나, 둘! (병정들을 좌측으로 인도해 퇴장한다)

독재자 하나, 둘! 어쩔 수 없는 정당방위다! 하나, 둘! 정의의 이름으로! 하나, 둘! 우리 고향과 가정을 위하여! 하나, 둘! 우리의 국토를 확장하라! 하나, 둘! 국가의 의지다! 하나, 둘! 역사의 요구다! 하나, 둘!

북소리에 맞춰 끝을 알 수 없는 병정들의 횡대가 전진한다.

내가 제군들과 함께 있다! 제5연대에 영광 있으라! 하나, 둘! 솔방울들 옆 승리를 향해 진군하라! 하나, 둘! 영광의 시대! 하나, 둘! 세계를 정복하라! 하나, 둘! 제7연대 만세! 하나, 둘! 우리 영웅들이 노란 비겁자들을 파멸시킬 것이다! 하나, 둘! 불태우라, 베라, 죽이라!

전령 (달려온다) 노란 개미들이 바위들과 전나무 뿌리 사이의 공터를 뚫고 침투해 왔습니다.

독재자 모든 것이 계획에 따라 진행될 것이다! 더 빨리, 병정들이여! 하나, 둘! 기적의 군인 정신! 하나, 둘! 영광스러운 국가를 수호하기 위한 어쩔 수 없는 정당방위다! 하나, 둘! 조국이 그 누구도 살려 두지 말라고 명령한다! 하나, 둘! 세계사에서 우리의 가장 위대한 순간이 왔다! 하나, 둘!

저 멀리 우레 같은 포성이 들린다.

    전투를 개시하라. 2차 징발을 시행하라! (망원경으로 전장을 살펴본다)
장님 하나, 둘, 셋, 넷! 하나, 둘, 셋, 넷…….

아득하던 포성이 차츰 가까워진다.

번데기 (외친다) 지구 전체가 쪼개지고 있어! 내 말을 좀 들어 봐! 대지의 심연에서 창조의 고통이 나의 탄생을 선포하고 있다고!
독재자 2차 징발! 3차 징발! 전투 태세를 갖추라! 무기를 들라! 병참 장교, 보고하라!
병참 장교 (입장하여 고함을 친다) 전투는 유리한 기상 조건에서 시작되었습니다. 영웅적인 우리의 군이 충천한 사기로 전투에 임하고 있습니다.

북소리에 맞춰 개밋둑에서 새로운 연대들이 모습을 드러낸다.

독재자 우향우! 전진! 하나, 둘! 더 빨리, 제군들!
전령 (다시 뛰어 들어온다) 아군 우측 연대가 퇴각하고 있습니다. 제5연대는 괴멸당했습니다.
독재자 모두 계획대로다. 제6연대로 대체하라.

전령이 달려 나간다.

여행자 계획대로 전 연대가 전멸했다! 훌륭하군! 이제 아예 사신이 명령을 내리고 있어. 나도 거기 있었지. 시체가 즐비한 드넓은 전장을 보았다고! 짓이겨진 인간의 살점이 눈 속에 얼어붙어 있었어. 그리고 위대한 총사령관, 견장을 달고 깃털을 휘날리며 가슴에 빽빽하게 훈장을 단 죽음의 신께서 사망자들의 지도에 제시된 계획대로 시체들이 도열해 있는지 시찰하고 계셨다 이 말씀이야!

들것을 운반하는 개미들이 부상당한 개미들을 싣고 달려 들어온다.

부상자 (울부짖는다) 제5연대! 우리 연대! 전멸했어! 학살을 멈춰!

전신기가 따다닥 소리를 낸다.

신호 장교 (전보를 읽는다) 〈제5연대 전멸. 차후 명령을 기다리며 대기 중.〉
독재자 제6연대로 대체하라. (병참 장교에게) 병참 장교, 보고하라!
병참 장교 전투는 만족스럽게 진행되고 있습니다. 제5연대는 영웅적으로 공격을 저지하는 무훈을 세웠으며, 이후 제

6연대의 지원을 받았습니다.

독재자 브라보! 그대에게 무공 훈장을 수여하겠다!

기자 (수첩을 들고 다가오며) 언론, 언론입니다! 승전보를 공표할까요?

독재자 좋소. 〈세심한 계획에 따라 작전은 승리로 끝났다. 우리 군의 충천한 사기가 빛났다. 불패의 진군. 원수의 전의를 꺾다.〉

기자 그대로 게재하겠습니다.

독재자 좋았어. 그대들만 믿소. 〈충천한 사기〉를 잊지 마시오.

기자 언론은 의무를 다할 것입니다, 각하! (달려 나간다)

자선기금 모금자 (깡통을 딸랑거리며) 부상자를 도웁시다! 부상자들을 위해 전 재산을! 불구가 된 병정들을 도웁시다!

독재자 (병참 장교에게) 제2연대 전진! 대가를 막론하고 무조건 돌파하라!

자선기금 모금자 우리 영웅들에게 선물을! 우리 형제들을 도웁시다!

여행자 (단추를 하나 뜯어 깡통에 넣으며) 영웅들을 위한 선물! 자, 전쟁에 바치는 내 마지막 단추요!

부상자 (들것에서 신음하며) 날 죽여 줘!

자선기금 모금자 (물러나며) 부상자들을 도웁시다!

전신기가 따다닥거린다.

신호 장교 노란 개미들의 우익이 퇴각하고 있습니다!

독재자 추격하라! 끝장을 내!

병참 장교 (고래고래 호통을 치며) 적군이 대열을 이탈해 줄행랑치고 있다! 우리 용감한 연대들은 죽음을 무릅쓴 창대한 용기로 저들을 끝까지 추격한다!

독재자 4차 징발!

병참 장교가 후다닥 개밋둑으로 들어간다.

신호 장교 제6연대가 최후의 1인까지 몰살당했습니다.

독재자 모두 계획대로다. 제9연대로 대체하라. 5차 징발!

새로운 대형의 병정개미들이 나타난다.

더 빠르게!

개미들이 급히 전장으로 달려 나간다.

신호 장교 제4사단이 전나무를 포위하고 노란 개미들의 개밋둑을 돌파해 수비대를 괴멸하고 있습니다!

독재자 완전히 짓밟아 버리자! 암컷과 유충을 남김없이 박멸하라!

신호 장교 적의 본거지가 뚫렸습니다! 가시금작화 덤불까지 접근할 진로를 확보했습니다!

독재자 승리는 우리의 것이다! (무릎을 꿇고 헬멧을 벗는다)

만개미들의 전능하신 신이여, 이건 그대가 내려 준 승리요! 그러니 그대를 개미군 군단장으로 임명하오! (벌떡 일어난다) 제3사단, 적진으로 진군하라! 전 대기 병력을 작전에 투입하라! 단 한 놈도 살려 두지 말라! 전진하라! (다시 무릎을 꿇는다) 정의로우신 신이여, 그대는 우리의 신성한 명분을 보고 또 알고 있소……. (벌떡 일어난다) 추격하라! 죽이라! 말살하라! (다시 무릎을 꿇는다) 전능하신 개미들의 신이여, 우리가 세계를 정복하는 이 위대한 순간에……. (조용히 기도를 한다)

여행자 (그를 굽어보며 조용히) 세계? 불쌍한 개미 같으니, 기껏해야 더러운 풀과 흙덩어리를 세계라 이름 붙이다니! 이 한 줌의 먼지를! 바보들! 네놈들의 개밋둑이 짓밟힌다 해도 연민에 살랑거릴 우듬지 하나 없단 말이다!

독재자 너는 누구냐?

여행자 그냥 화자(話者)일 뿐이야. 어쩌면 어제는 또 다른 개밋둑의 병정이었을지 모르지. 너는 뭐냐? 우주의 정복자? 네가 그렇게 대단하다고 생각해? 네놈의 명성이 딛고 선 저 시체 더미가 너무 작은 거 아니냐?

독재자 그런 건 중요하지 않아. 나 스스로 황제가 될 테니까!

신호 장교 제2사단이 전력 보충을 요구하고 있습니다. 우리의 병력이 고갈되고 있습니다!

독재자 뭐라고? 버텨야 해! 매질을 하라!

신호 장교 제3사단이 참패했습니다.

개미들 (무대를 가로질러 도망치며) 후퇴다!

독재자 5차 징발! 전원 전투 태세!

개미 목소리 (무대 배경 뒤에서 외친다) 그만둬! 안 돼! 안 돼! 돌아와!

또 다른 목소리 (찌르는 듯한 절규) 도망쳐! 걸음아 날 살려라 도망쳐!

독재자 6차 징발! 병원을 싹 비우라! 전원 전투 태세!

병정 (좌측에서 도망치며) 학살이다! 도망쳐!

병정 두 마리 (우측에서 달려 나오며) 포위당했어! 도망쳐! 탈출해!

독재자 (호통을 친다) 복귀! 전장으로! 위치를 사수하라!

우측에서 한 무리 (쿵쾅쿵쾅 온 힘을 다해 발을 구르며) 달려! 달려! 화염 방사기가 온다!

좌측에서 한 무리 서쪽으로! 걸음아 날 살려라 도망쳐! 비켜!

우측에서 개미 떼 도망쳐! 우리를 쫓아오고 있어! 동쪽으로!

좌측에서 개미 떼 서쪽으로! 길을 비켜! 저들이 오고 있어!

두 무리가 공황에 빠져 서로 싸우며 죽이기 시작한다.

독재자 (앞으로 성큼성큼 걸어 나오더니 개미들을 난도질하기 시작한다) 복귀하란 말이야, 이 겁쟁이들아! 가축만도 못한 놈들! 내가 바로 네놈들의 황제란 말이다!

병정 뒈져 버려! (총검으로 독재자를 죽인다) 도망치는 편이 훨씬 낫다고! (달려 나간다)

참모총장 (부상을 당해 달려가다가 작은 흙무덤 위로 뛰어 올라간다) 저들이 도시를 점령했다! 소등하라!
노란 개미들 (양편에서 떼 지어 달려 나오며) 만세, 만세! 개밋둑은 우리 것이다!

불이 꺼진다. 어둠, 소란, 혼돈.

참모총장 목소리 전투 개 — 아악!
노란 개미 지도자 목소리 통로를 따라 끝까지 저들을 추적하라! 학살하라! 한 마리도 살려 두지 말라!

학살당하는 개미들의 비명 소리. 〈아아악……!〉

장님 목소리 하나, 둘! 하나, 둘! 하나, 둘!
노란 개미 지도자 저들을 쫓으라! 박멸하라! 한 마리도 남김없이 말살하라!

고함과 비명 소리가 잦아든다.

장님 하나, 둘! 하나, 둘! 하나, 둘!
노란 개미 지도자 점등!

불이 다시 켜진다. 무대 전면은 텅 비어 있다. 노란 개미들이 통로들에서 맹렬한 기세로 달려 나와 죽은 개미들의 시체를 계단 아래로 집어 던진다. 사방에 시체 더미들.

노란 개미 지도자 잘했다, 노란 개미들! 저들은 지구상에서 자취를 감추었다!

여행자 (피바다를 헤치고 나오며) 그만두시오, 장군, 이런 꼴은 지긋지긋하게 봤단 말이오!

노란 개미 지도자 노란 개미들의 승리다! 정의와 진보의 승리다! 풀잎 두 개 사이의 통로는 드디어 우리 것이 되었다! 세계가 우리 것이다! 나는 스스로 우주의 지배자를 자처하겠다!

시끄러운 소리들이 통로를 따라 멀어져 간다.

번데기 (꿈틀거리며) 나…… 나…… 나……!

노란 개미 지도자 (무릎을 꿇고 헬멧을 벗으며) 정의로운 신이여, 그대는 우리의 신성한 명분을 보고 알고 있소. 우리는 오로지 정의, 역사, 국가의 명예와 상업적 이익만을 위해 싸울 뿐이오…….

여행자 (벌떡 일어나 노란 개미 지도자를 발로 차고 구두 굽으로 짓이겨 땅바닥에 갈아 버린다) 염병할 버러지 같으니!

막이 내린다.

에필로그
삶과 죽음

숲 속 한가운데. 칠흑 같은 밤. 여행자는 땅바닥에 누워 잠들어 있다.

여행자 (꿈을 꾸며) 그만둬, 장군, 지긋지긋하게 본 꼬락서니야! (잠에서 깬다) 꿈이었나? 여기는 어디지? 끔찍한 어둠이군. 번데기, 번데기! (일어서서 손으로 더듬으며 객석으로 다가온다) 어째서 이렇게 어두운 거지? 내 발치도 보이지 않아 ― 누가 말하고 있나? 당신 누구야? (소리를 지른다) 거기 누구 있어요? 그냥 내 목소리구나. (손으로 주위를 더듬어 살핀다) 아무것도 없어. (외친다) 거기 누구 있습니까? 아무것도 없군. 그냥 텅 빈 구멍뿐이야. 어디서부터 파기 시작해야 하지? 뭐 꽉 붙잡을 거라도 있으면 좋겠는데. 아무것도 없군. 하느님 맙소사, 하늘은 어디 있지? 조그맣게 깜박이는 불빛 하나라도 있으면 얼마나 좋을까. 인간의 손길! 인간의 표지판! 난 대체 어디 있는 거야? (무릎을 꿇는다) 무서워! 빛을 줘! 빛!

어둠 속에서 들려오는 목소리 빛은 있다, 넉넉히 있다!

여행자 (땅바닥을 기며) 인간의 빛, 한 줄기의 빛!

다른 목소리 식량을 줘! 마실 걸 줘!

또 다른 목소리 와줘, 내가 당신을 부르고 있잖아! 내가 그대를 찾고 있잖아, 내게 오라고!

힘없는 목소리 물, 물!

여행자 아주 희미한 불빛이라도!

쇠똥구리 목소리 (아득히 먼 곳에서) 내 공, 내 똥 공이 어디 있을까?

여행자 내게 빛을 줘!

목소리 갈증, 굶주림!

죽어 가는 목소리 날 죽여 줘! 끝장을 내달란 말이야!

다른 목소리 널 원해! 내 것이 되어 줘!

여행자 빛을 줘! 아, 이건 뭐지? 돌멩이다!

목소리 갈증! 굶주림!

다른 목소리 자비를 베푸소서!

여행자 그냥 작은 불씨 하나만이라도……. (돌멩이를 서로 문지르기 시작한다) 단 하나 고독한 불씨! 최후의 불씨!

돌멩이들에서 불꽃이 튀더니 유령처럼 괴기스러운 빛으로 구중 숲 속을 밝힌다.

  (벌떡 일어서며) 빛이다!

목소리들 (잦아들며) 살려 줘! 빛이다! 도망쳐!

여행자 아, 너무 좋아!
목소리들 (무대 뒤에서 가까워지며) 빛! 빛!
번데기 누가 나를 부르고 있지?
여행자 하느님, 감사합니다. 빛이다!

빛이 점점 넓게 퍼진다. 조용한 음악.

번데기 무릎을 꿇어라, 무릎을 꿇어! 내가 이 세계에 입성하기로 선택했다!
목소리들 (가까워지며) 빛을 보라!
번데기 탄생의 고통 속에서 내 감옥의 벽은 터져 나가리라! 본 적도 없고 들은 적도 없는 내가 실체가 될 것이다. 실존할 것이다!

이글거리는 무대 중앙으로 빙글빙글 도는 투명한 하루살이 떼가 춤추며 등장한다.

여행자 너희는 어디서 왔니, 작은 하루살이들아?
하루살이 1 (무리에서 나와 빙글빙글 돌면서) 오, 오, 오! (파닥이며 날라올라 노래한다) 어둠 속에서 미광처럼 타오르는 불길이 우리 하루살이들의 생명에 불을 지핀다! 춤을 추어라, 자매들이여, 춤을! 오, 오, 오! (빙글빙글 돈다)
하루살이 코러스 빙글빙글 돌고, 춤을 추고, 우리는 생명이다! 소용돌이치고 빙글빙글 도는, 우리는 생명이다! 생명그 자체! 생명! 생명! 생명!

하루살이 1 (파닥이며 날아올라) 깜박이는 햇살로부터 우리는 날개를 짠다. 신성한 뮤즈가 손수 자아낸, 별에서 별로 이어지는 빛나는 실. 시간과 공간을 뚫고 계속해서 춤을 추지! 빛 속에서 신의 모습을 본떠 태어난 생명의 영혼들— (옆으로 픽 쓰러지더니 죽는다)

하루살이 2 (파닥파닥 날아올라 빙빙 돈다) 신은 우리를 창조하셨다. 오, 오, 오! 영원한 삶! 오, 오, 오! 영원한 생명!

여행자 (비틀비틀 다가가) 그게 무슨 뜻이야, 영원이라니?

하루살이 2 살고, 회전하고, 파닥이고, 빙글빙글 도는 것! 저 높은 천국에서 메아리치는 하루살이 날개들의 우주적인 회전! 우리의 신비스러운 사명, 우리 영원한 춤! 우리 날개가 만드는 우주적인 화음! 오, 창공을 지배한다는 건 얼마나 근사한 사명인가! 하루살이라니 얼마나 기쁜가! 산다는 건 빙빙 도는 것! 오, 오, 오! (계속 빙글빙글 돈다)

하루살이 코러스 영원한 생명! 영원한 생명!

여행자 (그들 사이에서) 오, 얼마나 멋진 사명인가! 오, 얼마나 충만한 기쁨인가!

하루살이 코러스 돌고, 선회하고, 파닥거리고, 춤을 추는 것! 자매들아, 어서 모여라!

하루살이 2 (파닥이며 비상한다) 삶을 펼쳐라. 투명하게, 한없이 가볍게, 영원히! 세상에서 가장 고운 비단실로 짠 정령들! 우리는 삶이다! 우리는 삶이다! 투명하고, 무한히 가벼우며, 영원하다! 신성한 용광로에서 튀는 불꽃, 찬미를

위해 — (쓰러지더니 죽는다)

여행자 어이, 죽었잖아!

하루살이 3 (파닥이며 날아올라 선회한다) 오, 오, 오! (멈춘다) 세상이 우리와 함께 선회하며 찬미하고 꾸르륵거리고 기뻐하며 즐거워한다! 하루살이 생명의 은총을 보라! 위대하고 사랑으로 충만하며 영원하다! 불같은 생명의 춤을 찬미하라! 한순간도 쉼 없이 현기증 나고 기쁨으로 충만하다! 영원히 우리와 함께한다 — (쓰러져 죽는다)

여행자 (두 팔을 치켜들고 빙글빙글 돈다) 오, 오, 오!

하루살이 코러스 생명은 복되도다! 생명을 찬미하자!

여행자 생명, 생명에 우리는 매혹되었다! 심지어 나, 이 늙은 하루살이마저 환호성을 올리며 빙글빙글 돌고 있지 않은가! 아, 생명!

하루살이 코러스 생명은 복되도다! 생명을 찬미하자!

여행자 우리 모두, 살아가자! 만물이 살기를 원해! 생명을 꽉 붙들어라. 함께 생명을 위해 투쟁하지 않는다면 — 우리는 모두 세상에서 혼자뿐이다. 신이 우리에게 묘지의 망각에 맞서 싸우는 법을 보여 주시잖아!

하루살이 코러스 생명은 복되도다! 생명을 찬미하자!

하루살이가 하나씩 줄지어 쓰러져 죽어 간다.

여행자 우리 모두 똑같이 가는 거야 — 파리, 인간, 사상, 헤엄치는 것들, 기어다니는 것들, 풀, 만물이! 아직 목숨이 붙어 있는 동안은, 우리 모두 하나의 연대로 단합해 영원한 생명의 지도를 따라야만 해.

하루살이 코러스 생명을 찬미하자! 생명은 복되도다!

번데기 (찌르는 듯 비명을 올리며) 길을 비켜라! (붕대로 칭칭 감긴 고치를 찢고 하루살이가 되어 뛰쳐나온다) 여기 내가 왔다!

여행자 (비틀거리며 그쪽으로 간다) 너, 작은 번데기? 그러니까, 네가 드디어 태어났구나!

번데기 (파닥거리며 날아올라 빙글빙글 돌기 시작한다) 오, 오, 오!

여행자 (뒤쫓으며) 이게 다야?

번데기 (빙글빙글 돌며) 오, 오, 오! (파닥거리며 날아오른다) 나는 생명의 통치를 선포한다! 나는 만물에 삶을 명령한다! 생명의 왕국이 도래했다! 오, 오, 오!

살아남은 하루살이들 영원한 생명! 영원한 삶! (한꺼번에 풀썩 쓰러져 죽어 버린다)

번데기 (파닥이며 날아올라) 전 세계가 나의 탄생을 기다리며 몸을 뒤치었다! 내 말을 들어라, 오, 내 신성한 전갈을 들어라! 위대한 일들이 곧 일어날 것이다! 정숙하라, 정숙을 명한다! 나는 위대한 말씀을 전하러 왔 — (툭 떨어져 죽는다)

여행자 (그 위로 무릎을 꿇고 몸을 굽힌다) 일어나, 작은 날파리. 어째서 떨어진 거니? (들어 올린다) 죽었어! 이렇게 어여쁜 얼굴, 이토록 맑고 또렷한 눈망울! 나한테 말해 주고 싶었던 게 뭐니? (두 팔로 안아 올린다) 죽다니! 어찌나 가벼운지 ― 세상에, 얼마나 아름다운지! 어째서 죽어야만 했던 걸까? 아, 날파리야! (사체를 땅에 눕히고 땅바닥을 기어가서 죽은 하루살이들의 머리를 힘없이 들어보며 살핀다) 춤추는 미녀, 너마저! 그리고 그토록 노래를 잘 불렀던 너마저! 그리고 너, 이렇게 어린 너도! 이 입술은 다시는 말하지 않겠지! 죽었다니! 그리고 너, 작은 초록색 드레스를 입은 너도! 눈을 떠봐! 일어나, 살아, 생명을 찬미해! (다시 무릎을 질질 끌며 기어간다) 아, 대체 생명이란 뭐였을까?

유령 같은 숲의 불빛이 서서히 물러나 꺼지고, 한 줄기 작은 빛이 여행자를 비춘다.

누구야? 이 손 놔, 춥단 말이야. 너는 누구야? (텅 빈 공간으로 돌진한다) 그 차가운 손을 내 몸에서 떼지 못해? 싫어……. (일어난다) 꺼져! (허공을 공격하며 방어 자세를 취한다) 네가 내 목을 조르고 있어! 네가…… 네가 누군지 난 알아 ― 죽음이지! 오늘 너를 너무나 많이 봤단 말이다! 난 싫어……. 깡말라 가지고! 눈도 없고! 혐오스러워! 아악! (다시 텅 빈 공간으로 돌격한다) 그만둬!

민달팽이 두 마리 등장. 우측에서 기어 나온다.

민달팽이 1   멈츄어! 머가 꿈트르르르거리고 있셔!

민달팽이 2　물러셔! 바부야!

여행자　(싸우며) 받아라, 이빨쟁이! 하, 이거나 먹어라! (무릎을 꿇지 않으려 애쓰며) 놔, 네놈이 내 목을 조르고 있잖아! 숨을 쉬게 해줘! 나는 그저 살고 싶을 뿐이야 — 그게 지나친 바람이냐? (팔다리를 버둥거리며 일어난다) 네게 내 목숨을 내줄 수는 없어, 이 해골아! 이거나 먹어! (다시 땅바닥에 쓰러진다) 오호, 이제 내 발을 걸어 보시겠다?

민달팽이 1　어이, 밍달팽이!

민달팽이 2　응, 머?

민달팽이 1　봐, 죽음과 싸우고 이셔!

민달팽이 2　우리 구경햐쟈, 엉?

여행자　(힘겹게 몸을 일으키며) 살게 해달란 말이야! 그냥 딱 하루만! 내일까지만! 숨을 쉬게 해줘! (안간힘을 쓴다) 놔줘, 내 목을 조르고 있잖아! 난 죽을 준비가 안 됐어! 아직 충분히 살지 못했단 말이야! (악을 쓴다) 아아아악! (얼굴을 땅에 박고 쓰러진다)

민달팽이 1　쟤민는데, 그춰?

민달팽이 2　어이, 밍달팽이.

민달팽이 1　응, 머?

민달팽이 2　거의 목 죨라 쥬길 뻔해셔!

여행자　(벌떡 무릎을 꿇고 일어나며) 비겁한 놈, 넘어진 사람 목을 조르다니! 놔, 한순간만 — 달란 말이야! (일어나 외친다) 살게 해줘! 살게 해달라고! (외친다) 꺼져 버려! 할 말이 너무나 많단 말이야! (털썩 무릎을 꿇고 주저앉는다)

어떻게 살아야 할지 이제는 안단 말이야! (다시 땅바닥에 얼굴을 처박고 쓰러진다)

민달팽이 1 (천천히 앞으로 기어 나오며) 져 칭구 쇼는 끈났네!

민달팽이 2 예슈님! 예슈님! 이게 웬 날벼략이야! 웬 불행이야! 어째서 우리를 버리쉬나여?

민달팽이 1 쥥쥥거리지 마! 우리랑은 아뮤 샹관됴 업는 일이쟌하!

민달팽이 2 알어, 그래도 누갸 쥬그면 머라 말은 해야 하쟌하. 내 말 알계써?

민달팽이 1 가쟈. 밍달팽이들이 몇 마리 엄써셔 양배츄가 만 키만 바라쟈!

민달팽이 2 밍달팽이, 져것 춈 봐!

민달팽이 1 쥭은 하루샤리들이 져러케 많아!

민달팽이 2 못 먹는 게 아숩다.

민달팽이 1 구러게 마리야. 계속 기기나 하는 게 쟝땡이야.

민달팽이 2 즁요한 건 우리가 살아 이따는 거쥐, 어!

민달팽이 1 구러게 마리야. 어이, 밍달팽이!

민달팽이 2 응, 머?

민달팽이 1 샮은 달콤해!

민달팽이 2 마쟈! 달콤한 샮 만셰이지, 그춰?

민달팽이 1 꾸물꾸멀 기어가쟈.

민달팽이들이 무대 측면 뒤로 미끄러지며 사라져 간다.

민달팽이 1 멋뜨러진 쇼여써, 그춰?
민달팽이 2 구래! 즁요한 건 우리가 아쬭 샬아 이따는 거줘.

민달팽이들이 사라진다.

막이 내린다.

마크로풀로스의 비밀

등장인물

에밀리아 마르티
야로슬로프 프루스, 야네크, 프루스의 아들
알베르트 그레고르(베르티)
막스 하우크−센도르프
콜레나티 박사, 변호사, 비테크, 콜레나티의 비서
크리스티나 비테크(크리스티), 비데크의 딸
하녀, 의사, 무대 담당, 청소부, 여성

제1막

콜레나티 변호사 사무실 안에 있는 비테크의 방. 뒤쪽에 거리로 통하는 문이 하나 있고, 왼쪽에는 콜레나티의 집무실로 통하는 문들이 있다. 뒷벽에는 어마어마하게 많은 원장(原狀)들과 알파벳 순서에 따라 분류된 빵빵한 서류철들이 있다. 꼭대기 선반에 올라가기 위한 사다리가 하나 있다. 왼편에 비서의 책상이, 가운데에는 타이피스트의 책상이, 오른편에는 대기 고객을 위한 팔걸이의자들이 놓여 있다. 벽에는 가격표와 공지들, 달력 하나와 전화기 하나가 걸려 있다. 방 안에 온통 책과 서류들이 빼곡히 들어차 있다 — 소송 사건 적요서, 서류와 법령들이다.

비테크 (사다리 위에서 사건 적요서를 철하며) 오, 이런, 이런, 1시인데 아직도 안 오시네. 그레고르 대 프루스…… 그레고르 대 프루스…… G. 그레고……. (사다리를 오르며) 여기 있군. 그레고르. 너를 끝내야 하다니 안타깝구나. (서류를 뒤적거리며) 1827년, 1832년, 1840년……. 40…… 47……. 몇 년만 더 버텼으면 1백 주년 기념일을 챙겨 줬을 텐데.

기막히게 근사한 사건인데 말야. (서류를 다시 서류철에 밀어 넣는다) 평화롭게 잠들라, 그레고르 대 프루스 사건! 아냐, 됐어, 영원한 게 어디 있나. 헛되고 헛되지. 흙에서 온 자 흙으로 돌아가는 거야. (깊은 생각에 잠겨 사다리 꼭대기에 앉아 있다) 귀족 계급이라는 게 그런 거야. 옛날 지배층. 내가 보기엔 그 프루스 남작이 화근이었어. 백 년 동안이나 재판장 안을 빙글빙글 돌며 서로 잡으려고 난리를 치던 그 인색한 구두쇠들! (잠시 말을 멈춘다) 시민들이여! 시투와이앵![12] 그대들은 대체 언제까지 프랑스의 왕들 때문에 버릇만 나빠진 기사들이며 세습 영주들을 참아 주며 살 생각이지? 자신들의 특권에 대해 자연이 아니라 폭압에 감사해야 할 인간들은 누구인가? 우리의 땅, 우리의 법, 우리의 권리를 소유한 사람들은 대체 누구인가……?

그레고르 (문간에서 발을 멈춘 채 기척 없이 한동안 듣고 있다가) 안녕하시오, 시민 마라![13]

비테크 그건 마라가 아니라 당통[14]이 한 말이오! 1792년 10월 23일의 연설에서 — 아, 선생님이셨군요. 정중히 사과드립니다.

그레고르 콜레나티 박사는 아직 돌아오지 않았소?

12 *citoyens*. 〈시민〉을 뜻하는 프랑스어.
13 프랑스 혁명기 정치인인 장폴 마라Jean-Paul Marat를 빗대어 부른 것이다.
14 역시 프랑스 혁명기의 주요 정치인이었던 조르주 자크 당통Georges Jacques Danton을 빗댄 것이다. 당시 당통은 마라, 로베스피에르Maximilien Robespierre와 함께 프랑스 혁명을 주도했으나 훗날 로베스피에르에 의해 숙청당했다.

비테크 (사다리에서 내려온다) 아직 안 오셨네요.

그레고르 그러면 판결은?

비테크 저는 모릅니다, 그레고르 씨. 그렇지만 —

그레고르 좋아 뵈진 않는 모양이군, 안 그렇소?

비테크 제가 도와 드릴 길은 없습니다만, 딱한 일이죠. 근사한 재판이었는데.

그레고르 우리가 졌소?

비테크 콜레나티 박사님께서는 오전 내내 법정에 계셨습니다. 혹시 —

그레고르 (소파 쪽으로 돌아서며) 그래, 알았소, 전화라도 좀 해보시오. 대체 뭘 기다리고 있는 거지?

비테크 (황급히 전화기로 가면서) 물론 그래야죠, 선생님. 여보세요? (수화기를 들고 몸을 돌려 그레고르 쪽을 보며) 저라면 대법원까지 끌고 가지는 않았을 겁니다.

그레고르 어째서?

비테크 왜냐하면 — 여보세요? 2-2-3-0-5번요, 네……. 왜냐하면 그건 끝이라는 뜻이니까요, 선생님. 끝 말입니다!

그레고르 무엇의 끝?

비테크 사건의 끝이죠. 이건 사건이 아니었어요. 역사적인 전기였단 말입니다. 거의 90년 동안 그건 — (수화기에 대고) 여보세요, 아가씨? 거기 콜레나티 박사님 계십니까? 여기는 박사님 사무실인데요……. (돌아서서 그레고르를 향해) 그레고르 파일은 우리 역사의 일부입니다. 거의 1백 년을 — (수화기에 대고) 벌써 떠나셨다고요? 고맙습니다.

(끊는다) 오고 계신답니다.

그레고르 그런데 판결은?

비테크 저는 모릅니다, 그레고르 씨. 다만 판결이 나질 않기를 바랄 뿐이지요. 오늘이 마지막 날이라고 생각하면 저로서도 어쩔 도리가 없어요! 32년 전부터 그레고르 사건에 매진해 온 마당에 말입니다! 그때는 물론 선생님의 부친이셨지만요. 하느님, 그분들의 영혼에 영원한 영예를 허하소서. 선친과 콜레나티 1세, 그러니까 우리 변호사님의 부친 말입니다. 위대한 세대였습니다, 선생님.

그레고르 고맙군.

비테크 두 분은 위대한 변호사들이었습니다. 온갖 복잡한 법률이며 무효 조항들 등등 말입니다. 두 분은 그 사건을 30년이나 끌어 오셨지요. 그런데 선생님은, 곧장 대법원으로 직행하더니, 쿵! 끝나 버리지 않습니까!

그레고르 되도 않는 횡설수설은 집어치우시오, 비테크. 나는 그저 이놈의 사건을 끝내고 승소하고 싶을 뿐이라고!

비테크 하지만 언제나 질 가능성은 있지요, 선생님.

그레고르 차라리 지는 게 낫지……. 이봐, 닿을 듯 말 듯 바로 코앞에 1억 5천이 어른거리면 사람이 미쳐 버린단 말이오. 어렸을 때부터 난 그 돈 얘기만 들으면서 자랐어. (일어선다) 그러니까, 내가 질 거라고 생각한다 이거요?

비테크 말씀드리기 어렵습니다, 그레고르 씨. 어려운 사건이라서요.

그레고르 좋소, 하지만 내가 지면 —

비테크 그러면 선생님, 권총으로 자살을 하십시오. 돌아가신 부친의 말씀대로 말입니다!

그레고르 확실히 부친은 권총 자살을 하셨지.

비테크 그렇지만 사건이 아니라 빚 때문이었죠. 유산을 담보로 돈을 빌려 그렇게 사셨으니…….

그레고르 (괴로워하며 주저앉는다) 그만해요, 비테크, 제발!

비테크 아, 선생님께서는 비위가 약하셔서 큰 재판을 다루지 못하신다니까요! 이렇게 근사한 사건인데 말입니다! (사다리를 올라가 그레고르 사건 파일을 꺼낸다) 이 문서 좀 보세요, 그레고르 씨! 1827년! 우리 사무실에서 제일 오래된 서류입니다! 독보적이죠! 박물관에 전시해야 할 품목이에요! 그리고 이 서류도 좀 보세요. 1840년 거랍니다! 이 필법 좀 봐요! 굉장한 필체죠! 이 사람의 필체는 굉장했어요! 읽는 이로서는 기쁨 그 자체입니다!

그레고르 비테크, 당신 미쳤군!

비테크 (경건하게 사건 파일을 다시 제자리에 넣으며) 세상에, 어쩌면 대법원이 재심을 요구할지도 모르지요.

크리스티나 (조용히 문을 열고 들어온다) 아빠, 언제 오실 거예요?

비테크 (사다리를 내려간다) 잠깐만. 박사님께서 금방 오실 거란다.

그레고르 (일어난다) 이 젊은 아가씨가 당신 딸이오?

비테크 그렇습니다. 크리스티나, 복도에서 잠깐 기다리겠니?

그레고르 저런, 내가 방해가 되면 안 되지. 학교에서 오는 길인가요?

크리스티나 아니, 연습하고 오는 길이에요.

비테크 우리 딸은 오페라에서 노래한답니다. 자, 이제 어서 가봐라, 애야. 여기 있으면 안 돼.

크리스티나 아빠, 그 마르티 양은 — 굉장해요!

그레고르 그게 누구죠, 아가씨?

크리스티나 에밀리아 마르티 양 말이에요! 그녀 얘기를 들어본 적 없으세요?

그레고르 누군데요?

크리스티나 정말 아무것도 모르시는군요! 그녀는 정말이지 세상에서 가장 위대한 가수예요! 오늘 저녁 노래를 할 거예요. 오늘 우리와 함께 연습을 하셨어요. 아, 아빠!

비테크 무슨 일이냐?

크리스티나 저는 이제 다시는 노래하지 않겠어요! 못 해요! (울음을 터뜨리며 벽 쪽으로 돌아선다)

비테크 (황급히 딸에게 달려가며) 너 무슨 짓이라도 당한 거냐, 애야?

크리스티나 아니에요. 그저 마르티 양 때문에……. 아빠도 그 노래를 들어 보셨다면……. 저는 아무짝에도 쓸모가 없어요, 아빠!

비테크 애를 좀 보세요. 이런 목소리를 가지고. 자, 이제 가 보렴, 애야, 제발 바보같이 굴지 말고!

그레고르 누가 알겠어요. 알고 보면 마르티 양이 아가씨한테 질투심을 느끼고 있을지도 모르잖아요!

크리스티나 뭘 질투하겠어요?

그레고르 아가씨의 젊음을요.

비테크 그것 봐라, 선생님 말씀이 맞아! 크리스티, 이분은 그레고르 씨다. 좀 기다려 봐. 너도 마르티 양의 나이가 되면 어떻게 될지 모르잖니. 마르티 양이라는 사람은 몇 살이냐?

크리스티나 전혀 모르겠어요. 아무도 몰라요. 한 서른 정도?

비테크 그것 봐라, 서른이라니! 들 만큼 든 나이잖니, 우리 딸!

크리스티나 그런데도 너무나 아름다워요! 맙소사, 정말 사랑스럽다니까요!

그레고르 이봐요, 오늘 저녁 제가 오페라에 가겠습니다 — 마르티 양이 아니라 아가씨를 보러요!

크리스티나 마르티 양을 보지 않으시겠다고요? 그러려면 눈이 멀거나 — 머리가 돌아야 할걸요!

비테크 그 얘기는 그만하면 됐다, 애야!

크리스티나 글쎄요, 저분도 모르시면 마르티 양 얘기를 하질 마셔야죠! 다들 그녀한테 미쳐 있단 말이에요! 전부 다 말이에요!

콜레나티 (들어오며) 여기 누가 오셨나? 아니, 우리 꼬마 크리스티나 아니냐! 이렇게 반가울 데가! 그리고 우리 의뢰인도 계시는군. 안녕하십니까?

그레고르 어떻게 됐습니까?

콜레나티 아직은 아무 일도 일어나지 않았어요. 휴정을 했습니다.

그레고르 배심원들에게 약술하기 위해서요?

콜레나티 아니요, 점심을 먹으려고요.

그레고르 그러면 판결은요?

콜레나티 오늘 오후에 납니다. 인내심을 가져요. 점심 식사는 했나요?

비테크 아, 이런, 이런.

콜레나티 뭐가 잘못됐나?

비테크 그렇게 기막히게 근사한 재판인데 말입니다.

그레고르 (주저앉으며) 더 기다려야 하다니. 도저히 견딜 수가 없어.

크리스티나 (비테크에게) 어서 가요, 아빠.

그레고르 박사님, 솔직하게 말해 주십시오. 지금 정황이 어떻습니까?

콜레나티 으음.

그레고르 나쁜가요?

콜레나티 들어 봐요, 친구. 내가 혹시 희망을 걸 만한 근거를 준 적이 있나요?

그레고르 그렇다면 어째서…… 어째서……?

콜레나티 어째서 선생의 사건을 떠맡았느냐고요? 댁을 상속받았으니까요, 젊은이. 당신과 비테크와 저기 저 책상까지. 그레고르 사건은 우리 집안에서 역병처럼 대물림되는 겁니다. 적어도 선생 돈은 한 푼도 안 들지 않습니까.

그레고르 이기면 박사님께 수임료를 줘야겠죠.

콜레나티 이기면 말이지요.

그레고르 그러면 박사님은 우리가 —

콜레나티 알고 싶으시다면, 그렇습니다. 그래요. 아주 확신합니다.

그레고르 (절망에 빠져) 알겠습니다. 그러니까 저는 아무래도 —

콜레나티 아니, 아직은 그러지 마세요.

크리스티나 저 사람, 총으로 자살을 하려는 거예요?

그레고르 (마음을 다스리려 애쓰며) 아니, 아닙니다, 아가씨. 오늘 밤에 아가씨를 보러 오페라에 가겠다고 얘기하지 않았나요?

크리스티나 날보러 오는 게 아니겠죠.

초인종이 울린다.

비테크 누구지? 박사님께서는 외출하고 안 계시다고 해야겠어요. (중얼거리며 나간다) 쫓아내 버려야지, 쫓아내 버려!

콜레나티 이런 세상에, 크리스티나! 이제 다 컸구나! 진짜 여자가 되어 가고 있어!

크리스티나 그레고르 씨 좀 보세요! 핏기가 하나도 없어요!

그레고르 저 말입니까? 제 걱정은 마세요, 아가씨. 감기 기운이 좀 있을 뿐입니다.

비테크 (문 뒤에서) 죄송하지만 이쪽입니다. 예, 그럼요. 어서 들어오세요.

에밀리아 마르티 입장. 비테크가 그 뒤를 따라 들어온다.

크리스티나 맙소사, 마르티 양이잖아!
에밀리아 (문간에서) 콜레나티 박사님?
콜레나티 접니다. 무슨 용건이시지요?
에밀리아 저는 에밀리아 마르티라고 합니다. 사건 하나를 의논드리고 싶어서⋯⋯.
콜레나티 (90도로 절하며 사무실로 정중하게 모신다) 크나큰 영광입니다. 어서 들어오십시오.
에밀리아 그레고르 대 프루스 소송 사건입니다.
콜레나티 뭐라고요? 그렇지만 마담 —
에밀리아 저는 미혼이에요.
콜레나티 마르티 양, 이분이 바로 그레고르 씨입니다. 제 의뢰인이시지요!
에밀리아 (그레고르를 위아래로 훑어본다) 이분 말인가요? 좋아요, 그러면 이분은 여기 같이 계셔도 좋습니다. (자리에 앉는다)
비테크 (크리스티나를 밀어 문밖으로 내보낸다) 자, 어서 가봐라, 크리스티, 나가 봐야지!

크리스티나는 에밀리아에게 절을 하고 살금살금 나간다.

에밀리아 저 아가씨를 어디서 봤더라?
콜레나티 (뒤에 있는 문을 닫고) 마르티 양, 참으로 큰 영광이 아닐 수 없습니 —

에밀리아 그 말씀은 벌써 하셨어요. 당신이 그레고르의 소유권 주장을 맡고 있는…….

콜레나티 (에밀리아 맞은편 의자에 앉으며) 말씀하십시오, 마르티 양.

에밀리아 그…… 담당 변호사인가요?

그레고르 예, 그게 접니다.

에밀리아 그러니까…… 페피 프루스의 영지에 대한 권리에 대해서 말이에요.

콜레나티 그렇습니다. 1827년 별세하신 요세프 프루스 남작이시지요.

에밀리아 뭐라고요? 페피가 죽었다고요?

콜레나티 안타깝게도요. 돌아가신 지 벌써 1백 년이 다 되어 갑니다.

에밀리아 불쌍한 사람. 전혀 몰랐네요.

콜레나티 그렇군요. 제가 무엇을 도와 드려야 할까요?

에밀리아 (벌떡 일어나며) 두 분을 오래 붙잡아 두고 싶지는 않습니다.

콜레나티 (같이 일어나며) 감히 실례를 하자면, 저를 찾아오신 용건이……?

에밀리아 (다시 앉는다) 말씀드릴 것이 있어서 왔어요.

콜레나티 그레고르 사건에 대해서 말입니까?

에밀리아 어쩌면요.

콜레나티 제가 잘못 본 게 아니라면, 마르티 양께서는 외국인이시지요?

에밀리아 그럼요. 제가 의뢰인 그레고르 씨의 사건에 대해서 알게 된 건 바로 오늘 아침의 일이랍니다. 아주 우연찮게 말이지요.

콜레나티 그럴 리가요!

에밀리아 공연에 대한 평을 보려고 신문을 훑어보던 중 「그레고르 대 프루스 재판 마지막 날」이라는 기사를 읽었지요. 대단한 우연 아닌가요?

콜레나티 뭐, 사실 그 기사는 모든 신문에 다 실리긴 했습니다만.

에밀리아 그리고 어쩌다 보니 기억이 난 일이 있거든요……. 그래서 재판에 대해 한두 가지 여쭤 보면 어떨까 싶었는데, 괜찮을까요?

콜레나티 그럼요, 툭 터놓고 말씀해 보세요.

에밀리아 그런데요, 제가 그 일에 대해서는 전혀 모르거든요.

콜레나티 전혀? 하나도 모르신다고요?

에밀리아 오늘 처음 들어 보는 얘기라서요.

콜레나티 실례합니다만 마르티 양, 그 사건과 무슨 관련이 있으신지 저로서는 여전히 알 수가 없군요.

그레고르 어서요, 박사님. 사건 설명을 해드리세요.

콜레나티 글쎄, 그러니까 이 사건은 일종의 썩은 사과 같은 겁니다.

에밀리아 하지만 그레고르가 옳지요.

콜레나티 누가 봐도 그렇지요. 하지만 그렇다고 그레고르가 승소한다는 의미는 아닙니다.

그레고르 얘기를 계속해 보세요.

에밀리아 요지만이라도요.

콜레나티 숙녀분께서 흥미를 가지신다면야 말씀을 드려야죠. (푹신한 팔걸이의자에 편안히 기대앉는다) 1820년경 세모니체, 루코프, 뉴빌리지, 쾨니히스도르프 등등에 영지를 갖고 있던 귀족 프루스 가문은 우유부단한 요세프 프루스 남작의 영도하에 있었습니다 —

에밀리아 페피[15]가? 우유부단하다고? 천만의 말씀!

콜레나티 그러면 괴팍하다고 합시다.

에밀리아 불행하다고 하죠.

콜레나티 참으로 실례지만, 마르티 양, 어떻게 그런 걸 아시는지 저로선 도저히 모르겠군요.

에밀리아 변호사님께서 모르시는 건 그것만이 아니에요.

콜레나티 뭐, 판단은 하느님께 맡기기로 하지요. 아무튼 이 요세프 프루스가 1827년에 결혼도 하지 않고 유언장도 남기지 않고 상속자도 없이 사망하자 —

에밀리아 사인은 뭐였죠?

콜레나티 뇌염인가 뭐 그런 거였을 겁니다……. 사촌인 폴란드 남작 엠메리흐 프루스-자브르제-핀스키가 당시 상속권을 주장했지요. 고인의 모친의 조카인 스제파지 드 마로스바르가 이에 대항해 권리를 주장하고 나섰습니다만 이건 지금 우리하고는 상관없는 일입니다. 그다음엔 우리

---

15 요세프 프루스의 애칭.

의뢰인의 증조부인 페르디난드 카렐 그레고르가 루코프 영지에 대한 권리를 주장했는데, 바로 여기서부터 우리가 개입하게 되는 거죠.

에밀리아 그게 언제 일이지요?

콜레나티 남작이 사망한 그해입니다. 1827년.

에밀리아 잠깐, 페르디[16]는 그때 아주 어린 소년이었을 텐데.

콜레나티 정확합니다. 어린 페르디난드 그레고르는 테레지안 아카데미의 기숙 학생이었습니다. 그래서 빈에 있던 변호사가 그를 대변했지요. 루코프 영지의 소유권 주장은 다음과 같은 사실에 근거를 두고 있습니다. 첫째, 고인은 사망하기 1년 전 직접 — *hochpersönlich*[17] — 테레지안 아카데미 이사회 임원들을 찾아와서 상기한 영지 전부 — 성, 논밭은 물론 수반된 시설물 모두 — 를 상기한 미성년자의 교육과 양육을 위하여 물려주겠다고 말했습니다. 상기한 미성년자는 성년이 되는 순간 상기한 영지를, *Besitz und Eigentum* — 즉 상속하고 소유하게 된다는 것입니다. 둘째로 상기한 미성년자는 고인의 생전에도 영지에서 나오는 모든 수입을 — *Besitzer und Eigentümer des Gutes Loukov* (루코프 영지의 상속자이자 소유자로서) — 획득하게 되어 있었으니 이로서 자연스럽게 상기한 영지의 —

에밀리아 그렇다면 그때 이미 기정사실화되었던 거군요?

---

16 페르디난드 그레고르의 애칭.
17 독일어로 〈아주 개인적으로〉를 의미한다. 콜레나티는 대사 곳곳에서 같은 말을 독일어, 프랑스어, 라틴어 등으로 부연하거나 강조한다.

콜레나티 실례합니다만, 그 제안은 엠메리흐 프루스 남작의 반대에 부딪혔습니다. 증여가 문서로 공식화되지 않았으며, 주 등기부에도 기록이 없고, 고인이 유언장을 남기지 않았다는 사실에 근거해 이의를 제기한 것입니다. 반면에 — *hingegen* — 임종 당시 고인은 구두로 또 다른 사람을 수혜자로 선택했다고 —

에밀리아 그럴 리가 없어요! 그게 누구죠?

콜레나티 그게 문제입니다, 마르티 양. 잠깐, 이걸 좀 읽어 드리죠. (사다리에 올라 서류철을 찾는다) 사실 이게 상당히 희한합니다. (그레고르 파일을 꺼내 사다리 꼭대기 발판에 앉아 재빨리 서류를 넘겨 본다) 으음, 아하! *Das Während…… und so weiter*(다음 기간 동안…… 어쩌고저쩌고). 이건 사망 증명서입니다. 요세프 프루스의 임종 당시 신부, 의사, 그리고 서기가 서명을 했지요. 내용은 다음과 같습니다. 〈이하 서명한 서기가 당시 착란 상태에 빠져 있던 고인에게 마지막 소원을 묻자 그는 몇 번씩이나 — *wiederholte Male* — 루코프 영지를 — *dass das Allodium Loukov…… Herrn Mach Gregor zukommen soll……* (서류철을 소리가 나도록 세게 덮고 제자리에 넣는다) 마흐 씨라는 사람한테 물려줘야 한다고 했답니다. 그레고르 마흐라는 사람한테 말입니다. M-A-C-H. (큰 소리로 철자를 불러 준다) 아직도 그 정체가 밝혀지지 않은 미지의 인물이지요. (사다리 꼭대기 발판 위에 그대로 앉아 있다)

에밀리아 그건 철자를 잘못 받아 쓴 게 분명해요. 페피가 말한 건 분명 페르디 그레고르였을 겁니다. (그레고르를 손가락으로 가리키며) 저분의 증조부 말이지요.

콜레나티 그럴 수도 있지요, 마르티 양. 그러나 글로 쓰인 건 어쩔 수가 없습니다. 이 페르디난드 그레고르 역시 당시 구두 증언에 등장한 〈마흐〉가 철자를 잘못 받아 쓴 결과라고 주장했고, 그레고르를 이름이 아니라 성으로 봐야 한다는 등등의 주장을 폈지요. 그러나 — *litera scripta valet*.[18] 프루스 남작의 사촌인 엠메리흐 프루스가 결국 루코프를 비롯한 나머지를 차지하게 되었습니다.

에밀리아 그러면 페르디난드 그레고르는요?

콜레나티 아무것도 받지 못했지요. 그러나 그의 사촌 중에 스제파지라고 몹시 짜증 나는 인간이 하나 있는데, 그 사람이 그레고르 마흐라는 어떤 사람을 어디서 찾아냈고, 이 마흐가 법정에 나와 고인에 대해 상당히 예민한 문제를 건드리며 소정의 권리 주장을 하게 됩니다.

에밀리아 그건 거짓말이에요!

콜레나티 당연히 거짓말이죠. 그러나 아무튼 그는 루코프 상속권을 주장했고, 그다음엔 자취를 감춰 버리지요 — 그렇게 해서 그가 얼마나 얻어 냈는지에 대해서는 기록되어 있지 않습니다 — 아무튼 그래서 이 스제파지라는 사람이 대변인의 권리를 얻어낸 겁니다! 스제파지는 자기 이름으로 권리 주장을 했고 결국 루코프를 차지했습니다!

에밀리아 정말 바보 같은 일이군요!

---

18 라틴어로 〈작성된 글은 그 효력을 발휘하는 법〉이라는 뜻이다.

콜레나티　좀 그렇긴 하죠? 이 그레고르는 이제 스제파지를 상대로 소송을 하게 됩니다. 그레고르 마흐는 — *de jure*(법적으로) — 루코프의 상속자가 아니며 고인은 구두로 유언을 남길 때 착란 상태에 빠져 있었다는 등의 주장을 폈지요. 그 후로도 오랫동안 기나긴 소송이 진행된 끝에 그는 승소했고, 원래의 판결은 뒤집혔습니다. 그렇지만 루코프는 그레고르가 아니라, 오히려 엠메리흐 프루스에게 돌아갔단 말입니다. 여기까지는 전부 이해하시겠죠?

그레고르　보세요, 마르티 양, 이게 소위 그들의 정의라는 겁니다!

에밀리아　어째서 그레고르의 소유가 되지 않은 거죠?

콜레나티　복잡한 법률적 문제 때문이지요, 아가씨. 그리고 그레고르 마흐도, 페르디난드 그레고르도 프루스 남작과 혈연관계가 없었기 때문에 —

에밀리아　하지만 잠깐만요! 그 사람 아들이었는데요!

콜레나티　누가요? 누가 누구 아들이었단 말이지요?

에밀리아　그레고르! 페르디 그레고르는 페피 프루스의 아들이었어요!

그레고르　(벌떡 일어나며) 아들이라고요? 어떻게 당신이 그걸 압니까?

콜레나티　(후다닥 사다리를 내려오며) 아들? 그러면 어머니는 누구였습니까?

에밀리아　어머니? 그녀의 이름은 엘리안 맥그레고르였어요. 빈 궁중 오페라단의 가수였지요.

그레고르 그분 성함이 뭐라고 하셨죠?

에밀리아 맥그레고르. 스코틀랜드 이름이에요.

그레고르 들으셨습니까, 박사님? 맥그레고르. 〈마흐〉가 아니라 〈맥〉이었어요. 아시겠어요?

콜레나티 (앉으며) 물론입니다. 그런데 대체 왜 아들을 맥그레고르라고 하지 않았을까요?

에밀리아 어머니를 배려한 거죠. 페르디가 어머니의 정체를 알아서는 안 됐거든요.

콜레나티 그렇군요. 이 모든 사실의 증거를 갖고 계십니까?

에밀리아 그럴지도요. 계속 말씀해 보세요.

콜레나티 알겠습니다. 뭐, 루코프 영지를 둘러싼 프루스와 그레고르의 소송은 이런저런 일로 중간중간 중단되기도 했지만 아무튼 바로 오늘까지 계속되었습니다. 거의 1백 년에 가까운 세월이지요 — 수 세대에 걸쳐 프루스가와 스제파지가와 그레고르가는 콜레나티 박사 가문의 법률적 도움을 받아 바로 오늘 오후까지 이어졌고, 그 덕에 그레고르 씨는 이 소송에서 패배할 것이 거의 명확하게 되었습니다. 그리고 그건 소송의 끝이 될 테고요!

에밀리아 루코프란 곳이 정말 이 모든 난리를 칠 만한 가치가 있는 건가요?

그레고르 당연하죠!

콜레나티 그러니까 말입니다, 1865년 그 땅에서 석탄 광산이 발견되었습니다. 정확한 가치를 추산하기는 어렵습니다만, 대략 1억 5천 —

에밀리아 그게 다예요?

그레고르 그 정도면 제겐 차고 넘치는 금액입니다, 마르티 양!

콜레나티 자, 숙녀분께서는 더 이상 질문이 없으신지……?

에밀리아 소송에서 이기려면 뭐가 필요하죠?

콜레나티 효력이 있는, 문서화된 유언장입니다.

에밀리아 그런 물건이 있기는 한지 알고 계세요?

콜레나티 아직은 전혀요.

에밀리아 한심하기 짝이 없군요.

콜레나티 저도 그렇다고 봅니다. (일어난다) 더 질문하실 게 있나요?

에밀리아 그래요. 옛날의 프루스 저택은 지금 누가 차지하고 있죠?

그레고르 저의 숙적인 야로슬라프 프루스입니다.

에밀리아 왜, 그 해묵은 서류들을 보관하는 곳 말이에요 사람들이 그걸 뭐라고 부르더라……?

그레고르 아카이브요?

콜레나티 지하 보관소 말입니까?

에밀리아 이것 보세요, 옛날 프루스 저택에는 그런 게 있었어요. 매년 다른 서랍을 썼지요. 페피는 오래된 청구서와 송장이며 기타 물건들을 다 거기 넣어 두곤 했어요. 아시겠어요?

콜레나티 네, 별로 특별할 건 없는 얘기군요.

에밀리아 서랍 하나에 1816년이라고 표시가 되어 있어요. 그게 페피가 엘리안 맥그레고르를 알게 된 해예요. 두 사람은 빈 의회에서 만났지요.

콜레나티 그렇군요.

에밀리아 그 서랍에 그는 엘리한테 받은 편지들을 전부 넣어 두었습니다.

콜레나티 어떻게 이런 걸 다 알고 있습니까?

에밀리아 그건 묻지 마세요.

콜레나티 죄송합니다. 말씀 계속하세요.

에밀리아 거기 토지 관리인들한테 받은 서류 같은 것들도 있어요. 서류들이 한도 끝도 없이 산더미처럼 쌓여 있죠.

콜레나티 그렇군요.

에밀리아 혹시 누가 그 서류들을 다 불태워 버렸을 수도 있을까요?

콜레나티 가능한 일이죠. 알아봐야 할 겁니다.

에밀리아 거기 가보실 건가요?

콜레나티 그럼요. 프루스 씨가 허락한다면요.

에밀리아 허락해 주지 않으면요?

콜레나티 그러면 우리로서는 어쩔 도리가 없습니다.

에밀리아 그렇게 되면 뭔가 다른 수단을 써서 그 서랍에 접근해야 해요.

콜레나티 잠깐, 한밤중에 가짜 콧수염이라도 달고 밧줄을 타고 올라가란 말입니까? 마르티 양, 마르티 양, 우리 변호사들을 뭘로 보시는 겁니까?

에밀리아 하지만 그걸 손에 넣어야 한다고요!

콜레나티 그럴지도 모르지요. 그런 다음엔요?

에밀리아 그러면 편지들을 찾을 수 있을 거예요. 그중에 노란 봉투가 —

콜레나티 그리고 그 봉투 안에는······?

에밀리아 프루스 최후의 유언장이 들어 있지요. 자필로 써서 봉인한 거예요.

콜레나티 (벌떡 일어난다) 하느님 맙소사!

그레고르 (역시 벌떡 일어선다) 확실합니까?

콜레나티 뭐라고 쓰여 있죠? 그 속에 뭐가 들어 있습니까?

에밀리아 음, 유언장에다가 페피는 루코프 영지를 몇 월 며칠 루코프에서 태어난 자신의 서자 페르디난드에게 남긴다고 썼어요 — 정확한 날짜는 잊어버렸지만.

콜레나티 그렇게 쓰여 있다고요?

에밀리아 한 단어도 틀림없이.

콜레나티 그리고 그 봉투는 봉인되어 있고요?

에밀리아 그래요.

콜레나티 그 옛날 요세프 프루스가 봉인했던 그대로 말입니까?

에밀리아 그래요.

콜레나티 고맙군요. (주저앉으며) 실례지만, 마르티 양, 어째서 우리를 이렇게 속이려고 하시는지 알려 주시겠습니까?

에밀리아 제 말을 못 믿으세요?

콜레나티 당연히 못 믿죠! 단 한 마디도!

그레고르 저는 믿습니다. 어떻게 박사님은 감히 —

콜레나티 합리적으로 생각해 봐요. 봉투는 밀봉되어 있다잖아요. 그 안에 뭐가 들었는지 저 여자가 어떻게 알 수 있단 말입니까? 어디 설명해 보시지요!

그레고르 그렇지만 ―

콜레나티 그 봉투는 1백 년 동안 밀봉 상태였단 말입니다!

그레고르 그래도 ―

콜레나티 그것도 남의 집에 있고요. 어린애처럼 굴지 말아요, 그레고르.

그레고르 전 이분의 말씀을 믿습니다. 그게 다예요.

콜레나티 그럼 맘대로 해요. 마르티 양, 이야기꾼으로서는 굉장한 재능을 갖고 있군요. 흔치 않은 병이지요. 선천적으로 타고난 지병입니까?

그레고르 어쨌든 다른 사람한테는 이 일에 대해 절대 말하지 마세요!

콜레나티 그냥 제게 맡기시죠, 마르티 양. 전 신중함 그 자체입니다.

그레고르 전 이 숙녀분의 말을 믿어요, 박사님.

에밀리아 적어도 당신은 신사로군요.

그레고르 그러니까 박사님은 당장 프루스의 저택으로 가서 1816년의 서류를 내놓으라고 요구하시든가 아니면 ―

콜레나티 내가 그럴 일은 없을 것 같군. 아니면……?

그레고르 아니면 내가 저 전화번호부를 집어 들고 눈에 들어오는 첫 번째 변호사에게 전화를 걸어 사건을 넘겨 버리든가.

콜레나티 좋아요, 마음대로 해요.

그레고르 알았어요. (전화기 쪽으로 가서 전화번호부를 넘긴다)

콜레나티 (그에게 다가가며) 이런 바보짓은 그만해요, 그레고르. 우리는 늘 친구였잖아요. 예전에는 내가 당신 후견인이기도 했고 —

그레고르 알프레드 아벨 박사. 20-7-60-1번.

콜레나티 이런 미치겠구먼. 그치는 안 돼요. 그게 내 최후의 충고예요. 재산을 통째로 날리고 완전히 폐인이 되고 싶다면 몰라도.

그레고르 (전화기에 대고) 여보세요? 20-7-60-1번이죠?

에밀리아 잘했어요, 그레고르!

콜레나티 괜한 바보짓 말아요! 설마 가족 일을 그런 —

그레고르 아벨 박사님? 저는 알베르트 그레고르라고 합니다. 여기는 변호사 사무실인데요 —

콜레나티 (수화기를 잡아채며) 잠깐! 내가 가겠어요!

그레고르 프루스에게?

콜레나티 악마한테라도 다녀오지. 그러니 당신은 여기 꼼짝 말고 있어요!

그레고르 한 시간 안에 돌아오지 않으면, 나는 전화를 —

콜레나티 닥쳐요! 죄송합니다, 마담. 부탁인데 저 친구가 그나마 남아 있는 이성을 잃지 않도록 좀 해주세요. (황급히 나간다)

그레고르 드디어!

에밀리아 저 사람은 정말로 겉보기만큼 멍청한가요?

그레고르 아니, 아닙니다, 그저 지독하게 현실적일 뿐이죠 — 기적을 기대하지 않거든요. 저는 언제나 기적을 기다립니다. 그런데 당신이 나타난 거예요. 이 고마운 마음을 어떻게 표시해야 할까요?

에밀리아 뭐가요?

그레고르 그러니까, 저는 이 유언장을 우리가 반드시 찾아낼 거라는 예감이 듭니다. 어째서 이렇게 절대적으로 당신 말을 믿는지는 저도 모르겠어요. 어쩌면 당신이 너무나 아름답기 때문일지도 모르겠군요.

에밀리아 나이가 어떻게 되죠?

그레고르 서른넷입니다, 마르티 양. 그놈의 수백만 재산을 얻기 위해 전 청춘을 다 바쳤어요. 당신은 아마 상상도 못 하실 겁니다. 참으로 바보짓이었지요. 달리 어떻게 살아야 할지 몰랐어요……. 당신이 오지 않았다면…….

에밀리아 빚이 있나요?

그레고르 예. 오늘 밤 권총으로 자살할 생각이었습니다.

에밀리아 그런 말도 안 되는!

그레고르 당신과 장난질을 할 생각은 없어요, 마르티 양. 아무런 희망도 없었는데, 당신이 — 눈부시고 경이롭고 신비스러운 당신이 — 나타나서 날 구해 준 거예요……. 저를 비웃고 계시나요?

에밀리아 아니에요. 당신 정말 바보 같군요. 그뿐이에요.

그레고르 좋아요. 제 얘기는 하지 않겠어요. 친애하는 마르티 양, 우리 둘밖에 없습니다. 부탁인데, 말해 주세요. 모든 걸 설명해 주세요.

에밀리아 설명할 게 뭐가 있나요? 이미 다 말했는데.

그레고르 이건 가족 문제입니다. 가족의 비밀이라고요. 정말 이상해요. 부탁입니다. 어떻게 그렇게 많은 걸 알고 있는지 말씀해 주세요.

에밀리아는 고개를 가로젓는다.

그레고르 못 하신다고요?
에밀리아 안 할 거예요.
그레고르 편지 일을 어떻게 알고 있는 겁니까? 그걸 알게 된 지 얼마나 오래된 거예요? 누가 말해 준 거죠? 누구와 연락이 닿는 겁니까? 전 알아야만 합니다, 아시겠어요?
에밀리아 그냥 기적이에요!
그레고르 그래요, 기적이죠. 그러나 기적에는 어김없이 해명이 따르기 마련입니다. 안 그러면 삶은 견딜 수가 없을 거예요. 당신은 누구입니까? 어째서 오신 거죠?
에밀리아 보시다시피, 도와 드리려고 온 거죠.
그레고르 어째서 저를? 이 일로 당신이 얻는 건 뭐죠?
에밀리아 그건 상관하실 일이 아니에요.
그레고르 제 일이기도 합니다, 마르티 양. 제 모든 걸 당신께 빚졌으니까요. 제가 가진 것 모두, 심지어 목숨까지도 말입니다. 말씀해 주세요. 제가 당신 발치에 어떤 희생을 바칠 수 있을까요?
에밀리아 알겠어요. 내게 뭔가 주고 싶으신 모양이군요. 소위 내 몫을 잘라 주고 싶다, 그 말이죠?

그레고르 부탁인데, 그런 말은 쓰지 마세요. 그저 고마움의 표시라고 하죠. 그렇게 되면 실례가 —

에밀리아 난 아무것도 필요 없어요. 가진 건 충분하니까.

그레고르 실례지만 마르티 양, 거지들이나 충분히 가지는 법이죠. 부자들은 절대 만족을 모릅니다.

에밀리아 (참을성을 잃고 버럭 화를 낸다) 말하는 꼴하고는! 저 불한당이 나한테 돈을 주겠다니!

그레고르 (부끄럽고 왠지 마음이 찡하다) 죄송합니다. 제가 친절을 잘 받을 줄 몰라요. (침묵) 당신은 〈성녀 마르티〉일지 모르지만, 우리네 세상에서는 심지어 요정이라도 자기 몫을 기대하기 마련이라서요. 당연하지 않겠습니까? 지금 오가는 액수가 수백만을 호가하니까요.

에밀리아 그래서 우리 꼬마 도련님께서 벌써부터 돈을 막 쓰고 싶으신가 보군요. (창가로 가서 창밖을 본다)

그레고르 어째서 저를 어린애 취급하십니까? 상속 재산의 절반이라도 떼어 드리고 싶다고요, 마르티 양. 다만 —

에밀리아 다만?

그레고르 당신 곁에서 제가 어찌나 초라하게 느껴지는지 정말 비참하군요.

침묵.

에밀리아 (돌아선다) 이름이 뭐라고 했죠?

그레고르 네? 아, 그레고르라고 합니다.

에밀리아 진짜 이름 말이에요.

그레고르 맥그레고르. 그렇지만 다들 저를 그레고르라고 부릅니다.

에밀리아 아니, 성 말고 이름 말이에요, 이런 바보!

그레고르 알베르트.

에밀리아 엄마는 베르티라고 불렀겠죠?

그레고르 그래요. 하지만 어머니는 오래전에 돌아가셨습니다······.

에밀리아 아, 만물이 죽었거나 죽어 가고 있지. (침묵)

그레고르 그런데 어떤 분이셨나요? — 엘리안 맥그레고르라는 분 말입니다.

에밀리아 이제야! 영영 물어보지 않을 줄 알았지 뭐예요!

그레고르 그분에 대해 아시는 게 있나요? 그분은 누구죠?

에밀리아 위대한 가수였어요.

그레고르 아름다웠나요?

에밀리아 몹시.

그레고르 그러면 그분은 제······ 제 고조부님을 사랑하셨나요?

에밀리아 그래요. 아마도. 그녀 나름의 방식으로.

그레고르 그분은 어디서 돌아가셨죠?

에밀리아 몰라요. 지금은 이 정도로 충분한 것 같군요, 베르티. 다음에 또 하죠.

침묵.

그레고르 (그녀에게 다가간다) 에밀리아!

에밀리아 당신한테 나는 에밀리아가 아니에요.

그레고르 그러면 저는 당신에게 무엇이지요? 제발 저를 가지고 노는 일은 그만둬요. 굴욕적이란 말입니다! 한순간만이라도 제가 당신에게 빚진 것이 없다고 상상해 봐요. 당신이 그저…… 그저 그 눈부신 아름다움으로 저를 홀린 미모의 여인일 뿐이라고 말입니다. 내 말 좀 들어 봐요. 드릴 말씀이 있다고요. 저는 당신과 처음으로 만나고 있는 거란 말입니다. 아니, 웃지 말아요. 당신은 사람을 취하게 하는군요. 너무나 색달라요!

에밀리아 당신을 보고 웃는 게 아니에요, 베르티. 하지만 지금 정말 멍청한 짓을 하는군요.

그레고르 그래요, 저는 멍청해요. 지금처럼 스스로 멍청하다고 느낀 적은 없지요. 당신은 근사하고, 도발적입니다. 전장으로의 부름처럼 말이에요. 전투 중에 흘린 피를 본 적 있나요? 사람을 미치게 만들지요. 그런데 당신 — 한눈에 알아볼 수 있어요. 당신에게는 어딘가 끔찍하고도 야성적인 데가 있습니다. 당신은 살기도 많이 살았고, 보기도 참으로 많이 보았죠. 어째서 아무도 당신을 죽이지 않았는지 그게 이상할 정도입니다.

에밀리아 시작도 말아요, 베르티!

그레고르 아니, 끝까지 할 겁니다! 당신이 무례하면서도 친숙하게 대하는 바람에 저는 무방비로 무너졌어요. 당신이 걸어 들어오던 그 순간 느낄 수 있었습니다……. 용광로처럼 뜨겁고 사나운……. 그게 뭐였을까요? 한번 그 냄새를 맡은 남자는 짐승처럼 빳빳하게 굳어 버립니다. 당신에겐 어딘지 무시무시한 데가 있어요. 그런 말 들어 보지 않았나요? 사람을 미치게 하는 끔찍한 여자라고. 에밀리아, 당신도 틀림없이 알고 있을 겁니다.

에밀리아 (시들하게) 사람을 미치게 한다고? 그따위 소리는 하지도 말아요! 자, 이걸 봐요! (객석 쪽에 등을 돌리고 그레고르에게 바짝 다가간다)

그레고르 (공포에 질려 그녀를 빤히 노려보다가 새된 비명을 올린다) 맙소사, 에밀리아, 대체 지금 무슨 짓을 하는 겁니까? (비틀거리며 뒷걸음질을 친다) 하지 말아요, 에밀리아! 당신은 늙었어! 무섭단 말이야!

에밀리아 (조용히) 알았죠? 잘 가요, 베르티. 내게서 떨어지라고요.

침묵.

그레고르 용서해 줘요. 내가 미쳤었나 봐요. (자리에 앉는다) 내가 황당한 짓을 했죠?

에밀리아 이봐요, 베르티. 내가 많이 늙어 보이나요?

그레고르 (그녀를 보지 않은 채) 아니, 아름다워요. 사람을 미치게 만들 정도로 아름답습니다.

에밀리아 당신이 나한테 뭘 줄 수 있는지 알아요?

그레고르 (고개를 든다) 뭐라고요?

에밀리아 나한테 뭘 주겠다면서요. 내가 당신한테서 정말로 받고 싶은 게 뭔지 알아요?

그레고르 제가 가진 건 전부 당신 거예요.

에밀리아 있잖아요, 베르티. 그리스 말 할 줄 알아요?

그레고르 아니요.

에밀리아 그렇다면 당신에게는 그것들이 아무런 값어치도 없겠군. 그리스 서류들을 내게 줘요.

그레고르 어느 서류요?

에밀리아 페피 프루스가 페르디 그레고르 — 그러니까 당신 증조부한테 주었던 서류들. 아무 값어치도 없지만 내게는 너무나 소중한 거예요. 그걸 내게 갖다 주겠어요?

그레고르 서류에 대해서는 아는 바가 전혀 없는데요.

에밀리아 말도 안 되는 소리. 페피가 그것들을 페르디에게 전해 주겠다고 약속했단 말이에요. 제발 부탁이에요, 베르티. 당신이 갖고 있다고 어서 말해요!

그레고르 (일어나며) 하지만 제게 없단 말입니다!

에밀리아 (느닷없이 일어나면서) 나한테 거짓말하지 마, 이 멍청한 꼬마야! 틀림없이 네가 갖고 있단 말이야. 알았어? 그것 때문에 내가 여기까지 왔는데!

그레고르 그러면 그게 어디 있는데요?

에밀리아 내가 어떻게 알겠어? 찾아내, 베르티! 찾아서 나한테 갖고 와! 머리를 쓰란 말이야!

그레고르 어쩌면 프루스가 갖고 있을지도 몰라요.

에밀리아 그럼 그 자식한테서 빼내 와. 네가 날 도와야만 해!

전화벨이 울린다.

그레고르 잠깐만요. (전화를 받으러 간다)
에밀리아 (무너지듯 소파에 주저앉으며) 제발 부탁인데 찾아와! 찾아내라고!
그레고르 (전화기에 대고) 예, 콜레나티 사무실입니다……. 아니, 안 계십니다. 메시지를 전해 드릴까요? 저는 그레고르라고 합니다. 그렇습니다. 바로 그 그레고르예요……. 좋습니다……. 고맙습니다. (전화를 끊는다) 다 끝났어요.
에밀리아 뭐가 끝나요?
그레고르 그레고르 대 프루스 건. 대법원이 방금 판결을 내렸습니다. 아직 공식적으로 발표한 건 아니지만.
에밀리아 그런데?
그레고르 내가 졌어요.

침묵.

에밀리아 그 덜떨어진 당신네 변호사가 휴정 같은 걸 요청할 수는 없었던 건가?

그레고르는 말없이 어깨를 으쓱해 보인다.

에밀리아 아직 항소할 수 있죠?
그레고르 몰라요. 아마 안 될 겁니다.

에밀리아　말도 안 돼.

침묵.

　　이봐요, 베르티. 부채는 내가 다 해결할게요. 알겠어요?
그레고르　어째서 당신이 날 돌봐 준다는 거죠? 그런 부탁은 하지도 않았는데.
에밀리아　조용히 해봐요. 내가 다 갚아 준다고. 알겠어요? 이제 당신은 내가 그 서류를 찾는 걸 도와주면 돼요.
그레고르　에밀리아 ―
에밀리아　나를 그렇게 부르지 말 ―
콜레나티　(기세등등하게 들어온다. 프루스가 그 뒤를 따른다) 찾았어! 찾았다고요! (에밀리아 앞에 털썩 무릎을 꿇는다) 마담, 수백만 번 용서를 구합니다! 나는 늙고 멍청한 당나귀고 당신은 전지전능해요!
프루스　(그레고르와 악수를 하며) 이런 근사한 최종 유언장이라니, 축하하오!
그레고르　됐소. 방금 당신이 이겼으니까.
프루스　재심을 요구하지 않을 거요?
그레고르　뭐라고?
콜레나티　(일어나며) 우리는 항소를 할 거예요. 당연히 그래야지.
에밀리아　전부 다 있던가요?
콜레나티　그래요, 있었습니다. 유언장과 몇 가지 다른 것들 ―

프루스 숙녀분께 소개도 안 해줄 겁니까?

콜레나티 죄송합니다. 마르티 양, 이분은 프루스 씨입니다. 우리의 철천지원수시죠.

에밀리아 만나 뵙게 되어 반갑습니다. 그런데 편지들은 어디 있죠?

콜레나티 무슨 편지들 말이죠?

에밀리아 엘리안이 보낸 편지들.

프루스 제가 보관하고 있습니다. 그레고르 씨에게는 필요가 없으니까요.

에밀리아 나중에는 그레고르 씨의 소유가 될까요?

프루스 상속권을 따낸다면야 여부가 있겠습니까. 고결하신 고조부님을 기념할 만한 물건인데요.

에밀리아 이봐요, 베르티 —

프루스 아, 그러니까 두 분은 원래 알고 지내던 사이인 모양이군요. 그럴 줄 알았어요.

그레고르 실례지만 내가 마르티 양과 알게 된 건 불과 —

에밀리아 조용히 해요, 베르티. 그 편지들은 제게 돌려주실 거죠, 프루스, 네?

프루스 돌려 드린다고요? 돌려 드린다니, 그게 아가씨 겁니까?

에밀리아 아니, 하지만 베르티 거잖아요. 베르티가 제게 줄 거예요.

프루스 저도 마르티 양께는 빚이 있습니다. 내 집에 어떤 게 있었는지 알게 되니까 기분이 참 좋더군요. 꽃다발이라도 보내 드려야겠습니다.

에밀리아 그리 후한 선물은 아니네요. 베르티는 제게 훨씬 더 많은 걸 약속했죠.

프루스 꽃을 한 트럭쯤 준답니까?

에밀리아 아뇨 — 수백만 수천만 송이오!

프루스 그래서, 받아들이셨고요?

에밀리아 당치도 않아요!

프루스 다행이군요. 아무것도 믿어선 안 되죠!

에밀리아 뭐, 또 필요한 게 있나요?

프루스 어쩌면 그저 소소한 사항일지도 모르겠는데, 그가 언급하는 이 페르디난드라는 아들이 확실히 페르디난드 그레고르를 의미한다는 문서가 필요하다고나 할까요. 이 변호사라는 사람들은 말입니다, 참 세세한 것들에 집착할 때가 있거든요.

에밀리아 뭔가 글로 쓰인 문서 말이죠?

프루스 뭐든 말입니다. 적어도 뭐든.

에밀리아 좋아요. 아침에 찾아서 보내 드리도록 하지요, 박사님.

콜레나티 맙소사, 그런 걸 갖고 있단 말입니까?

에밀리아 (무뚝뚝하게) 뭐가 그렇게 놀랄 일인가요?

콜레나티 이제는 무슨 일이 있어도 놀라지 않을 겁니다. 그레고르, 어쨌든 그 2-7-6-1번에 전화를 해야 될 것 같군요.

그레고르 아벨 박사 말입니까? 왜요?

콜레나티 아무래도 내 보기에는, 그러니까…… 그러니까……. 뭐, 두고 봅시다.

프루스 아무래도 제 꽃을 받는 게 낫지 싶습니다, 마르티 양.
에밀리아 어째서죠?
프루스 꽃이 더…… 믿을 만하니까요.

막이 내린다.

제2막

대극장의 무대. 지난밤 공연의 여파로 휑하고 지저분하다. 소품, 배경, 조명 기기, 일반적인 무대 뒤의 무질서. 무대 옆쪽에 꽃다발이 한 무더기 쌓여 있고 전면 단상에는 극에 쓰는 왕좌가 놓여 있다.

청소부 세상에나, 어젯밤 공연 참 대단합디다. 그 꽃들 다 보셨우?
무대 담당 아뇨, 못 봤어요.
청소부 그런 박수갈채는 생전 처음 들어 봤어요. 다들 아주 미쳐서 난리더라고요. 극장이 떠나가라 소리를 질렀지요! 그 마르티라는 사람은 적어도 쉰 번쯤 커튼콜을 했을 텐데, 그래도 박수가 멈추질 않았다우.
무대 담당 그 여자 틀림없이 돈을 긁어모으고 있을 겁니다!
청소부 왜 아니겠우. 저 꽃들 값만 해도 대체 얼마야! 심지어 다 가져가지도 않았다니까요. 저기 산더미처럼 쌓여 있는 꽃들 좀 봐요!

무대 담당 저도 무대 옆으로 가서 좀 들었는데, 그 여자가 노래를 할 때는 진짜 이상한 기분이 들더라고요.

청소부 내 말이 그거요. 흑흑 흐느껴 울었지 뭐요. 어쩔 수가 없었다우. 듣고 있는데 갑자기 눈물이 뺨을 타고 줄줄 흐르더라니까. 내가 글쎄 아기처럼 엉엉 울고 있었어요.

프루스 등장.

청소부 무슨 일이시죠, 선생님?

프루스 마르티 양 계십니까? 호텔에서 여기 계시다고 하던데.

청소부 감독님과 함께 계세요. 곧 나오실 겁니다. 탈의실에 소지품을 두고 가셨거든요.

프루스 좋아요, 기다리지요. (한쪽 구석으로 걸어간다)

청소부 저 사람까지 벌써 다섯 사람째라우. 여기가 꼭 병원 대기실 같지 뭐요!

무대 담당 저런 여자의 삶에도 남자가 있을까 궁금하네요.

청소부 당연히 있다는 데 목숨도 걸겠수다!

무대 담당 아이고! 그러면 —

청소부 그러면 뭐? 왜 그런 얼굴을 하는 거요?

무대 담당 나도 모르게 그 여자 생각을 하지 않을 수가……. (일어나 퇴장한다.)

청소부 거기 분수에는 좀 안 맞는 여자 아닌가? (반대편으로 퇴장한다)

크리스티나 (들어온다) 어서, 야네크, 여긴 아무도 없어!

야네크 (그녀를 뒤따르며) 쫓겨나지 않을까?

크리스티나 아니, 오늘은 연습이 없어. 아, 야네크, 난 너무나 불행해!

야네크 무슨 일이야? (키스하려 한다)

크리스티나 부탁이야, 야네크, 키스는 하지 말아 줘. 나는 — 나에겐 지금 다른 문제가 있어. 아, 야네크, 지금은 네 생각을 할 수가 없어!

야네크 하지만 크리스티!

크리스티나 있잖아, 야네크, 훌륭한 사람이 되려면 나는 달라져야만 해! 진심이야. 분별 있게 굴어야만 해. 단 하나만, 오로지 한 가지만 생각해야 해. 그러면 자연스럽게 성공하게 될 거야. 모르겠어?

야네크 알겠어.

크리스티나 오로지 음악만 생각해야 해. 마르티 양 알지? 정말로 근사하지 않아?

야네크 그래, 하지만 —

크리스티나 자기는 몰라. 그녀의 테크닉 말인데, 사람 혼을 쏙 빼놓는다니까. 어젯밤에는 한잠도 잘 수가 없었어. 밤새도록 뒤척이며 속이 메슥거릴 정도로 걱정을 했지. 무대를 떠나야만 할까, 아닐까……? 아, 야네크, 내게 일말의 재능만 있어도……!

야네크 하지만 자기는 재능이 있는걸!

크리스티나 그렇게 생각해? 정말? 계속 내가 노래를 불러야 한다고 생각해? 그렇지만 그건 모든 것의 끝을 의미해. 음악 외에는 아무것도 없다는 뜻이니까.

야네크 저런, 크리스티, 잠깐이라도 나를 만나 줄 수는 있잖아 — 하루 두 번씩, 몇 분만이라도…….

크리스티나 (왕좌에 앉으며) 그러면 그걸로 끝인 거야, 단 몇 분도 안 돼. 끔찍한 일이야, 야네크. 도저히 자기 생각을 떨칠 수가 없단 말이야. 이 나쁜 남자야. 난 도저히 안 돼. 내 머릿속에는 온통 자기 생각뿐인걸!

야네크 크리스티, 내가…… 내가 하루 종일 자기 생각밖에 안 한다는 걸 자긴 알까?

크리스티나 자기는 괜찮아, 노래를 안 하니까……. 안 되겠어, 야네크, 나 결심했어. 제발 날 말리려 하지 마.

야네크 안 돼, 안 된다고! 억울해! 절대 안 돼. 나는 —

크리스티나 부탁이야, 야네크. 현명하게 굴어야지. 이러면 내가 더 힘들어! 나도 진지하게 살기 시작해야 하잖아. 내가 자기 때문에 가난하고 이름도 없는 여자가 되면 좋겠어? 게다가 내 목소리는 아직 발달하고 있어서 과하게 쓰면 안 돼.

야네크 좋아, 말은 내가 할게.

크리스티나 아냐, 야네크. 우리 사이는 끝났어. 영원히. 우리는 하루에 한 번만 만날 거야.

야네크 하지만 —

크리스티나 오늘은 이제 서로 모르는 사이가 되자. 난 정말 지독하게 열심히 연습해야 해, 야네크. 노래하고, 생각하고, 공부하고 — 오로지 그것뿐, 다른 건 전혀 안 할 거야.

나는 — 있잖아 — 마르티 양 같은 〈귀부인*grande dame*〉이 되고 싶어. 자, 여기 올라와서 같이 앉아. 바보, 둘이 앉고도 남을 자리가 있는걸. 주위에 아무도 없잖아. 그런데 그녀는 누군가를 사랑하는 걸까?

야네크 (그녀 옆자리 왕좌에 앉는다) 누구 얘기야?

크리스티나 마르티 양.

야네크 마르티? 그렇겠지 뭐.

크리스티나 정말? 난 이유를 모르겠어. 그녀는 너무나 화려하고 유명해. 그런데 뭐하러 사랑을 하겠어? 자긴 여자한테 사랑이 어떤 의미인지 몰라. 그건…… 품격이 떨어지는 —

야네크 아냐, 그렇지 않아!

크리스티나 자기가 뭘 알아? 난 진심으로 하는 말이야. 여자는 자신은 까맣게 잊고, 스스로를 더 이상 믿지 않고, 그저 시녀처럼 맹목적으로 남자를 따라다니게 된다고. 마치 그의…… 아, 가끔 나 자신을 철썩 때려 주고 싶어!

야네크 그렇지만 —

크리스티나 모두들 마르티 양과 사랑에 빠져 있어. 그녀를 보기만 하면 다들 사랑에 빠지는데, 그녀는 콧방귀도 뀌지 않아.

야네크 그럴 리가!

크리스티나 좀 겁이 날 정도야.

야네크 크리스티나! (갑자기 키스를 한다)

크리스티나 (뿌리치지 않는다) 그러지 마, 야네크, 누가 볼지도 몰라!

프루스 (무대 앞으로 나오면서) 나는 개의치 말아라. 아무것도 못 봤으니까.

야네크 (왕좌에서 펄쩍 뛰어내리며) 아버지!

프루스 도망갈 필요 없어. (다가온다) 크리스티나 양, 만나 뵙게 되어 진심으로 기쁩니다. 안타깝게도 저 녀석이 이런 기쁜 소식을 아직 전해 주지 않았지 뭡니까!

크리스티나 (왕좌에서 내려와 야네크를 훑어보며) 죄송합니다, 프루스 씨가 여기 오신 건 그저 ―

프루스 어느 프루스 씨 말이죠?

크리스티나 이 프루스 씨 ―

프루스 이 녀석은 프루스 씨가 아니에요, 아가씨. 야네크지요. 언제부터 이 녀석이 아가씨를 쫓아다녔습니까?

크리스티나 이제 1년 됐어요.

프루스 대단하군요! 이 꼬마 불한당을 너무 믿지 마세요, 아가씨. 이 녀석은 제가 잘 알죠. 너는 말이다, 아들아……. 뭐 방해할 생각은 없다만 여기는 장소가 좀 ― 부적절한 것 같지 않냐?

야네크 저한테 창피를 주려는 거라면, 아버지, 잘못 생각하신 거예요.

프루스 좋았어. 남자라면 절대 부끄러워해선 안 되는 법이야.

야네크 아버지가 이런 식으로 덮칠 줄은 몰랐네요.

프루스 좋구나, 야네크. 당당하게 자기주장을 해야지!

야네크 진심이에요. 절대로 용납할 수 없는 일들이 있단 말입니다. 그 누구도 ―

프루스 암, 그렇고말고, 내 아들. 악수나 하자.

야네크 (갑자기 어린애처럼 겁에 질리며 손을 등 뒤로 숨긴다) 싫어요, 아버지, 제발! 그것만은!

프루스 (손을 내밀며) 자!

야네크 아버지! (주저하며 손을 내민다)

프루스 (강철 같은 악력으로 손을 움켜쥐며) 훨씬 낫지 않니, 응? 남자답고, 호탕하고.

야네크는 참으려고 오만상을 짓다가 결국 고통에 못 이겨 발작적으로 비명을 지르고 만다.

프루스 (손을 놓아주며) 대단한 영웅 나셨군! 뭐든 참을 수 있으시겠어!

크리스티나 (눈물을 글썽이며) 어떻게 그렇게 잔인하세요!

프루스 (부드럽게 그녀의 손을 잡으며) 아, 하지만 이 황금의 손길이 녀석의 아픔을 달래 —

비테크 (서둘러 들어오며) 크리스티! 크리스티나! 여기 있었구나! (달려가다가 멈춰 서며) 프루스 씨?

프루스 나는 신경 쓰지 말고 볼일 보시지요. (옆으로 비킨다)

크리스티나 무슨 일이에요, 아빠?

비테크 네가 신문에 났어, 크리스티! 기사마다 네 얘기를 하고 있다니까! 심지어 마르티에 대한 공연 평에도 말이다. 세상에, 마르티 바로 옆에 나왔다니까!

크리스티나 보여 주세요!

비테크 (신문을 펼치며) 여기. 〈이 작은 역할은 처음으로 비테크 양이 노래했다.〉 어떠냐?

크리스티나 또 다른 건요?

비테크 거긴 아무것도 없어. 알잖니, 그냥 마르티, 마르티, 마르티. 마치 세상에 마르티 말고는 아무도 없는 것처럼 말이다.

크리스티나 (행복하게) 이것 봐, 야네크. 내 이름이 나왔어!

비테크 크리스티, 이 사람은 누구니?

크리스티나 프루스 씨예요.

야네크 야네크라고 합니다.

비테크 네가 어떻게 이 사람을 아는 거냐?

야네크 이 아가씨께서 친절하게도 —

비테크 실례지만, 우리 딸이 직접 말할 수 있을 겁니다. 어서 말해 봐라, 크리스티!

에밀리아 (들어오면서 무대 측면을 향해 말한다) 고마워요, 신사 여러분. 고맙습니다. 자, 이제 부탁인데 저를 보내 주세요. (프루스를 본다) 아니, 한 사람이 더 있었군.

프루스 아닙니다, 마르티 양, 감히 그럴 리가요. 제가 온 건 다른 용무 때문입니다.

에밀리아 어제 극장에 오지 않으셨나요?

프루스 당연히 왔었지요.

에밀리아 저도 그러셨으면 싶었어요! (왕좌에 자리를 잡고 앉는다) 다른 사람은 아무도 들여보내지 마. 오늘은 지긋지긋하니까. (야네크를 본다) 아드님이신가 봐요?

프루스 그렇습니다. 자, 야네크.

에밀리아 이리 와봐요, 야네크. 얼굴 좀 보게. 어제 극장에 왔었나요?

야네크 네.

에밀리아 내가 마음에 들었어요?

야네크 네.

에밀리아 네 말고 다른 말은 못 해요?

야네크 네.

에밀리아 아드님이 바보군요.

프루스 저도 부끄럽습니다, 마담.

그레고르가 꽃다발을 들고 들어온다.

에밀리아 아, 베르티! 이리 줘요!

그레고르 어젯밤 공연 잘 봤습니다. (꽃을 건넨다)

에밀리아 어디 보자. (꽃다발에서 보석 상자를 하나 꺼낸다) 자, 이건 도로 가져가요. (상자를 돌려준다) 와줘서 고마워요. 꽃도 고맙고. (꽃다발을 구석에 있는 꽃 무더기 위에 휙 던진다) 내 공연 즐겁게 봤어요?

그레고르 아니, 못 그랬습니다. 노래가 너무 완벽해서 고통스러울 지경이었어요. 그리고 당신은······.

에밀리아 나는······?

그레고르 뭐랄까, 권태로워 보였어요. 목소리는 비범하지만 그렇게 인간적이지 못합니다. 권태로운 것처럼 말이지요.

냉랭하고, 얼어붙어 있고, 무감각하죠.

에밀리아 그걸 느꼈어요? 뭐, 어쩌면 당신 얘기에 일말의 진실이 있을지도 모르죠. 당신의 바보 같은 변호사에게 바보 같은 문서를 보냈어요. 왜 있잖아요, 엘리안에 대한 서류 말이에요. 그런데 소송은 어떻게 되어 가고 있죠?

그레고르 모릅니다. 신경도 안 써요. 더 이상 생각도 하지 않고 있어요.

에밀리아 그래서 이제 나한테 이런 바보 같은 보석 쪼가리나 주고 있군요, 이 멍청한 도련님 같으니! 당장 가져가요! 뭐에 홀리기라도 한 거예요?

그레고르 무슨 상관이죠?

에밀리아 돈을 빌렸잖아요, 안 그래요? 당신, 사채업자들에게 가서 돈을 빌렸잖아요. (핸드백을 뒤져 지폐 한 다발을 꺼낸다) 자, 이걸 받아요!

그레고르 (한 발 물러선다) 지금 나한테 돈을 주는 거예요? 대체 무슨 생각입니까?

에밀리아 받지 않으면 귀싸대기를 갈겨 주겠어!

그레고르 (불끈 성을 내며) 지금 뭐라고 하셨습니까?

에밀리아 애야, 나한테 백마 탄 왕자님 노릇이나 하려고 들면 정말 화를 낼 거야! 내가 빚을 갚는 법을 가르쳐 주지! 받아. 내 말 안 들려?

프루스 (그레고르에게) 제발 그 돈 좀 받아요!

그레고르 (돈을 움켜쥐고 에밀리아에게) 정말이지 나한테 이상한 말투를 쓰는군요. (돈을 비테크에게 준다) 자, 은행에 가져가서 마르티 양의 계좌에 넣어 두게.

비테크 잘 알겠습니다, 선생님.

에밀리아 어이, 당신! 그 돈은 저 사람 거예요. 알겠어요?

비테크 잘 알겠습니다, 마담.

에밀리아 어젯밤에 극장에 왔었나요, 비테크 씨? 내 공연 즐겁게 봤어요?

비테크 맙소사, 당연히 그랬지요! 당신은 마치 스트라다[19] 같았어요!

에밀리아 스트라다 노래를 들어 봤어요? 이것 봐요, 스트라다 목소리는 목소리도 아니에요. 쥐처럼 찍찍거렸다고요.

비테크 이것 보세요. 스트라다는 이미 1백 년 전에 죽었는데요!

에밀리아 그래서 다행이지 뭐야! 직접 들어 봤어야 해요. 스트라다, 스트라다, 스트라다! 스트라다를 놓고 왜 이렇게 난리법석들인지!

비테크 죄송합니다 — 물론 저야 들어 본 적이 없지만, 역사에 따르면 —

에밀리아 역사는 우리한테 거짓말을 한다니까요! 이봐요, 비테크 씨, 스트라다는 깩깩 소리를 질렀고, 코로나[20]는 목에 만두가 걸린 소리를 냈고, 아구야리[21]는 거위처럼 꽥꽥거렸어요. 파우스티나[22]는 바다코끼리처럼 씨근거렸고요.

---

19 Anna Maria Strada(1719~1741). 이탈리아의 소프라노 가수.
20 Corona. 역시 17~18세기의 여가수로 추정된다.
21 Lucrezia Aguiari(1741~1783). 이탈리아의 소프라노 가수.
22 Faustina Bordoni(1697~1781). 이탈리아의 메조소프라노 가수.

이게 역사란 말이죠!

비테크 뭐, 죄송합니다만…… 저는 이 분야에 대해…… 음악이라는 분야에 대해…… 저는 전혀…….

프루스 (미소를 지으며) 그가 사랑해 마지않는 프랑스 대혁명을 물고 늘어지는 게 아니라면, 비데크는 콧방귀도 뀌지 않을 겁니다!

에밀리아 어째서죠?

프루스 프랑스 혁명이 — 취미니까요.

에밀리아 그게 뭐가 그렇게 특별하다고?

프루스 저도 모릅니다. 시민 마라에 대해 물어보세요.

비테크 오, 안 돼요! 싫습니다. 제발!

에밀리아 손이 땀범벅이던 위원 말인가요?

비테크 아니, 그건 사실이 아닙니다!

에밀리아 사실이에요. 그 사람 손은 두꺼비 같았어요! 어휴, 몸서리가 쳐지는군!

비테크 이의를 제기합니다! 증거가 없어요! 착오입니다!

에밀리아 나는 그냥 알아요, 알겠어요? 그리고 얼굴에 얽은 자국이 있던 뚱뚱한 사람 있죠? 그 사람 이름이 뭐더라?

비테크 죄송한데, 누구 말씀이시죠?

에밀리아 머리가 댕강 잘린 사람 있잖아요.

비테크 당통?

에밀리아 맞아요. 그이는 더 심했죠.

프루스 왜죠?

에밀리아 이빨이 다 썩었거든요. *Dégoûtant*(역겨워).

비테크 (점점 화가 나서 흥분하며) 제발, 이런 말씀은, 정말이지 하시면 안 됩니다. 역사는 이런 문제에 대해 아무 말도 하지 않습니다. 당통의 치아는 썩어 빠지지 않았어요. 입증할 수가 없잖습니까. 그리고 입증할 수 있다 한들, 그게 뭐가 중요하죠? 그건 사안과 무관하단 말입니다.

에밀리아 무관하지 않아요. 혐오스럽단 말이에요!

비테크 제발, 그런 식으로 말씀하시는 건 허락할 수 없습니다. 당통을……. 죄송하지만, 정말로 안 됩니다. 그러면 역사에 위대한 건 하나도 남지 않게 될 겁니다.

에밀리아 어차피 그런 건 없었어요.

비테크 뭐라고 하셨죠?

에밀리아 역사에 어차피 위대한 것 따위는 없었단 말이에요. 난 알아요.

비테크 하지만 당통은 —

에밀리아 이 사람 말버릇 좀 봐! 지금 나하고 말싸움을 해보자 이건가요?

프루스 거참, 무례하기 짝이 없군.

에밀리아 무례한 게 아니라 멍청한 거예요.

그레고르 자네가 무례하게 굴 사람들을 내가 몇 사람 더 데려다 줄까, 비테크?

에밀리아 그럴 필요 없어요. 어차피 알아서 올 테니까 — 네 팔다리로 엎드려 기어서.

크리스티나 야네크, 가자.

에밀리아 (하품을 한다) 멋진 한 쌍이네, 이 두 사람! (비테크에게) 둘이 달까지 날아갔다 왔대요?

비테크 죄송하지만 무슨 말씀이신지?

에밀리아 왜 있잖아요, 두 사람이…… 그러니까…… 같이……?

비테크 맙소사, 아닙니다!

에밀리아 그래 봤자 아무것도 아닌데! 아니, 만일 그랬다면 화를 낼 건가요?

비테크 크리스티, 설마 정말로……?

크리스티나 아빠……. 아니, 어떻게 —

에밀리아 조용히 해, 거위 아가씨. 아직은 아니라고 해도 어차피 곧 일어날 일이야. 굳이 신경 쓸 가치도 없는 일이고 말이야.

프루스 신경 쓸 가치가 있는 일이 있기나 합니까?

에밀리아 없어요. 전혀 없죠.

하우크-센도르프 (꽃다발을 든 채 헤매며 들어온다) 실례합니다만 저는 —

에밀리아 이건 또 누구지?

하우크-센도르프 실례합니다, 사랑스러운 아가씨……. (왕좌 앞에 무릎을 꿇는다) 마담, 당신은 모르겠지만……. (흐느껴 운다) 용서해 주십시오, 용서해 주세요…….

에밀리아 이 사람은 왜 이러는 거야?

하우크-센도르프 당신! 당신! 당신이 너무나 그녀와 닮아서!

에밀리아 누구와 닮았다는 거죠?

하우크-센도르프 에우게니아! 에우게니아 몬테스!

에밀리아 (일어난다) 누구?

하우크-센도르프 에우게니아! 그러니까, 그녀는 내가 알던 여자예요……. 세상에…… 그게 50년 전이라니!

에밀리아 이 늙은이는 누구죠?

프루스 하우크-센도르프 씨라고 합니다, 마담.

에밀리아 맥시?[23] (왕좌에서 내려온다) 세상에, 바닥에서 일어나요!

하우크-센도르프 (일어난다) 에우게니아라고 불러도 될까요?

에밀리아 마음대로 부르세요, 할아버지. 내가 그녀와 그렇게 닮았나요?

하우크-센도르프 닮았느냐고요? 아가씨, 난 어제 극장에서 당신이 그녀인 줄 알았다고요! 에우게니아! 당신은 모를 거예요! 그 목소리! 그 눈길! 그녀는 천상의 존재 같았어요! 아름다웠어요! 주여, 저 이마……. (갑자기 소스라치며) 하지만 당신이 키가 더 크군요.

에밀리아 키가 더 커요?

하우크-센도르프 아주 조금요. 잠깐 실례하겠습니다. 자, 보세요. 에우게니아는 나한테 대면 여기까지 왔었지요. 그녀의 이마에 키스할 수 있었어요.

에밀리아 다른 곳에도 키스를 많이 하셨으면서!

하우크-센도르프 뭐라고요? 당신은 ― 그녀를 그대로 베껴 놓은 모습이에요, 아가씨! 이 꽃다발을 당신에게 바쳐도 될까요?

에밀리아 (꽃을 받는다) 고마워요.

23 막스의 애칭. 막스는 하우크-센도르프의 이름이다.

하우크-센도르프 내 눈길이 그대의 모습을 한껏 만끽하도록 해줘요!

에밀리아 어서, 앉으세요. 자 빨리, 베르티, 의자 갖다 줘! (왕좌에 등을 기대고 앉는다)

야네크 잠깐만요! (의자를 가지러 달려간다)

크리스티나 거기가 아니야! (그 뒤를 쫓아 달린다)

프루스 (하우크-센도르프에게) *Cher Comte*(저, 백작님)…….

하우크-센도르프 아, 프루스 씨! 실례했소이다, 미처 못 봤소. 이렇게 뜻밖의 기쁨이! 안녕하시오?

프루스 예, 뭐. 백작님은요?

하우크-센도르프 소송 건은 어떻게 되어 가고 있습니까? 그 사람은 짐 싸서 보내 버렸소?

프루스 천만의 말씀이랍니다! 소개해 드리지요. 여기 그레고르 씨…….

하우크-센도르프 아, 그레고르 씨! 이거 참 반갑구려.

그레고르 고맙습니다.

야네크와 크리스티나가 의자를 하나 가져온다.

에밀리아 어이, 사랑에 빠진 잉꼬들, 싸우고 있었나요?

야네크 꼭 그렇다고 할 수는 없죠.

에밀리아 앉아요, 맥시.

하우크-센도르프 고맙습니다. 참 친절하시군요. (앉는다)

에밀리아 거기 두 사람도 앉아요. 꼬마 베르티는 내 허벅지에 앉으면 되니까.

그레고르　친절이 지나치시네요.

에밀리아　좋아, 그럼 서 있어라.

하우크-센도르프　아름답고 천사 같은 아가씨, 무릎을 꿇고 용서를 구합니다.

에밀리아　뭘 용서하란 말씀이죠?

하우크-센도르프　제가 늙은 멍청이라 미안해요. 죽은 지가 벌써 한참인데, 그 여자가 뭐라고 아가씨가 신경이나 쓰겠소?

에밀리아　그 여자가 죽었어요?

하우크-센도르프　그래요.

에밀리아　안됐군요.

하우크-센도르프　죽은 지 50년 됐지요. 보시다시피 나는 그때, 50년 전에 그녀를 사랑했다오. 안달루시아에서는 그녀를 〈출라 네그라 *Chula negra*(마녀)〉라고 불렀어요. 〈지타나 *Gitana*〉— 그러니까 집시 아가씨라는 거죠. 그래요, 그녀는 집시였어요. 나는 당시 마드리드 영사관에 있었습니다. 50년 전이니까 1870년이었지요.

에밀리아　그렇군요.

하우크-센도르프　그녀는 시장에서 노래하고 춤을 췄어요. 알자! 올라![24] 세상 전체가 그녀에게 미쳐 있었죠! 캐스터네츠! *Vaya, gitana*(헤이, 집시 아가씨)*!* 나는 그때 아주 젊었어요. 그리고 그녀는 —

---

24 *Alza, Hola*. 감탄조의 뜻이 담긴 스페인어. 춤추는 사람에게 흥을 돋워 줄 때 쓰이기도 한다.

에밀리아 집시였고요.

하우크-센도르프 *Vaya, querida*(오, 내 사랑)*!* 세상에, 그녀는 불타올랐어요! 도저히 잊을 수가, 잊을 수가 없었습니다……. 내 말을 믿으세요. 그런 걸 겪고 제정신을 차릴 수 있는 남자란 세상에 없습니다. 나는 이성을 잃었고, 다시는 찾지 못했어요…….

에밀리아 그래요.

하우크-센도르프 보시다시피 나는 백치입니다, 마담. 백치 하우크. 맙소사, 그 단어가 뭐였더라?

그레고르 〈미쳤다〉?

하우크-센도르프 맞아요, 그겁니다. 미쳐 날뛰었어요. 내 모든 걸 거기 그녀 곁에 두고 왔고, 그 후로는 산 사람이라고 할 수도 없이 살았습니다. *Salero*(그 매력이라니)*! Mi Dios*(맙소사) ─ 당신은 그녀와 너무나 닮았어요! 에우게니아! 에우게니아! (흐느껴 운다)

프루스 진정하세요, 하우크 영감!

하우크-센도르프 아무래도 이제 가봐야겠소.

에밀리아 다음에 봐요, 맥시.

하우크-센도르프 좋아요. 그러면 내가 다시…… 다시 와도 된다는 말인가요? (일어선다) 심심한 존경을 표합니다, 마담……. 오, 하느님, 당신을 볼 때면…….

에밀리아 (허리를 앞으로 굽히며) 키스해 줘요.

하우크-센도르프 지금 뭐라고 하셨죠……?

에밀리아 *Besame mucho, bobo*(키스하라고요, 바보 같은 양반)*!*

하우크-센도르프 *Jesus mil veces*(아이고, 세상에) — 에우게 니아!

에밀리아 바보! *Un besito*(입 맞춰요)*!*

하우크-센도르프 에우게니아 — *moza negro, niña querida*(이 작은 악마, 내 사랑)……. (키스한다) *Es ella*(그녀야) — 그녀가 틀림없다고! *Gitana endiablada, ven conmigo, pronto*(악마 같은 집시 아가씨, 나와 함께 가요, 어서)*!*

에밀리아 *Yo no lo soy, loco! Hasta mañana*(내가 아니라니까! 미쳤군! 내일 만나죠)*!*

하우크-센도르프 *Vendre, vendre mis amores*(갈게요, 가, 내 사랑)*!*

에밀리아 *Vaya*(가버려요)*!*

하우크-센도르프 (넋이 빠진 듯 나간다) *Vendre! Hijo de Dios, ella misma*(갈 거예요. 맙소사, 그녀가 틀림없어)*!* (퇴장)

에밀리아 (박수를 짝짝 치며) 다음! 누구 나한테서 원하는 게 있는 사람?

비테크 죄송하지만 마르티 양, 크리스티를 위해 이 사진에 사인을 해주실 수 있으신지…….

에밀리아 멍청한 헛소리! 좋아요, 그러면 크리스티를 위하여. 펜! (사인을 한다) 이제 나가 봐요.

비테크 (절한다) 수천 번 감사드립니다. (크리스티나와 함께 퇴장한다)

에밀리아 다음?

그레고르 당신 혼자 있을 때 얘기하겠어요.

에밀리아 그럼 나중에. 누구 또 다른 사람 없어요? 좋아요, 그럼 난 가보겠어요.

프루스 잠깐만 부탁합니다.

에밀리아 뭐 원하는 거라도 있어요?

프루스 당연하죠.

에밀리아 (하품하며) 빨리 해요. 나 이제 녹초가 됐으니까.

프루스 여쭤 보고 싶은 게 있었습니다. 요세프 프루스에 대한 사실을 비롯해 아주 많은 걸 알고 계시는 것 같군요.

에밀리아 그렇다면요?

프루스 혹시 어떤 이름을 아시는지요?

에밀리아 어떤 이름이지요?

프루스 그러니까…… 마크로풀로스?

에밀리아 (갑자기 벌떡 일어난다) 뭐라고요?

프루스 (같이 일어나며) 마크로풀로스라는 이름을 알고 계십니까?

에밀리아 (마음을 추스르며) 전혀, 들어 본 적도 없어요. 자, 이제 썩 꺼져 버려요! 다들 집에 가! 조용히 좀 쉬게.

프루스 (절하며) 사과드립니다.

에밀리아 당신은 말고요. 남아 계세요. 야네크는 가도 돼요. 저 아이는 왜 저러죠? 귀신이라도 봤나?

야네크 퇴장.

에밀리아 (그레고르에게) 너는 뭘 원하는 거지?

그레고르　얘기를 좀 해야겠어요.
에밀리아　지금은 안 돼, 베르티. 바빠.
그레고르　하지만 당신과 얘기를 해야겠단 말입니다!
에밀리아　제발 얘야, 이제 좀 나가! 나중에 다시 오면 되잖니, 응?
그레고르　그러죠. (나가며 프루스를 향해 냉랭하게 인사한다)
에밀리아　이제야 겨우!

침묵.

프루스　용서하십시오, 마르티 양. 그 이름이 그렇게 심기를 불편하게 할 줄은 몰랐습니다.
에밀리아　마크로풀로스 건이 당신한테 어떤 의미가 있죠?
프루스　제가 여쭤 보고 있는 겁니다. 부탁인데 마담, 자리에 앉으세요. 시간이 좀 걸릴지도 모릅니다. (두 사람 다 앉는다. 침묵) 일단 사적인 질문을 하나 드리도록 하지요. 지나치게 사적인 질문일지도 모릅니다.

에밀리아는 말없이 고개를 끄덕인다.

프루스　그레고르 씨 개인과 특별한 이해관계가 얽혀 있나요?
에밀리아　아니요.
프루스　그렇다면 그가 소송에서 이긴다 해도 당신에게는 딱히 이득이 돌아오지 않는다는 말씀이군요?

에밀리아 그래요.

프루스 고맙습니다. 제 금고에 뭐가 들어 있는지 어떻게 아신 건지 강제로 털어놓게 만들 길은 없겠지요. 그건 당신의 비밀인 것 같으니까요.

에밀리아 그래요.

프루스 자, 그 안에 소정의 편지들이 들어 있었다는 걸 당신은 알고 있었습니다. 프루스의 유언장이 거기 있다는 것도 알고 있었죠 — 그것도 여전히 밀봉된 채로 말이죠! 혹시 그 안에 또 다른 게 있었다는 것도 알고 계셨나요?

에밀리아 (크게 동요하는 기색으로 일어난다) 뭐라고요? 또 다른 걸 찾아냈나요? 뭐죠? 말해 줘요!

프루스 모릅니다. 당신한테 그걸 여쭤 보고 싶은 겁니다.

에밀리아 그게 뭔지 모른다고요?

프루스 혹시 콜레나티…… 아니면 그레고르가 —

에밀리아 한마디도 하지 않았어요.

프루스 그게요, 유언장과 함께 들어 있던 건 봉인된 편지 봉투였습니다. 요세프 프루스의 필적으로 수신인이 적혀 있었지요. 〈내 아들 페르디난드에게 인편으로 전달할 것〉이라고 써 있습니다. 더 이상은 없어요.

에밀리아 그런데 열어 보지 않으셨나요?

프루스 당연하죠. 내가 받을 편지가 아닌걸요.

에밀리아 그럼 내게 주세요.

프루스 (일어나며) 당신에게? 어째서죠?

에밀리아 내가 원하니까요. 왜냐하면…… 왜냐하면…….

프루스　왜냐하면……?

에밀리아　왜냐하면 내가 정당한 권리를 지닌 소유자니까요.

프루스　어떤 권리인지 여쭤 봐도 되겠습니까?

에밀리아　아니, 안 돼요. (앉는다)

프루스　아, 또 당신의 비밀이군요.

에밀리아　바로 그거예요. 나한테 주시겠어요?

프루스　안 됩니다.

에밀리아　그렇다면, 그건 베르티 거니까 그가 내게 주면 되겠군요.

프루스　그건 두고 봅시다. 봉투 안에 뭐가 들어 있는지 말해 주십시오.

에밀리아　싫어요. (침묵) 그런데 당신은 이…… 마크로풀로스 건에 대해 뭘 알고 있죠?

프루스　죄송합니다만, 당신은 이 엘리안 맥그레고르라는 여인에 대해 뭘 알고 있습니까?

에밀리아　당신이 그녀의 편지들을 갖고 있잖아요.

프루스　그녀의 사생활에 대해 아는 바가 있습니까? 이 젊은…… 창녀에 대해 뭘 알고 계십니까?

에밀리아　(벌떡 일어난다) 감히 어떻게 그런 말을!

프루스　(일어난다) 그렇지만 아가씨, 대체 뭐가 문제가 됩니까? 1백 년 전에 죽은 소문 나쁜 여자한테 당신이 왜 그렇게 관심을 갖는 거죠?

에밀리아　그 여자한테 전혀 관심 없어요. (앉는다) 그러니까 그 여자가 창녀였다, 이거죠?

프루스 이것 봐요. 난 그 여자 편지를 읽었어요. 세상에 ― 아 ― 지독하게 정열적인 꼬마 괴물이더군요.

에밀리아 그걸 읽어서는 안 되는 거였는데…….

프루스 그 안에는 기상천외한 성애(性愛)의 세부 묘사들이 있더군요. 나도 알 만큼 아는 남자예요, 마담. 하지만 고백하건대 제아무리 상습적인 바람둥이라 해도 이…… 훌륭한 숙녀분께서 침대에서 했던 행위들에는 상대도 되지 않을 겁니다.

에밀리아 창녀라고 말하려고 했죠?

프루스 그 말은 너무 약하죠, 마르티 양.

에밀리아 이봐요, 그 편지들은 나한테 줘요!

프루스 왜요, 그 여자의 방중술이라도 좀 배워 보려고요?

에밀리아 그럴 수도 있죠.

침묵.

프루스 제가 궁금한 게 뭔지 아십니까?

에밀리아 뭐죠?

프루스 당신은 침대에서 어떨지.

에밀리아 이제 보니 방중술에 관심 있는 분이 누구시더라?

프루스 제 쪽일 수도 있지요.

에밀리아 왠지 내가 이 엘리안이라는 여자를 떠올리게 만드는 모양이죠?

프루스 그런 망측한!

에밀리아 좋아요, 그 여자는 모험을 즐겼고 남자들과 잤어요. 그런데 그게 뭐 그렇게 나쁘다는 거죠?

프루스 그녀의 진짜 이름은 뭐였습니까?

에밀리아 엘리안 맥그레고르. 편지에 적혀 있잖아요.

프루스 실례지만, 편지에는 〈E. M.〉이라고만 써 있습니다.

에밀리아 엘리안 맥그레고르를 뜻하는 게 틀림없어요.

프루스 이니셜이 지칭할 만한 이름은 한두 개가 아닙니다. 예를 들어 에밀리아 마르티라든가. 에우게니아 몬테스도 그렇죠. 1천 개도 넘는 다른 이름들이 있어요…….

에밀리아 그렇지만 이건 스코틀랜드 출신의 엘리안 맥그레고르잖아요!

프루스 아니면 그리스 크레타 출신의 엘리나 마크로풀로스일 수도 있지요.

에밀리아 (돌연 격분하며) 빌어먹을, 나쁜 놈! 나가!

프루스 그래요, 그러니까 당신도 뭔가 알고 있군요!

에밀리아 나가! 날 혼자 내버려 둬! (침묵. 고개를 들고 그를 뚫어져라 쳐다본다) 당신, 대체 어떻게 알았어?

프루스 간단합니다. 유언장에는 1816년 11월 20일 루코프에서 태어난 페르디난드 마크로풀로스라는 사람이 언급되어 있더군요.

에밀리아는 눈길을 돌린다.

프루스 어제저녁에 읽었습니다. 오늘 새벽 4시에 루코프 영지 관리인이 잠옷 바람으로 나와서 출생 사망 증명 보관소로 안내해 주었고요. 그 불쌍한 친구는 내가 그걸 읽는 동안 등불을 들고 거기 서 있어야 했죠.

에밀리아 그래서 뭘 찾아냈죠?

프루스 그의 출생 기록. 여기 있습니다. (수첩을 꺼내 읽는다) 〈노멘 인판티스:[25] 페르디난드 마크로풀로스. 디에스 나티비타티스:[26] 1816년 11월 20일. 신분: 서출. 부: 공란. 모: 엘리나 마크로풀로스. 크레테 출생.〉 이게 답니다.

에밀리아 다른 건 더 없고요?

프루스 없었습니다. 이거면 충분하죠.

에밀리아 가엾은 꼬마 베르티! 그러니 이제 루코프는 계속 당신 소유로 남겠군요. 그렇죠, 프루스 씨?

프루스 마크로풀로스 씨에게서 소식을 듣지 못하는 한 그렇게 되겠지요.

에밀리아 그리고 밀봉된 봉투는?

프루스 그건 그 사람을 위해 안전하게 보관해 둬야겠지요.

에밀리아 만약 그 마크로풀로스라는 사람이 영영 나타나지 않으면?

프루스 그렇다면 그 누구도 갖지 못할 겁니다. 봉인된 채 거기 남아 있겠지요.

에밀리아 그가 나타난다면, 당신은 루코프를 잃게 되고요. 아시겠어요?

---

25 *Nomen infantis*. 라틴어. 〈아이의 이름〉.
26 *Dies nativitatis*. 라틴어. 〈출생 일자〉.

프루스 그건 다 하느님 손에 달린 겁니다.

에밀리아 어떻게 당신은 그렇게 멍청할 수가 있죠! (침묵) 이봐요, 나한테 봉투를 줘요!

프루스 그 봉투 얘기 좀 그만하시면 좋겠군요.

에밀리아 마크로풀로스가 소유권을 주장할 거예요.

프루스 그렇다면 이 마크로풀로스라는 사람은 대체 누굽니까? 당신, 이 사람을 어디다 숨겨 둔 거죠? 당신 집 안에?

에밀리아 마크로풀로스가 누구인지 알고 싶어요? 베르티예요 — 맥그레고르, 그레고르, 마크로풀로스 — 다 같은 사람이라고요!

프루스 기가 막혀서, 또 그놈이라고?

에밀리아 그래요. 엘리나 마크로풀로스와 엘리안 맥그레고르 역시 동일인이었어요. 맥그레고르는 그저 그 여자가 무대에서 쓰던 가명이었죠. 이제 아시겠어요?

프루스 완벽하게 이해가 됩니다. 그러면 페르디난드 맥그레고르는 그 여자 아들입니까?

에밀리아 내가 계속 그 얘기를 하려고 했잖아요.

프루스 그런데 어째서 이름이 마크로풀로스가 아니죠?

에밀리아 왜냐하면 엘리안은 그 이름이 지상에서 사라져 버리길 원했으니까요.

프루스 이 얘기는 이제 그만합시다, 아가씨.

에밀리아 내 말을 안 믿어요?

프루스 그런 말은 안 했어요. 심지어 어디서 그런 정보를 얻었느냐고 묻지도 않았잖습니까.

에밀리아 이런 세상에, 나는 숨길 게 없어요! 전부 다 말해 주겠다고요, 프루스. 당신이 비밀을 지켜 주기만 한다면 말이죠. 이 엘리안 — 엘리나 마크로풀로스 — 은 우리 숙모였어요.

프루스 당신 숙모?

에밀리아 그래요. 우리 어머니의 여동생이죠. 자, 이제 전모를 알게 되셨군요.

프루스 물론이지요. 지독하게 간단한 해명이 아닐 수 없습니다.

에밀리아 아시겠지요?

프루스 (일어난다) 그중 하나도 진실이 아니라니 안타깝기 짝이 없군요, 마르티 양.

에밀리아 지금 내가 거짓말쟁이라는 거예요?

프루스 안타깝지만 그렇습니다. 그래요, 숙모님의 고조모님이라고 하는 편이 훨씬 그럴싸했을 텐데.

에밀리아 그렇군, 당신 말이 맞는군요. (침묵. 프루스에게 손을 내민다) 안녕히 가세요.

프루스 (그녀의 손에 키스한다) 당신을 사모하는 마음은 나중에 기회를 봐서 전해야겠군요.

에밀리아 고마워요.

프루스가 나가려 한다.

에밀리아 잠깐! 그 봉투를 저한테 주세요!

프루스 (돌아선다) 지금 뭐라고 하셨죠?

에밀리아 제가 살게요! 편지들을 사겠어요. 얼마면 되겠어요? 가격을 불러요!

프루스 (다시 그녀 쪽으로 걸어가며) 죄송합니다, 아가씨. 여기서는 당신과 이 얘기를 할 수가 없군요. 대신 협상할 사람을 제 쪽으로 보내시는 편이 낫겠습니다.

에밀리아 어째서죠?

프루스 그래야 제가 그 사람들을 문밖으로 쫓아낼 수 있을 테니까요. (살짝 인사를 하고 나간다)

침묵. 에밀리아는 눈을 감은 채 미동도 없이 앉아 있다. 그레고르가 방에 들어와 말없이 서 있다.

에밀리아 (잠시 말이 없다가) 너니, 베르티?

그레고르 어째서 눈을 감고 있나요? 누가 당신을 아프게 했습니까? 통증이 있어요?

에밀리아 피곤해, 베르티. 목소리 좀 낮춰.

그레고르 (그녀에게 다가가며) 정말로요? 경고하는데, 지금부터 하는 말에 저는 아무 책임이 없어요. 그냥 쉬지 않고 바보 같은 소리들을 할 테니까요. 내 말 들려요, 에밀리아? 애원하는데, 조용히 하라는 말만은 하지 말아요! 사랑합니다! 흠모합니다! 당신한테 완전히 홀렸어요! 웃지 않나요? 벌떡 일어나 내 뺨을 때릴 줄 알았는데, 그래서 당신을 훨씬 더 사랑하게 될 줄 알았는데! 사랑합니다. 아니,

지금 자는 거예요?

에밀리아 나는 차가워, 베르티. 얼음처럼 차. 너까지 차갑게 만들지 않게 해줘, 베르티.

그레고르 사랑해요, 에밀리아! 경고하는데, 당신은 나를 형편없이 취급하지만 그게 날 행복하게 한다고요! 내게 모욕을 줄 때면 당신 목을 졸라 죽일 수도 있을 것 같아. 당신은 나를 미치게 만들어, 에밀리아, 당신을 죽여 버리고 싶은 마음이 든다고. 당신한테는 끔찍한 구석이 있어. 그렇지만 심지어 그것마저 아름다워. 당신은 악마야, 에밀리아. 사악하고 무시무시해. 인간적인 감정이 없는 짐승처럼 —

에밀리아 저런, 베르티, 그건 사실이 아니야!

그레고르 사실이야! 당신한테는 아무것도 의미가 없어. 당신은 비수처럼, 무덤에서 일어난 시체처럼 차가워. 당신을 사랑하는 게 변태 같지만, 그래도 난 당신을 사랑해. 나는 당신 거야, 에밀리아. 너무나 사랑해서 내 몸에서 살점을 뜯어낼 수도 있을 것 같아!

에밀리아 말해 봐, 마크로풀로스라는 이름이 마음에 드니?

그레고르 그만둬! 날 괴롭히지 마! 당신을 가질 수 있다면 목숨도 내놓겠어. 나를 당신 마음대로 해. 뭐든 좋아. 도착적이고, 듣도 보도 못한 짓거리라도. 사랑해, 에밀리아. 나는 완전히 폐인이 되었어!

에밀리아 그러니까 들어 봐. 네 그 변호사한테 가서 내가 보낸 서류를 좀 돌려 달라고 해.

그레고르 위조한 건가?

에밀리아   아니, 알베르트. 내 명예를 걸고 말하는데, 그렇지 않아. 하지만 우리에겐 다른 문서가 필요해. 마크로풀로스라는 이름이 적힌 문서지. 기다려, 내가 설명해 주지. 엘리안 —

그레고르   수고할 필요 없어요. 이만하면 당신이 꾸며 낸 얘기들은 들을 만큼 들었으니까.

에밀리아   아니야, 기다려. 너는 부자가 되어야 해, 베르티. 네가 아주 엄청난 부자가 되었으면 좋겠어.

그레고르   그러면 나를 사랑해 줄 건가요?

에밀리아   집어치워, 베르티. 나한테 그리스 문서를 가져다준다고 약속했잖아. 프루스가 그걸 갖고 있어. 듣고 있는 거야? 일단 상속을 받아서 나한테 그 서류를 넘겨.

그레고르   그러면 나를 사랑해 줄 건가요?

에밀리아   절대. 못 알아듣겠어? 절대 안 돼!

그레고르   (주저앉는다) 당신을 죽여 버릴 거야, 에밀리아. 반드시 죽여 버리고 말겠어!

에밀리아   헛소리. 세 마디 말이면 다 끝나. 끝난다고. 그러니까 저 녀석이 날 죽이고 싶어 한다, 이거지. 여기 내 목에 흉터 보여? 날 죽이고 싶어 했던 또 다른 남자야. 옷을 홀딱 벗고 다른 소소한 사랑의 징표들도 전부 보여 줄까? 나를 죽이는 쾌감을 너한테 맛보게 해주려고 내가 지금 여기 있는 줄 알아?

그레고르   당신을 사랑해!

에밀리아   사랑, 사랑, 사랑. 그러면 자살해, 어리석은 녀석.

너희들은 하나같이 어찌 그리 우스꽝스러운지. 내가 얼마나 피곤한지, 내가 얼마나 아무 관심이 없는지 상상도 못 하겠지! 꿈도 못 꿀 거야!

그레고르 뭐가 문제예요? 뭐가 잘못된 건지 말해 줘요!

에밀리아 (자기 손을 쥐고 비틀면서) 가엾은 에밀리아!

그레고르 (부드럽게) 자, 에밀리아, 우리 같이 멀리 떠나요. 나만큼 당신을 사랑한 사람은 아무도 없었죠. 당신에게 무서운 면이 있다는 거…… 난 알고 있어요. 그렇지만 나는 젊어요, 에밀리아. 강인하다고요. 사랑의 홍수로 당신을 덮치고 사랑으로 녹여 줄게요. 그러면 모든 걸 잊게 될 거예요. 그런 다음 당신은 나를 텅 빈 껍데기처럼 버려 버려요. 어때요, 에밀리아?

에밀리아에게서 요란하게 코 고는 소리가 규칙적으로 들린다.

그레고르 (화가 나서 벌떡 일어나며) 뭐지? 잠든 건가? 나를 아주 바보 꼴로 만들었군. 술고래처럼 자고 있어! (그녀를 향해 손을 뻗으며) 에밀리아, 나야, 나. 여기 다른 사람은 아무도 없어. (허리를 굽히고 그녀에게 가까이 다가간다)

청소부가 그들 뒤에 서 있다가, 헛기침을 해 인기척을 낸다.

그레고르 (일어선다) 아, 당신이군요. 아가씨가 잠이 들었어요. 깨우지 마세요. (에밀리아의 손에 키스하고 황급히 나간다)

청소부 (에밀리아에게 다가가 말없이 그녀를 지켜본다) 불쌍한 사람. 참 딱하다는 생각이 절로 드네그려. (퇴장)

침묵. 야네크가 무대 옆쪽에서 들어와 에밀리아로부터 열 발자국쯤 떨어진 곳에서 멈추고 그녀를 향해 선다.

에밀리아 (뒤척이며) 너니, 베르티?
야네크 (물러서며) 아니, 그냥 접니다. 야네크예요.
에밀리아 야네크, 이리 와요. 부탁 하나 들어줄 수 있어요?
야네크 예, 마르티 양. 무슨 일이든지.
에밀리아 내가 원하는 건 뭐든지?
야네크 그래요, 마르티 양.
에밀리아 뭔가 엄청난 일이라도, 야네크? 영웅적인 일이라도?
야네크 그래요, 마르티 양.
에밀리아 그러면 보답으로 내게서 뭘 얻고 싶나요?
야네크 아무것도요, 마르티 양.
에밀리아 더 가까이 와요. 이제 훨씬 낫군요. 있잖아요, 나를 위해 정말 멋진 일을 해줄 수 있어요. 당신 아버지가 집에 밀봉한 봉투를 하나 갖고 있어요. 〈내 아들 페르디난드에게 인편으로 전달할 것〉이라고 써 있는 봉투에요. 어디에 있는지 확실히는 모르겠는데 — 아마 책상이나 금고 같은 데 있을 거예요. *Compris*(알아들었어요)?
야네크 네, 마르티 양.
에밀리아 그걸 내게 가져와요.

야네크 아버지가 그걸 제게 줄까요?

에밀리아 아니, 안 주실 거예요. 빼앗아 와야 해요.

야네크 전 그렇게 못 합니다, 마르티 양!

에밀리아 우리 꼬마 소년은 아빠가 무서운가 보죠?

야네크 무서운 게 아니라 그저 ―

에밀리아 그저 뭐요? 야네크, 그 봉투엔 그저 감상적인 의미밖에 없어요. 맹세해요. 그렇지만 난 그걸 갖고 싶은 거예요, 절박하게.

야네크 저, 한번 해볼게요.

에밀리아 정말?

프루스 (그림자 속에서 등장하며) 굳이 찾느라 애쓰지 않아도 된다, 야네크. 금고 안에 있으니까.

야네크 아버지! 또!

프루스 어서 가! (에밀리아에게) 자, 자, 마르티 양, 이거 참 놀랄 일이군요! 녀석이 극장 주변을 어슬렁거리는 건 크리스티나 때문인 줄 알았는데, 알고 보니 ―

에밀리아 그러는 당신은요? 어째서 극장 주변을 어슬렁거리는 거죠?

프루스 당신을 만날 수 있을까 싶어서죠.

에밀리아 (그에게 아주 바짝 다가간다) 그러면 봉투를 내게 줘요.

프루스 내 것이 아닙니다.

에밀리아 그렇다면 나를 위해 어떻게든 당신 것으로 만들어요.

프루스 언제?

에밀리아　오늘 밤.
프루스　거래 성사된 겁니다.

　막이 내린다.

제3막

호텔 특실. 왼쪽에 창문이 하나 있고, 오른쪽엔 복도로 통하는 문이 있다. 가운데 에밀리아의 침실 입구가 있는데, 무거운 커튼으로 특실의 다른 방들과 분리되어 있다. 에밀리아가 화장용 가운을 입은 채 침실에서 나오고, 칼라가 달리지 않은 디너 재킷을 입은 프루스가 뒤따라 나온다. 프루스는 말없이 오른편에 앉는다. 에밀리아는 창가로 가서 블라인드를 올리고 이른 아침의 햇살로 방 안을 가득 채운다.

에밀리아 (창가에서 돌아서며) 됐죠? (침묵. 프루스에게 간다) 내놔요.

침묵.

들려요? 봉투를 달란 말이에요!

프루스는 말없이 주머니에서 가죽 지갑을 꺼내더니 그 속에서 밀봉한 봉투를 빼내 테이블에 올려놓는다. 에밀리아가 봉투를 가지고 화장대로 가서 등불을 켠 다음 봉인을 확인한다. 잠깐 망설이는가 싶다가 머리핀으로 봉투를 찢어 열고 노랗게 바래가는 필사본을 꺼낸다. 그녀는 기쁨에 숨을 몰아쉬며 읽고 나서 재빨리 접어 나이트가운 안쪽 젖가슴 사이에 쑤셔 넣는다. 일어선다.

에밀리아 훌륭해!

침묵.

프루스 (조용히) 당신은 나를 기만했어.
에밀리아 원하던 걸 얻었잖아요.
프루스 나를 속였어. 당신은 얼음처럼 차갑더군. 시체를 안고 있는 기분이었어. (부르르 전율한다) 내가 그런 걸 위해 남의 서류를 훔쳤다니! 참으로 고맙기 짝이 없군!
에밀리아 밀봉된 작은 봉투 하나를 당신이 뭐 그렇게 중요하게 생각한다고?
프루스 당신을 만난 것 자체가 후회스럽군. 그걸 당신한테 줘서는 안 되는 거였어. 도둑놈이 된 기분이야. 혐오스러워! 역겨워! 역겹다고!
에밀리아 아침 식사 할래요?
프루스 당신한테 바라는 건 아무것도 없어. 아무것도! (일어나 그녀에게 다가가서는 빤히 들여다본다) 나를 봐, 얼굴을 보여 달라고! 대체 내가 뭘 준 건지 모르겠군……. 어쩌면 대단한 가치가 있는 것일지도 모르지……. 어쩌면 가치가 있는 건 그 봉인뿐일지도 몰라. 그리고 내 어리석음……. (절망에 손사래를 친다)

에밀리아 (일어난다) 내 얼굴에 침을 뱉고 싶어요?

프루스 아니, 내 얼굴에 침을 뱉고 싶소.

에밀리아 그럼 그렇게 해요. (문 두드리는 소리. 그리로 간다) 누구세요?

하녀 저예요, 마담.

에밀리아 들어와. (문을 열어 준다) 아침 식사 좀 가져다줘.

하녀 (잠옷에 화장 가운 차림으로 들어와 숨을 헐떡이며) 죄송합니다만 마담, 프루스 씨 계신가요?

프루스 (돌아보며) 아니, 왜? 무슨 일인가?

하녀 프루스 씨의 하인이 아래층에 와 있습니다. 말씀드릴 일이 있대요.

프루스 아니, 그가 어떻게……? 기다리라고 해. 여기 더 머물 일은 없으니까. (침실로 간다)

에밀리아 (하녀에게) 내 머리 좀 손질해 줘. (화장대 앞에 앉는다)

하녀 (에밀리아의 머리카락을 풀어 내리며) 너무 겁이 났어요, 마담. 경비가 부르더니 프루스 씨의 하인이 와서 마담을 뵙고 싶어 한다는 거예요. 세상에, 그 몰골이라니. 말도 제대로 못 하더라고요. 정말 깜짝 놀랐어요, 마담. 뭔가 끔찍한 일이 일어난 게 틀림없어요.

에밀리아 조심해, 내 머리를 잡아당기고 있잖아!

하녀 안색이 이불 홑청처럼 새하얗더라고요, 마담. 얼마나 무서웠는지 몰라요.

프루스 (칼라를 달고 넥타이를 맨 모습으로 침실에서 나온다) 잠깐 실례하겠소. (무대 오른편으로 퇴장)

하녀 (에밀리아의 머리카락을 빗질하며) 저분은 굉장한 거물인가 봐요. 무슨 일이 일어났는지 알고 싶어요. 세상에, 그 하인을 보셨어야 해요. 사시나무처럼 덜덜 떠는데 정말 —

에밀리아 스크램블 에그 좀 해주면 좋겠군.

하녀 손에는 무슨 서류 같은 걸 들고 있었어요. 내려가서 좀 들어 봐도 될까요?

에밀리아 (하품을 하며) 지금 몇 시지?

하녀 7시가 막 지났네요.

에밀리아 불을 꺼줘. 횡설수설 좀 하지 말고.

침묵.

하녀 그 하인, 입술이 온통 파랗더라고요 —

에밀리아 이 멍청이, 머리카락을 마구 잡아 뽑고 있잖아. 빗줘봐. 이 머리카락 좀 보란 말이야!

하녀 죄송해요, 마담. 어쩔 수가 없어요. 손이 떨려서. 뭔가 무서운 일이 일어난 게 틀림없다고요.

에밀리아 그래서 내 머리를 다 뽑아도 봐달라 이거야? 정신 좀 차려!

프루스가 뜯지 않은 편지를 손에 들고 기계적으로 매만지며 복도에서 돌아온다.

에밀리아 그리 오래 걸리진 않았네요.

프루스는 의자로 가서 쓰러지듯 주저앉는다.

에밀리아 아침 뭐 먹을 거죠?
프루스 (목쉰 소리로) 저 여자애 내보내요.
에밀리아 (하녀에게) 나가 봐도 좋아. 필요하면 벨을 울릴게.

하녀 퇴장.

에밀리아 무슨 일이죠?
프루스 야네크. 총을 쏴서 자살했어.
에밀리아 그럴 수가!
프루스 머리가…… 박살이 나서…… 알아볼 수도 없다는군. 죽어 버렸어.
에밀리아 가엾은 아이. 그 편지는 누가 보낸 거예요?
프루스 하인 말로는…… 이 편지…… 야네크가 썼다는군. 편지는 그 녀석의……. 이것 봐, 피…….
에밀리아 그래서, 뭐라고 썼던가요?
프루스 열 수가 없어……. 무서워서……. 내가 당신과 여기 있는 걸 어떻게 알았지? 어째서 여기로 보낸 거지? 혹시 그 녀석이……?

에밀리아 뭐요, 당신을 봤다고요?

프루스 어째서 그랬을까? 어째서 자살을 했을까?

에밀리아 읽어 보면 알겠죠.

프루스 혹시…… 먼저 읽어 봐줄 수 있겠소?

에밀리아 아니, 전 못 해요.

프루스 당신도 관련된 문제 같은데. 제발 열어 봐줘.

에밀리아 절대 안 할 거예요.

프루스 그 아이한테 가봐야겠어……. 그래야만……. 편지를 열어 봐야 할까?

에밀리아 당연하죠.

프루스 그렇다면 어쩔 수 없군. (봉투를 뜯어 편지를 꺼낸다)

에밀리아는 손톱 손질을 한다.

프루스는 말없이 읽고 난 후 신음 소리를 내며 편지를 떨어뜨린다.

에밀리아 그 애가 몇 살이었죠?

프루스 그러니까 그게 이유였군!

에밀리아 가엾은 야네크.

프루스 당신을 사랑했던 거야.

에밀리아 정말?

프루스 (흐느껴 울며) 내 아이, 내 외아들……. (두 손으로 얼굴을 가린다) 겨우 열여덟 살인데! 내 아들! 내 야네크! 하느님, 난 애한테 너무 가혹했어, 키스 한 번 해주지 않았고 칭찬 한 번 해주지 않았어! 그 아이는 내게 그런 걸 바랐지만 나는 생각했지. 〈안 돼, 인생은 힘들어, 나처럼 터프해져야만 해.〉 난 그 아이를 전혀 알지 못했어! 세상에, 그 아이는 나를 숭배했는데!

에밀리아 그런데 그걸 몰랐어요?

프루스 하느님, 그 애가 살아 있어 주기만 한다면! 그렇게 무의미하게 사랑에 빠지다니. 내가 당신을 만나러 오는 걸 보고 그 애는 두 시간 동안 문 앞에서 기다렸던 거요. 그런 다음 집에 가서……

에밀리아 (빗을 들어 머리를 빗는다) 가엾은 아이.

프루스 열여덟 살인데! 우리 야네크, 내 아이, 이 어린애 같은 필적을 봐요. 〈아빠, 이제 저도 삶이 어떤 건지 알게 되었어요. 아빠가 행복하시면 좋겠어요. 하지만 저는……〉 (일어선다) 대체 당신은 뭘 하고 있는 거요?

에밀리아 (입에 머리핀을 물고) 머리를 빗고 있잖아요, 멍청하긴. 그럼 뭘 하고 있겠어요?

프루스 아무래도 당신은 이해를 못 하는 것 같군. 야네크가 당신을 사랑했다고. 당신 때문에 자살을 했단 말이오!

에밀리아 아, 뭐, 자살한 사람이 하도 많아서.

프루스 그런데 계속 머리카락이나 갖고 노는 거요?

에밀리아 그럼 그 애 때문에 머리를 산발하고 뛰어 돌아다녀야 되나요? 머리를 다 뽑아 버리면 좋겠어요? 하긴, 하녀가 충분히 뽑아 대긴 했지.

프루스 (그녀에게서 뒷걸음질 치며) 입 닥쳐, 안 그러면 —

노크 소리.

에밀리아 들어와요!
하녀 (이번엔 옷을 제대로 차려입은 모습으로 들어온다) 하우크-센도르프라는 분이 뵙기를 청하십니다, 마담.
에밀리아 들여보내.

하녀 퇴장.

프루스 지금, 내 앞에서, 그 사람을 만나겠다는 거요?
에밀리아 그럼 침실로 가시든지.
프루스 (휘장을 걷고 침실로 들어간다) *Canaille*(사기꾼)!

하우크-센도르프 등장.

에밀리아 *Buenos Dios*(맙소사) — 맥시! 이렇게 일찍부터 웬일이죠?
하우크-센도르프 쉿! (까치발로 살금살금 그녀에게 걸어와 목덜미에 키스한다) 에우게니아, 옷을 입어요. 우리는 떠날 거니까!
에밀리아 어디로?

하우크-센도르프 고향, 스페인으로. 히히, 우리 아내는 몰라요! 지금 내가 그녀에게 돌아갈 수는 없잖아요! *Por Dios*(제발) — 에우게니아, 서둘러요!

에밀리아 당신 미쳤어요?

하우크-센도르프 그래, 미쳤어요! 하느님 용서해 주소서. 나는 공식 인증 광인이에요! 저들은 나를 꾸러미처럼 아무 때나 되돌려 보낼 수 있지! 봐요, 난 저들한테서 도망쳐야만 해. 그리고 당신이 나를 돌봐 줄 거예요!

에밀리아 스페인에서? 내가 거기서 뭘 해요?

하우크-센도르프 올라! 당연히 춤을 추지! *Mi Dios hija*(우리 아가씨) — 옛날에 나는 지독한 질투쟁이였지요! 당신, 춤을 출 거죠? *Sabe*(그럴 테죠)? 그러면 난 박수를 칠 거에요. (주머니에서 캐스터네츠를 꺼낸다.) *Ay salero, vaya querida*(아, 이 매력덩어리, 내 사랑)*!* (침묵) 잠깐, 저기 울고 있는 사람은 누구죠?

에밀리아 아무도 아니에요.

하우크-센도르프 쉿, 남자 목소리인데.

에밀리아 아, 그래요. 다른 방에 있는 어떤 사람이에요. 자기 아들이 죽었다나 어쩼다나.

하우크-센도르프 죽었다고? 슬프군요. *Vamos, gitana*(갑시다, 집시 아가씨)*!* 내가 뭘 가져왔는지 알아요? 보석들, 마틸다의 보석들이라오! 마틸다는 내 아내죠. 그렇지만 늙었어. 늙는다는 건 추해요. 끔찍해, 늙음은 끔찍해. 나 역시 늙었었지만, 당신이 돌아왔어. 그리고…… 내 사랑! 이제 다시 스무 살이 되었지! 믿을 수 있겠어요?

에밀리아　*Si, si, señor*(암요, 그렇죠, 선생님).

하우크-센도르프　새로운 인생! 우리는 스무 살에서 다시 시작할 거예요. 어때요? 세상에, 이런 황홀한 행복이 있을 수가. 기억나요? (큰 소리로 웃는다) 기억하나요? 다른 건 아무것도 중요하지 않아요. *Nada*(아무것도)*!* 갈까요?

에밀리아　*Si, ven aqui, chucho*(자, 이리 와요, 이 짐승).

문 두드리는 소리.

　들어와.

하녀　그레고르 씨께서 뵙고 싶어 하십니다, 마담.

에밀리아　들여보내.

하우크-센도르프　그 사람은 뭘 원하는 거지? *Mi Dios*(이거 원). 서두릅시다.

에밀리아　기다려요.

그레고르, 콜레나티, 크리스티나, 비테크가 들어온다.

에밀리아　안녕, 베르티. 세상에, 또 누굴 여기로 다 데리고 온 거야?

그레고르　손님이 계시네요.

하우스-센도르프　아, 그레고르 씨, 이거 참 반갑소이다. 잘 지냈소?

그레고르 (크리스티나를 에밀리아 앞으로 밀며) 이 아가씨의 눈을 봐요. 무슨 일이 있었는지 들었나요?

에밀리아 야네크?

그레고르 그 이유도 압니까?

에밀리아 하!

그레고르 당신은 그 소년의 죽음에 양심의 가책을 느껴야 마땅하단 말입니다, 알겠어요?

에밀리아 고작 그런 이유로 이 많은 사람들을 데리고 날 보러 왔어? 변호사까지 데리고?

그레고르 그 이유만은 아닙니다. 그리고 나한테 그따위 말투는 집어치워요.

에밀리아 (분개하며) 아니, 지금 어딜 감히! 나한테 원하는 게 뭐야?

그레고르 알게 될 겁니다. (형식은 생략하고 자리에 앉는다) 진짜 이름을 알려 주시죠.

에밀리아 나를 취조하려는 건가?

콜레나티 그런 건 절대 아닙니다, 마르티 양. 그저 우정 어린 대화를 좀 나누자 이거죠.

그레고르 비테크 씨, 그 사진 좀 꺼내 주시죠. (비테크에게서 에밀리아의 사진을 받아 든다) 크리스티나 양을 위해 이 사진에 사인을 했나요? 이거 당신 서명 맞죠?

에밀리아 물론이야.

콜레나티 그렇군요. 어제 이 문서를 제게 보내신 게 맞는지 여쭤 봐도 되겠습니까? 날짜가 1836년으로 명시된 수기 문서인데요. 엘리안 그레고르라는 사람이 자신이 페르디난드 맥그레고르의 생모라고 진술한 내용입니다. 이 문서가 진짜입니까?

에밀리아 그래요.

그레고르 문서의 잉크가 채 마르지 않았어요. 그게 무슨 뜻인지 알아요? 위조라는 거예요, 부인!

에밀리아 그게 나하고 무슨 상관이지?

그레고르 잉크가 채 마르지 않았다고요. 신사 여러분, 잘 보십시오. (손가락에 침을 묻혀 서류를 문지른다) 아직도 번지고 있어요. 할 말이 있나요, 마르티 양?

에밀리아 아니.

그레고르 이 문서는 어제 작성된 겁니다, 아시겠어요? 이 사진에 서명한 바로 그 손으로. 게다가 유별나게 눈에 띄는 서명을 했군요.

콜레나티 마치 그리스어처럼요. 예를 들어 〈a〉 자는 —

그레고르 이 서류에 사인을 했습니까, 안 했습니까?

에밀리아 너한테 취조 따위는 당하지 않겠어!

하우크-센도르프 신사 여러분, 정말 미안하지만 —

콜레나티 이 일에는 끼어들지 마십시오, 선생님. 심각한 사안입니다. 이 문서를 취득한 경위를 말씀해 주시겠습니까, 마르티 양?

에밀리아 맹세하는데, 그 문서는 엘리안 맥그레고르가 쓴 거예요.

콜레나티 언제요? 어제 아침?

에밀리아 그게 뭐가 중요하죠?

콜레나티 몹시 중요합니다, 친애하는 부인. 대단히 중요하고 말고요. 엘리안 맥그레고르가 언제 죽었습니까?

에밀리아 집어치워요! 더는 단 한 마디도 하지 않겠어요!

프루스 (침실에서 황급히 나오며) 부탁인데, 그 문서 좀 보여 주십시오.

콜레나티 (일어난다) 세상에, 당신! 에밀리아, 대체 이건 무슨 의미입니까?

하우크-센도르프 프루스 씨, 이거 참 뜻밖의 기쁨이군요! 안녕하십니까?

그레고르 당신 아들이 —

프루스 알아요. 부탁인데, 문서 좀 보여 주시오.

콜레나티가 문서를 건네준다.

프루스 고마워요. (외알 안경을 치켜들고 읽는다)

그레고르 (에밀리아 쪽으로 건너가서 조용히) 저 사람이 여기서 뭘 하고 있는 겁니까? 난 알 권리가 있습니다.

에밀리아 (노려보며) 대체 무슨 권리?

그레고르 곧 미쳐 갈 남자의 권리.

프루스 (문서를 내려놓으며) 필적은 일치하는군요.

콜레나티 그러니까 엘리안 맥그레고르가 썼단 말이군, 빌어먹을!

프루스 아니요. 그리스 여인인 엘리나 마크로풀로스가 쓴 겁니다. 똑같은 필적이 내 편지들에도 있습니다. 의심의 여지가 없어요.

콜레나티 그렇지만 그 편지들을 쓴 건 —

프루스 엘리나 마크로풀로스죠. 신사 여러분, 엘리안 맥그레고르라는 여자는 없었습니다. 착오였던 거예요.

콜레나티 이거 자칫하면 당신한테 속을 뻔했군요. 그러면 사진의 서명은?

프루스 (사진을 보며) 의심할 여지 없이 엘리나 마크로풀로스의 필적이죠.

콜레나티 설마 그럴 리가! 그 필적이 네 사진의 사인과 같다는구나, 크리스티나!

크리스티나 마르티 양을 괴롭히지 말아요!

프루스 (사진을 돌려주며) 고마워요. 중간에 끼어든 건 미안하게 됐습니다. (한구석에 앉아 머리를 손에 묻는다)

콜레나티 제기랄, 대체 이렇게 복잡하게 꼬인 문제를 어디서부터 어떻게 푼단 말이지?

비테크 죄송합니다만, 어쩌다 보니 마르티 양의 사인이 비슷하게 생긴 게 아닐까요?

콜레나티 왜 아니겠나. 어쩌다 보니 마르티 양이 우리 사무실을 찾아왔을 테고. 어쩌다 보니 이 문서는 위조일 테고. 그런 식으로 말하면 뭐든 다 되지 않나, 비테크!

에밀리아 신사 여러분께서 잊고 계신 것 같은데, 저는 오늘 오전에 이 나라를 뜰 계획이랍니다.

콜레나티 이런 맙소사, 마르티 양, 그럴 수야 없죠! 계속 신병을 확보해야 하니 남아 주셔야 합니다. 안 그러면 —
에밀리아 지금 나를 감옥에 처넣겠다는 거군!
그레고르 아직은 아닙니다. 아직 기회가 —

문 두드리는 소리.

콜레나티 들어와요!
하녀 (문을 연 다음 머리만 빼꼼 들이밀고) 남자 두 분이 아래층에 와 계십니다. 하우크-센도르프 씨를 찾고 있다고 하는데요.
하우크-센도르프 뭐라고? 난 안 가! 제발 이렇게 비네. 그것만은……!
비테크 그 사람들 용건이 뭔지 알아보고 오지요. (퇴장)
콜레나티 (크리스티나에게 다가간다) 크리스티나, 이제 그만 울어라! 정말 몹시 마음이 아프구나…….
하우크-센도르프 세상에, 어여쁘기 그지없군. 자, 젊은 아가씨, 울지 말아요.
그레고르 (에밀리아 옆에 서서 조용히) 내 차가 1층에 있어요. 같이 갑시다. 우리 국경을 넘어가요. 아니면 —
에밀리아 하, 꿈도 꾸지 마.
그레고르 나 아니면 경찰, 둘 중 하납니다. 같이 가겠어요?
에밀리아 싫어.
비테크 (돌아온다) 하우크 씨를 찾는 사람들은…… 아…… 의사 선생님과 또 한 남자입니다. 집으로 모셔 가고 싶다는군요.

하우크-센도르프 이거 실례가 많소. (낄낄거리며 웃는다) 저 놈들이 나를 쫓아왔군! 기다리라고 좀 말해 주겠소?

비테크 그러라고 했습니다, 선생님.

그레고르 신사 여러분, 마르티 양께서 스스로 해명할 의도가 없으시다니 어쩔 수 없이 가방을 수색하는 수밖에요.

콜레나티 아, 우리에게 그런 짓을 할 권리는 없어요, 그레고르! 사생활, 성추행법, 뭐 그런 거 있잖아요.

그레고르 그러면 경찰을 부를까요?

콜레나티 전 이 일에서 손을 떼겠습니다.

하우크-센도르프 실례하지만 그레고르 씨, 신사로서 —

그레고르 선생님, 주치의와 사립 탐정이 밖에 와 있어요. 들어오라고 청할까요?

하우크-센도르프 부탁인데 그것만은 안 돼요. 그렇지만 프루스 씨, 분명 —

프루스 해봐요, 당신네 마음대로 해보라고 —

그레고르 그럼 좋습니다. 시작하지요. (에밀리아의 책상으로 간다)

에밀리아 그건 손대지 마! (벌떡 일어나 화장대 서랍에 손을 뻗는다) 감히 손만 대봐!

콜레나티 (그녀 쪽으로 성큼성큼 걸어가며) 아니, 그건 안 됩니다, 아가씨. (그녀의 손에서 무언가를 뺏는다)

그레고르 (돌아보지도 않고 책상 서랍을 열며) 아니, 지금 날 쏘려고 했던 건가요?

콜레나티 심지어 장전된 총이군요. 아무래도 일단 이대로 두는 게 좋겠습니다. 누구 사람을 더 불러올까요?

그레고르 아니요, 이 일은 우리가 알아서 처리합시다. (에밀리아의 서랍을 뒤진다) 당신네들끼리 얘기하고 있어요. 나는 신경 쓰지 말고.

에밀리아 (하우크-센도르프에게) 당신은 신사죠, 맥스. *Y usted quiere pasar por caballero*(신사가 되고 싶지 않아요)?

하우크-센도르프 *Cielo de mi*(아이고) — 내가 어쩌면 좋겠어요?

에밀리아 (콜레나티에게) 박사님, 당신은 명예를 아는 분이시죠.

콜레나티 미안하지만 아가씨, 잘못 알고 있는 겁니다. 나는 악명 높은 악한이자 불한당이고, 내 본명은 바그다드의 도둑이지요.

에밀리아 (프루스에게) 그렇다면 프루스, 당신은 신사잖아요. 설마 당신마저 —

프루스 제발, 나한테 그런 식으로 말하지 말아요.

크리스티나 (흐느끼며) 당신들 모두 끔찍스러워요! 당신들이 마르티 양에게 이런 짓을 하다니 도저히 견딜 수가 없어. 그녀한테 손대지 말아요!

콜레나티 내 생각이 딱 그렇구나, 애야. 우리가 하는 짓은 끔찍해. 끔찍하고 불쾌하다.

그레고르 (테이블 위로 한 뭉치의 서류를 던지며) 자, 마르티 양, 보아하니 서류 보관소를 통째로 갖고 다니는 모양이군

요. (침실로 간다)

콜레나티 자네가 살펴볼 일감이 여기 산더미처럼 있군, 비테크. 훌륭한 자료야. 굉장한 보고네. 자네가 이걸 정리하겠나?

에밀리아 감히 손만 대봐!

콜레나티 친애하는 아가씨, 정중하게 부탁드리는데 꼼짝도 하지 말아요. 안 그러면 형법 제91조에 따라 제가 아가씨한테 심각한 신체 상해를 입힐지도 모르니까 말입니다.

에밀리아 너 같은 놈이 자칭 변호사라고?

콜레나티 이젠 범죄에 맛을 들이려는 모양입니다. 항상 그 방면에 재주는 있었죠. 가끔 사람들은 중년이 되어야 진정한 천직을 찾게 되는 일이 있거든요.

비테크 그런데요, 마르티 양, 다음 공연은 언제로 잡혀 있지요?

에밀리아는 아무 말도 하지 않는다.

하우크-센도르프 *Mon dieu, je suis désolé, désolé*(이런, 정말 실례가 많소. 미안해요).

비테크 오늘 자 공연 평을 보셨습니까?

에밀리아 아니요.

비테크 (주머니에서 신문 기사 스크랩을 몇 장 꺼내서) 평이 훌륭합니다, 마르티 양. 들어 보세요. 〈숨막히는 아름다움과 힘을 지닌 목소리……. 고음역대에서 특히 풍부한 성량……. 지고한 자신감…….〉 그리고 여기도요. 〈마치 꼼짝도 못 하게 주문을 거는 듯한 그 아름다움과 극적인 힘……. 우리 오페라 사상, 아니 아마도 음악사 전체를 통틀어 비길 데 없는 경지에 오른 공연······.〉 음악사 전체라니, 마르티 양, 꽤 괜찮지 않나요?

크리스티나 사실인걸요!

그레고르 (침실에서 양팔 가득 문서를 안고 돌아온다) 자, 여기요, 박사님, 지금까지 찾은 건 이게 답니다. (테이블에 나머지 서류를 던진다) 좀 바빠지셔야겠군요.

콜레나티 기꺼이. (서류에 코를 대고 킁킁 냄새를 맡는다) 역사의 먼지가 묻은 서류군요, 마르티 양. 이건 역사적인 먼지라네, 비테크.

그레고르 우리는 또한 〈E. M.〉이라는 이니셜이 새겨진 봉인을 발견했습니다. 엘리안 맥그레고르의 서류들에서 발견한 것과 같은 봉인입니다.

프루스 (일어나며) 좀 보여 주시오.

콜레나티 (문서들을 훑어보며) 맙소사 비테크, 이 서류는 날짜가 1603년으로 되어 있군!

프루스 (봉인을 돌려주며) 이건 엘리나 마크로풀로스의 봉인이오. (앉는다)

콜레나티 (서류들을 바라보며) 앞으로 뭐가 더 나올지 짐작도 안 되는군.

하우크-센도르프 하느님, 맙소사······.

그레고르 하우크 씨, 이 메달을 알아보시겠습니까? 선생님 가문의 문장이 아닙니까?

하우크-센도르프 (메달을 살펴보며) 그래요, 맞습니다. 내가 직접 그녀에게 주었던 거요!

그레고르 언제요?

하우크-센도르프 그때! 50년 전에, 스페인에서!

그레고르 누구한테 주셨습니까?

하우크-센도르프 그녀, 에우게니아에게! 에우게니아 몬테스 말이오! 무슨 말인지 아시겠소?

콜레나티 (서류들을 살펴보다가 고개를 들며) 여기 스페인어로 뭐라고 적혀 있군요. 스페인어 할 줄 아십니까?

하우크-센도르프 물론 알고말고요. 어디 봅시다. (낄낄 웃는다) 에우게니아, 이건 마드리드에서 온 거군!

콜레나티 뭐라고요?

하우크-센도르프 경찰이 보낸 겁니다. 풍기 문란죄로 추방을 명함. 집시 라메라, 에우게니아 몬테스라는 이름을 쓰기도 함. 거참, 에우게니아, 이건 그때 우리 말다툼 때문이었지, 안 그래?

콜레나티 죄송합니다. (서류들을 더 훑어본다) 여권, 엘사 밀러, 79세……. 사망 증명서, 엘리안 맥그레고르, 1836년……. 온갖 것들이 다 뒤섞여 있군. 잠깐, 마르티 양, 이것들을 이름별로 정리해 봅시다. 예까쩨리나 미쉬끼나, 이건 누구지?

비테크 실례지만 예까쩨리나 미쉬끼나는 1840년대의 러시아 여가수입니다만.

콜레나티 자네는 모르는 게 없군!

그레고르 놀랍군요. 모든 이니셜이 똑같이 E. M.입니다.

콜레나티 마르티 양께서 이 이니셜을 수집하는 모양입니다.

취미가 아닐까 싶군요. 아하, 〈*Dein Peppy*(당신의 페피로부터)〉, 이게 당신네 종조부님의 아버님이겠군요, 안 그렇습니까, 프루스? 읽어 드릴까요? *Meine liebste, liebste Ellian* (내 소중하고 소중한 엘리안).

프루스 엘리나가 아니고요?

콜레나티 아니, 엘리안이라고 쓰여 있습니다. 봉투에도 〈엘리안 맥그레고르, 호포페르, 빈〉이라고 쓰여 있는걸요. 아니, 잠깐만요. 그레고르, 우리 이 〈사랑하는, 사랑하는 엘리안!〉 덕분에 이 소송에서 이길 수도 있겠어요.

에밀리아 (벌떡 일어나며) 그만둬. 더는 읽지 마. 이 서류들은 다 내 거야!

콜레나티 그렇지만 도저히 믿기지 않을 정도로 흥미진진합니다그려!

에밀리아 더는 읽지 말아요. 모든 걸 다 말해 줄 테니. 당신들이 알고 싶어 하는 모든 걸 다.

콜레나티 정말로 말입니까?

에밀리아 맹세해요.

콜레나티 (서류를 덮어 내려놓는다) 죄송합니다, 마르티 양. 이렇게 강제로 ―

에밀리아 당신들이 나를 심판할 건가요?

콜레나티 그럴 리가요, 마르티 양. 그저 우정 어린 방담을 나누려는 겁니다!

에밀리아 아니요, 난 정식 재판을 원해요.

콜레나티 알겠습니다. 그렇다면 힘이 닿는 한 최선을 다해

보지요. 시작할까요?

에밀리아 아니요, 진짜 법원처럼 보여야 해요. 십자가를 비롯해 있을 것들이 다 있어야 합니다.

콜레타니 잘 알겠습니다. 또 뭐가 필요하죠?

에밀리아 먼저 뭘 좀 먹고 드레스를 차려입게 해줘요. 잠옷 바람으로 재판정에 나가는 건 사양하겠어요.

콜레나티 역시 지당하신 말씀입니다. 피고가 옷을 제대로 차려입는 건 아주 중요한 일이지요.

그레고르 별 웃기는 코미디가 다 있군.

콜레나티 정숙하시오, 법정에 경의를 표하십시오! 피고에게 10분의 시간을 허락합니다 ― 그만하면 충분히 몸단장을 마치겠지요?

에밀리아 지금 농담해요? 최소한 한 시간은 필요해요.

콜레나티 그렇다면 30분으로 하지요. 몸단장을 하시고 변론을 준비하십시오. 사람을 보내겠습니다. 이제 가보세요.

에밀리아 고마워요. (침실로 간다)

프루스 난…… 야네크에게 가봐야겠어요.

콜레나티 30분 안에 돌아오세요.

그레고르 박사님, 부탁인데 제발 좀 진지해지실 수 없는 겁니까?

콜레나티 조용히 해요, 그레고르. 나는 지금 지독하게 진지하단 말입니다. 그 여자를 어떻게 다뤄야 하는지는 내가 알아요. 그녀는 히스테리 환자예요. 비테크!

비테크 예?

콜레나티 당장 장의사에 달려가서 십자가에 매달린 예수상이며 십자가들을 좀 가져다주게 — 촛불, 검은 크레이프 상장, 성경, 기타 등등 흔히 쓰는 소품들 다 가져오게. 어서 갔다 와!

비테크 예, 알겠습니다.

콜레나티 그리고 해골 한 개도!

비테크 사람 해골요?

콜레나티 인간이든 암소든 상관없네. 죽음을 표상하기만 하면 돼.

막이 내린다.

제4막
변신

같은 방. 법정으로 재배치되었다. 화장대와 책상, 소파와 의자들은 모두 검은 크레이프 천으로 덮여 있다. 더 큰 테이블 위에는 십자가에 달린 예수상, 성경, 불 켜진 촛불들과 해골 한 개가 놓여 있다. 콜레나티가 판사로서 테이블 뒤에 서서 재판을 관장하고 있다. 비테크는 서기다. 검사 역을 맡은 그레고르는 좀 작은 테이블에 앉아 있다. 프루스, 하우크-센도르프와 크리스티나는 배심원이 되어 소파에 앉아 있다. 오른편에 텅 빈 의자가 하나 있다.

콜레나티 이제 올 때가 됐는데.
비테크 이런, 독약을 마시거나 하진 않았으면 좋겠군요!
그레고르 말도 안 되는 소리! 그러기엔 자기 자신을 너무 사랑하는 여자요.
콜레나티 피고를 데리고 들어오시오.

비테크가 헛기침을 하며 침실로 들어간다.

프루스 나는 이 일에서 좀 빼줄 수 없었소?

콜레나티 안 됩니다. 배심원으로서 당신의 한 표가 필요하니까요.

크리스티나 (흐느껴 울며) 이건…… 이건 마치 장례식 같아요!

콜레나티 울지 말아라, 어여쁜 크리스티. 죽은 이는 평화 속에 쉬게 해주자.

비테크가 에밀리아를 데리고 들어온다. 휘황찬란한 옷차림을 하고 손에는 위스키 병과 술잔을 들고 있다.

콜레나티 피고를 제자리로 안내하시오.

비테크 다만 재판장님, 피고가 위스키를 마시고 있었다는 말씀을 드려도 되겠습니까?

콜레나티 취했습니까?

비테크 예, 몹시.

에밀리아 (벽에 쓰러지듯 기대며) 날 좀 내버려 둬! 용기를 내려고 그런 거라고. 목이 말라!

콜레나티 술병을 빼앗아요!

에밀리아 (가슴에 술병을 꼭 부둥켜안고) 싫어! 뺏기지 않을 거야! 이러면 말 안 할 거라고! (깔깔 웃어 댄다) 당신 꼭 장의사 같아! 웃겨 죽겠네! 하, 저 꼬마 베르티 좀 봐! 제발 그만들 좀 웃겨. 아이고 마리아님, 웃다가 허리 끊어지겠네!

콜레나티 (에밀리아를 향해 엄하게) 법정에서는 정숙하시오!

에밀리아 (소스라치듯 놀라며) 지금 날 겁주려는 건가요? 베르티, 이게 그냥 다 장난이라고 말해 줄래?

콜레나티 법정이 요구할 때만 발언해 주시면 감사하겠습니다. 여기가 피고석입니다. 좌정을 부탁합니다. 이제 검사가 기소를 하겠습니다.

에밀리아 (불안하게) 선서를 해야 하나요?

콜레나티 피고는 선서를 하지 않습니다.

그레고르 피고인 가수 에밀리아 마르티를 신과 이 법정 앞에 위증과 금전적 이익을 위한 문서 위조죄로 고발합니다. 이로써 피고는 신의와 예의와 삶 그 자체의 법을 모두 위반했으며 인간의 법원이 관할할 수 있는 범위 이상의 죄를 범했기 때문에 더 높은 법정에서 죄과를 치러야 할 것입니다.

콜레나티 이상의 기소에 덧붙일 의견이 있는 사람 있습니까? 없어요? 그렇다면 교차 심문으로 넘어가도록 하겠습니다. 피고는 자리에서 일어나 주십시오. 이름이 무엇입니까?

에밀리아 (일어나며) 저요?

콜레나티 그래요, 당신, 당신, 당신 말이오! 큰 소리로 솔직히 말해요! 이름이 무엇입니까?

에밀리아 엘리나 마크로풀로스.

콜레나티 (휘파람을 불며) 방금 뭐라고 했죠?

에밀리아 엘리나 마크로풀로스라고요.

콜레나티 출생지는?

에밀리아 크레타.

콜레나티 출생일은?

에밀리아 몇 년이냐고 묻는 건가요?

콜레나티 몇 살입니까?

에밀리아 어디 알아맞혀 보세요!

콜레나티 서른 살쯤?

비테크 서른은 훨씬 넘은 것 같은데요.

크리스티나 마흔이 넘었죠.

에밀리아 (크리스티나를 향해 혀를 내밀어 보이며) 바보!

콜레나티 법정을 우습게 보는 장난질은 하지 마시오, 마담!

에밀리아 내가 그렇게 늙어 보여요?

콜레나티 제발 좀, 몇 년에 태어났는지 똑바로 말해 봐요!

에밀리아 1585년이에요.

콜레나티 (화들짝 놀라 벌떡 일어난다) 언제요?

에밀리아 일천오백팔십오 년이라고요.

콜레나티 (앉는다) 85년이라. 그러니까 서른일곱 살이 되시는 거 맞습니까?[27]

에밀리아 삼백하고 서른일곱 살이죠. 맞아요.

콜레나티 진지하게 답변하셔야 합니다. 몇 살입니까?

에밀리아 삼백서른일곱 살이에요.

콜레나티 경고합니다, 마르티 양! 그러면 부친은 누굽니까?

에밀리아 히에로니무스 마크로풀로스. 황제 루돌프 2세의 개인 주치의였지요.

콜레나티 이런 맙소사, 나는 더 이상 저 여자에게 질문을 하지 않겠어!

프루스 당신의 본명은 뭐요?

---

27 「마크로풀로스의 비밀」은 1922년에 초연되었다.

에밀리아 엘리나 마크로풀로스.

프루스 요세프 프루스의 정부였던 엘리나 마크로풀로스와 같은 가문입니까?

에밀리아 같은 가문이죠.

프루스 어떻게 그럴 수가 있죠?

에밀리아 그러니까 말이죠, 내가 페피 프루스의 정부였던 거예요. 그 페르디 그레고르는 우리 아들이었죠.

그레고르 그러면 엘리안 맥그레고르는?

에밀리아 그것도 나였어.

그레고르 당신 미쳤어요?

에밀리아 나는 너의…… 고조 할머니…… 뭐 그 비슷한 거겠다. 페르디 그레고르가 내 아들이었으니까. 알겠니?

그레고르 어느 페르디요?

에밀리아 페르디난드 그레고르지, 당연히. 그렇지만 그 애는 페르디난드 마크로풀로스라는 이름으로 호적에 올랐지. 내 본명을 물려줘야 했거든. 가끔은 그래야 할 때가 있지.

콜레나티 그렇겠죠. 그러면 출생일은 언제입니까?

에밀리아 1585년. 맙소사, 대체 몇 번이나 말해 줘야 되는 거야!

하우크-센도르 아하……. 실례합니다만…… 그러니까 당신이 에우게니아 몬테스로군!

에밀리아 그랬었죠, 맥시, 그랬어요. 그렇지만 그때는 겨우 이백아홉 살밖에 안 됐답니다. 나는 예까쩨리나 미쉬까나였고 엘사 뮐러이기도 했어요. 그리고 또 누구였는지 헤아릴 수도 없어요. 당신 같은 사람들하고 같이 3백 년을 살려면 똑같은 이름을 쓸 수는 없으니까요.

콜레나티 특히 가수라면 더 그렇겠죠.

에밀리아 그건 아닐걸요.

침묵.

비테크 그렇다면 18세기에도 살아 있었다는 겁니까?

에밀리아 그렇겠죠.

비테크 그러면…… 당통을 알고 지냈습니까? 그러니까, 개인적으로요.

에밀리아 그렇다고 해야겠네요. 재수 없는 인간이었죠.

프루스 봉인된 유언장의 내용은 어떻게 알고 있었소?

에밀리아 페피가 봉투에 넣기 전에 보여 줬으니까요. 그 멍청한 페르디 그레고르한테 말해 주라고 말이죠.

그레고르 왜 말해 주지 않았죠?

에밀리아 내 자식한테 별로 관심이 없었어.

하우크-센도르프 세상에, 거 숙녀 말씨 좀 보소!

에밀리아 숙녀였던 게 벌써 언제인지도 모르겠군요!

비테크 다른 아이들도 있습니까?

에밀리아 한 스무 명쯤 될걸요. 사람이 전부 다 기억할 수는 없잖아요. 누구 술 한잔 하실 분? 아, 정말이지 목말라 죽겠어! 입안이 불타는 것 같잖아! (의자에 쓰러지듯 푹 주저앉는다)

프루스 〈에밀리아〉라고 서명한 이 편지들 — 전부 당신이 쓴 거요?

에밀리아 그래요, 나예요. 이것 봐요, 나한테 좀 돌려주지 그래요? 가끔은 나도 읽고 싶을 때가 있다고요. 음탕하죠, 그 편지들?

프루스 그 편지들은 엘리나 마크로풀로스로 쓴 거요, 아니면 엘리안 맥그레고르로 쓴 거요?

에밀리아 그게 무슨 상관이에요? 페피는 내가 누군지 알고 있었는데. 나는 페피에게 모든 걸 말해 줬어요. 페피를 사랑했거든.

하우크-센도르프 (격분해 벌떡 일어난다) 에우게니아!

에밀리아 조용히 해요, 맥시. 당신과 함께 있을 때도 인생이 달콤하긴 했죠, 노병! 그렇지만 페피는……. (울음을 터뜨린다) 난 그 누구보다 그이를 사랑했어요! 그래서 그걸 빌려 준 거야. 그이가 빌고 또 빌었으니까…….

프루스 뭘 빌려 줬다는 거요?

에밀리아 비밀. 오늘 당신이 돌려준 그 문서. 밀봉된 봉투. 그이는 한번 시도해 보고 싶다고 했죠. 다시 돌려주겠다고 약속했어요. 그렇지만 유언장과 함께 숨겨 버렸어! 어쩌면 내가 돌아와서 찾아가게 하려고 그랬는지도 몰라요. 그렇지만 지금까지 난 찾아오지 않았지. 그이는 어떻게 죽었죠?

프루스 열병으로. 엄청난 고통 속에서.

에밀리아 그렇게 될 수밖에! 그럴 줄 알았어! 아, 맙소사, 내가 그 얘길 해줬는데!

그레고르 그러면 당신이 온 건, 오로지 이 그리스어 쪼가리 때문에?

에밀리아 하하, 그건 네 것이 아니야, 베르티! 내 거라고! 너의 그 병신 같은 소송 따위는 관심도 없어! 네가 내 자식이라 해도 아무 관심 없다고. 세상에 수천 명의 내 자식들이 뛰어 돌아다니고 있다 해도 관심 없어. 난 그저 비밀을 원할 뿐이야. 그걸 손에 넣어야만 해. 안 그러면…… 나는…… 나는…….

그레고르 당신은 뭐?

에밀리아 난 늙어 가고 있어, 베르티. 끝나 간다고. 다시 먹어야 해. 날 만져 봐, 베르티. 얼음장 같잖아. (일어난다) 만져 봐, 내 손의 감촉을 느껴 봐! 맙소사, 내 손!

하우크-센도르프 말해 봐요. 이 마크로풀로스의 비밀이 대체 뭐지?

에밀리아 비법을 알려 주는 거예요.

하우크-센도르프 무슨 비법?

에밀리아 사람을 3백 년 동안 살려 두는 비법. 3백 년 동안 젊음을 유지하는 비법. 우리 아버지가 루돌프 황제를 위해 묘약을 발명했죠. 당신네들은 그 사람 모르죠?

비테크 실례지만, 역사 속의 인물일 뿐입니다.

에밀리아 역사는 아무것도 가르쳐 주지 않아. 역사는 쓰레기야. 맙소사, 내가 무슨 소리를 하는 거지? (상자를 열어 쿵쿵 냄새를 맡는다) 누구 필요하신 분?

그레고르 그게 뭐죠?

에밀리아 아무것도 아니야. 코카인인지 뭔지. 내가 무슨 소리를 하고 있었더라?

비테크 루돌프 황제요.

에밀리아 아, 그 사람, 정말 나빴어! 연금술, 과학 — 맙소사, 그 인간에 대해서 할 말이 얼마나 많은지! 황제를 알현해도 된다는 허락을 받지 못해서 방광이 터진 그 천문학자가 누구였더라?

콜레나티 부탁인데, 주제에서 벗어난 얘기는 하지 마시오.

에밀리아 아무튼 황제는 늙어 가면서 다시 젊어지는 기적을 찾기 시작했죠 — 생명의 묘약, 뭐 그런 거 말이에요. 그래서 우리 아버지가 찾아가서 황제의 젊음을 3백 년 동안 유지시켜 줄 이 비밀 치료제를 발명했어요. 루돌프는 독살이 두려워서 아버지한테 친딸을 먼저 실험 대상으로 삼으라고 했어요. 그게 나였죠. 당시 열여섯 살이었어요. 그래서 아버지가 나한테 먼저 실험을 했죠. 사람들은 일종의 기적이라고 했어요. 그렇지만 아니었죠. 다른 거였어요.

하우크-센도르프 그럼 뭐였소?

에밀리아 (부들부들 떨며) 말해 줄 수 없어요. 그건 누구도 말 못 해! 일주일 이상 나는 고열에 시달리며 착란 상태에 빠져 있었어요. 그러다가 나아졌죠.

비테크 그리고 황제는?

에밀리아 아무 일도 일어나지 않았어요. 얼굴이 흙빛이 되도록 화를 냈죠. 내가 3백 년을 더 살게 될 줄 황제가 어떻게 알았겠어요? 그는 아버지를 탑에 가뒀고, 나는 아버지가 쓴 걸 모두 챙겨 가지고 도망쳐서 결국 헝가리인가 터키에서 살게 됐죠. 어디였는지 지금은 기억도 안 나네.

콜레나티 마크로풀로스의 비밀을 다른 사람한테 보여 준 적이 있나요?

에밀리아 오랜 세월에 걸쳐 몇 사람한테요. 1660년인가 아무튼 뭐 그쯤엔 티롤의 신부한테 보여 줬어요. 어쩌면 아직 살아 있을지도 모르죠. 언젠가 교황도 했으니까. 알렉산더인가 피우스인가, 뭐 자기 이름이 그렇다고 했어요. 그리고 다음에는 어떤 이탈리아 장교. 휴고라는 이름이었어요. 그렇지만 그 사람은 죽었죠. 잘생긴 남자였는데. 잠깐, 나겔리도 있고, 온드리도 있고, 그 개새끼 봄비타도 있었어. 그리고 페피 프루스. 그것 때문에 죽긴 했지만. 페피가 마지막이었죠. 그 비밀도 페피한테 있었고. 더는 나도 몰라요. 봄비타한테 물어봐요. 봄비타는 아직 살아 있지만 지금은 이름이 뭔지 모르겠네. 그러니까 그 사람은, 그걸 뭐라고 하더라? 돈 보고 부유한 미망인들하고 결혼하는 사람들을 뭐라고 하죠?

콜레나티 그러니까 당신 말은, 이제 이백마흔일곱 살이라는 겁니까?

에밀리아 아니, 삼백서른일곱이라니까!

콜레나티 당신은 취했어! 1585년부터 지금까지라면 이백마흔일곱이잖아!

에밀리아 맙소사, 사람 헷갈리게 하지 마! 삼백서른일곱이야!

콜레나티 이 문서에 엘리안 맥그레고르의 서명을 위조한 이유는 뭡니까?

에밀리아 내가 엘리안 맥그레고르인걸!

콜레나티 우리한테 거짓말은 안 통합니다. 당신은 에밀리아 마르티잖습니까!

에밀리아 그래요, 하지만 그건 고작 지난 12년 동안의 얘기지.

콜레나티 그렇다면 에우게니아 몬테스에게서 그 메달을 훔쳤다는 사실을 인정합니까?

에밀리아 하느님 맙소사, 그건 사실이 아니야. 에우게니아 몬테스는 —

콜레나티 지금 분 단위로 기록되고 있어요. 당신은 이미 훔쳤다는 사실을 시인했습니다.

에밀리아 사실이 아니라니까!

콜레나티 공범들의 이름은 뭡니까?

에밀리아 공범 같은 건 없어!

콜레나티 거짓말은 그만둬요! 우리는 모든 걸 알고 있어요. 당신은 언제 태어났습니까?

에밀리아 (부들부들 떤다) 1585년.

콜레나티 (술잔을 채우며) 자! 마셔요! 전부 다!

에밀리아 싫어, 싫다고! 날 가만히 좀 내버려 둬!

콜레나티 마셔요. 다 비워요. 빨리!

에밀리아 (괴로워하며) 나한테 대체 무슨 짓을 하는 거야? 베르티? (마신다) 내 머리가 핑글핑글 돌아……. 머리가…….

콜레나티 (일어나서 그녀에게 다가가며) 이름이 뭡니까?

에밀리아 어지러워. (의자에서 떨어진다)

콜레나티 (그녀를 붙잡고 바닥으로 짓누르며) 당신 이름이 뭐냐고!

에밀리아 엘리나 마크로 —

콜레나티 나한테 거짓말하지 마! 내가 누군지 알아? 신부란 말이다! 내게 고해 성사를 하는 거라고!

에밀리아 *pater-hemon-hos-eis-en-uranois*(하늘에-계신-우리-아버지).

콜레나티 이름이 뭐요?

에밀리아 엘리나…… 풀로스.

콜레나티 해골 줘봐! 주여, 당신의 무가치한 종 에밀리아 마르티의 영혼을 받아 주소서……. 중얼중얼……. *In saecolum*(영원토록) 아멘……. 중얼중얼……. 됐어. (해골을 검은 천으로 싸서 에밀리아 앞에 치켜든다) 일어나! 당신은 누구야?

에밀리아 엘리나. (의식을 잃는다)

콜레나티 (쿵 소리가 나도록 그녀를 바닥에 내치며) 빌어먹을 년! (일어나서 해골을 내려놓는다)

그레고르 대체 무슨 일입니까?

콜레나티 거짓말이 아니었어. 이 물건들은 다 치워. 어서. (벨을 울린다) 그레고르, 의사를 불러와요.

크리스티나 그녀에게 독약을 먹인 거예요?

콜레나티 아주 약간.

그레고르 (복도로 통하는 문간에 서서) 아직 의사가 있소?

의사 (들어온다) 이제 갑시다, 하우크 씨. 한 시간도 넘게 기다리고 있었어요. 댁까지 모셔다 드리죠.

콜레나티 잠깐만. 먼저 이 사람부터 봐주십시오, 선생님.

의사 (에밀리아 위에 서서 굽어보며) 기절했습니까?

콜레나티 독이에요.

의사 어떤 독입니까? (에밀리아 옆에 무릎을 꿇고 숨결을 느껴 본다) 아하. (일어선다) 편안하게 해줘요.

콜레나티 그레고르, 당신이 혈육이잖소. 침실로 데리고 가요.

의사 뜨거운 물 좀 있습니까?

프루스 예.

의사 사랑스러운 여인이군요. (처방전을 쓴다) 자, 블랙커피 좀 가져와요. 그리고 이건 약사한테 갖다 주고. (침실로 간다)

하녀 (들어온다) 마담께서 부르셨나요?

콜레나티 그렇소. 마담에게 블랙커피가 필요하니까 진하게 타줘요. 그런 다음 약사한테 가서 이걸 좀 받아 오고. 어서, 서둘러요.

하녀 퇴장.

콜레나티 (방 한가운데 앉는다) 빌어먹을, 저 여자 얘기에 뭔가 있어.

프루스 그걸 알아보기 위해 굳이 저렇게 취하게 만들어야 했습니까?

하우크-센도르프 나는……. 미안하오……. 제발 웃지 말아요. 그렇지만 나는 그녀 말을 믿소이다.

콜레나티 당신도, 프루스?

프루스 아, 물론이에요.

콜레나티 나도 믿어요. 그게 뭘 뜻하는지 압니까?

프루스 그레고르가 루코프 영지를 차지한다는 뜻이지.

콜레나티 괜찮겠어요?

프루스 그럼, 나야 후계자도 없는걸.

그레고르가 손을 천으로 감고 돌아온다.

하우크-센도르프 그녀는 어떻소?

그레고르 좀 나아졌어요. 그런데 말이죠! 날 물었어요! 무슨 짐승처럼! 그런데 또 기가 찬 게 말이죠! 그 여자 말을 내가 믿는다는 겁니다!

콜레나티 안타깝지만 우리도 믿습니다.

침묵.

하우크-센도르프 세상에, 3백 살이라니! 삼-백-살!

콜레나티 신사 여러분, 극도의 신중함을 요구하는 바입니다.

크리스티나 (부르르 떨며) 3백 살이라니! 정말 끔찍해요!

하녀가 커피를 들고 들어온다.

콜레나티 크리스티, 자비로운 수녀처럼 네가 마르티 양에게 커피를 갖다 드리렴.

크리스티나가 커피를 들고 침실로 간다. 하녀 퇴장.

콜레나티 (양쪽 문이 다 잠겨 있는지 확인한 후에) 자, 신사 여러분, 이제 지혜를 좀 모아 봅시다. 이제 우리가 그걸 갖고 뭘 할지 말이오.

그레고르 뭘 갖고 뭘 해요?

콜레나티 마크로풀로스의 비밀. 3백 년의 삶을 요리하는 비법. 우리가 마음만 먹으면 그게 우리의 것이란 말입니다.

프루스 그건 그녀 젖가슴 골에 끼워져 있소이다.

콜레나티 신사 여러분, 우리가 거기서 꺼내면 되는 거예요. 이 문제는 상상도 할 수 없는 결과를 불러올 수 있습니다. 이제 어떻게 할지 결정해야만 합니다.

그레고르 당신은 그걸로 아무것도 하면 안 됩니다. 그 비법은 내 거예요. 내가 그녀의 상속자란 말입니다.

콜레나티 머리를 좀 써봐요, 이 사람아. 그녀가 살아 있는 한 상속자 따윈 없어요. 게다가 그녀는 마음만 내키면 3백 년은 얼마든지 더 살 수 있단 말입니다. 그렇지만 우리가 가질 수도 있는 거죠, 안 그렇습니까?

그레고르 훔친다는 말입니까?

콜레나티 필요하다면 그래야죠. 양심의 가책 따위는 넣어 둬요. 이 문제는 우리와 인류에게 정말 중요한 문제니까……. 아…… 내 말 알아듣겠습니까, 신사 여러분? 그 여자가 갖고 있도록 내버려 둘 이유가 대체 뭐란 말입니까! 그 여자와 불한당 봄비타만 혜택을 봐서야 되겠느냐, 이 말입니다.

그레고르 그녀의 후손이 우선권을 가져야죠.

콜레나티 미치겠군, 후손이 몇 사람이나 되는지 알 길이 있어야지! 당신뿐일 리가 없잖아요. 만약에 당신이 수중에 그런 걸 갖고 있다고 하면 말입니다, 프루스, 나한테 빌려주겠어요? 그러니까 내가 3백 년을 더 살 수 있게 해줄 거냐, 이 말입니다.

프루스 그럴 리가!

비테크 (일어난다) 공공의 자산으로 삼아야 한다고 생각합니다.

콜레나티 아니, 아니, 비테크, 그건 아닐세.

비테크 만인에게, 전 인류에게 주어야 합니다. 모두가 똑같이 생명을 누릴 권리가 있단 말입니다! 하느님, 우리 삶은 너무 짧아요! 인간으로 지낼 시간이 이토록 짧다니!

콜레나티 그건 어쩔 수 없는 일이고, 비테크.

비테크 생각하면 눈물이 난단 말입니다! 상상을 해보세요, 이 인간의 영혼, 지식을 향한 갈망, 사람의 두뇌, 과업, 사랑과 창조성 — 이 모든 걸 말입니다. 맙소사, 그런데 예순 평생 인간이 성취하는 게 대체 뭡니까? 뭘 배우죠? 무엇을 즐기고? 자기가 심은 나무의 결실을 손수 수확하는 일이 없어요. 이전에 살았던 사람들이 알던 지식조차 제대로 알지 못한단 말입니다. 모든 과업은 미완으로 남겨 두고 어떤 전례도 남기지 못합니다. 제대로 살지도 못하고 죽는단 말입니다! 하느님, 우리 삶은 너무 짧단 말이에요!

콜레나티 미치겠군, 정말…….

비테크 기쁨을 누릴 시간도 없고, 사색을 할 시간도 없어요. 끝도 없이 매일매일 빵 부스러기를 찾아 미친 듯이 돌아다닐 시간밖에 없지요! 아무것도 보지 못하고, 아무것도 배우지 못하고, 아무것도 끝내지 못해요. 심지어 우리 자신조차도 — 우리는 그저 입자들에 불과해요! 우리는 왜 사는 겁니까? 그럴 가치나 있었던 걸까요?

콜레나티 집어치워, 비테크. 나보고 흐느껴 울기라도 하라는 건가?

비테크 우리는 짐승처럼 죽습니다. 맙소사, 삶 이후에 뭐가 찾아오죠? 영혼의 불멸이라는 게 뭡니까? 고작 우리 삶이 너무나 짧다는 사실에 맞서 절박하게 질러 대는 절규일 뿐이잖습니까! 인간은 이 짐승 같은 수명을 수긍한 적이 없어요. 우리는 단명을 견딜 수가 없단 말입니다. 너무 부당해요. 인간은 거북이나 까마귀보다 더 나은 존재란 말입니다. 인간에게는 삶의 시간이 더 필요해요. 60년은 굴종이고, 짐승 같은 삶이며, 무지란 말입 —

하우크-센도르프 아이고아이고, 그런데 나는 벌써 일흔여섯이구나!

비테크 만인에게 3백 년의 생을 선사하도록 합시다! 창조 이후 가장 위대한 일이 될 겁니다! 해방! 인간을 완벽하게 새로이 재창조하게 될 겁니다! 맙소사, 3백 년 동안 우리가 이룩할 수 있는 과업들을 생각해 봐요! 어린 학생과 교사는 50년 동안 공부를 하고! 50년 동안 세계와 그 속의 만물을 발견하는 겁니다! 1백 년은 유용한 노동에 바치고. 그렇게 모든 걸 다 익히고 나면 나머지 1백 년은 지혜로 — 지배하고, 가르치고, 선례를 남기는 겁니다. 인간의 삶이 3백 년 동안 지속되면 인간의 목숨이 얼마나 귀중해질지 생각을 해보란 말입니다. 전쟁도 없을 겁니다. 급할 일도 없고, 두려울 일도 없고, 이기적일 이유도 없겠죠. 만인이 지식과 품위를 갖게 될 겁니다. (두 손을 꼭 맞잡고) 자연의 돌연변이가 아닌 만물의 영장, 완벽하고 전지한 하느님의 아들. 민중에게 생명을 줍시다! 충만하고 인간적인 삶을!

콜레나티 그건 다 좋네만, 비테크 —

그레고르 송장을 서류철에 정리하느라 3백 년. 양말을 꿰매느라 3백 년. 거참 고맙겠수다!

비테크 그렇지만 —

그레고르 만물의 영장, 전능 좋아하고 앉아 있네! 대부분의 인간사는 오로지 무지 덕분에 견딜 수 있다는 걸 당신도 너무나 잘 알고 있지 않소.

콜레나티 법적, 경제적 입장에서만 봐도 그건 지지할 수 없는 얘기요. 우리 사회 경제 체제는 단명에 기반하고 있단 말이오. 계약, 연금, 보안, 상속법 등등. 게다가 결혼은 또 어떻고? 제정신인 사람이라면 누가 3백 년 동안 한 사람하고 살겠다는 합의를 하겠느냐 이거요! 당신은 무정부주의자야, 비테크! 사회적 질서를 전복하기를 원하다니!

하우크-센도르프 실례지만 — 3백 년이 지나면, 모두가 다시 젊어질 거 아니오!

콜레나티 그리고 영원히 살겠지요! 안 돼, 그런 식으로는 절대 안 됩니다.

비테크 그건 금지하면 됩니다. 3백 년 후에는 사람들도 죽어야겠지요.

콜레나티 그것 보쇼! 그럼 당신의 박애주의로 사람들에게 죽음을 명하시겠다?

하우크-센도르프 정말 정말 실례합니다만…… 나는……. 어쩌면 우리는 묘약의 복용량을 더 잘게 쪼갤 수도 있을 거요.

콜레나티 그럼 어떻게 되는 건데요?

하우크-센도르프 수년으로 나눌 수 있을 거란 말이오. 1회 복용으로 10년씩. 3백 년은 너무 길어요. 약을 살 사람이 아무도 없을 겁니다. 그렇지만 10년이라면, 누구든 10년은 구매하겠죠.

콜레나티 그러니까 우리가 회사를 차려서 수년씩 수명을 나눠 팔자, 이겁니까? 매혹적인 아이디어군요! 주문서가 벌써 눈에 선합니다그려. 〈묘약 1천 2백 년어치 속히 배달 바람.〉 〈우리 빈 지사로 2백만 년만 무지 포장 배송 바람.〉 나쁘지 않군요, 하우크!

하우크-센도르프 뭐, 난 사업가는 아니지만 사람이 늙어 가다 보면 돈 주고 조금만 더 사고 싶은 생각이 들기 마련이오. 그렇지만 3백 년은 너무 길어요.

비테크 지식을 위해서는 그리 긴 시간이 아닙니다, 암요.

하우크-센도르프 지식을 사겠다는 사람은 아무도 없을 거요. 그러나 10년간의 행복이라면 — 기꺼이, 기꺼이 사겠지.

하녀 (들어오며) 약사한테서 받아 왔습니다.

콜레나티 고마워요, 루이자. 더 얼마나 오래 살고 싶지?

하녀 (키득키득 웃는다) 글쎄요, 30년 정도?

콜레나티 그 이상은 싫고?

하녀 싫어요. 더 살아서 뭐해요? (퇴장)

콜레나티 봤나, 비테크? (침실 쪽으로 간다)

의사 (침실에서 나와 약을 받는다) 고맙소.

하우크-센도르프 차도가 좀 있습니까?

의사 안 좋아요. (다시 침실로 들어간다)

하우크-센도르프 아이고, 가엾어라.

프루스 (일어선다) 신사 여러분, 희한한 우연의 연속으로 우리는 수명을 연장할 수 있는 비밀을 수중에 넣게 되었습니다 — 효과가 있다는 전제하에, 그리고 우리 중 누구도 개인적 이득을 위해 남용할 의사가 없다는 전제하에 말입니다.

비테크 바로 그게 제 생각입니다. 우리는 그 비결을 만인의 수명을 연장하는 데 써야 한다고요!

프루스 내 생각은 좀 다르다오. 가장 강인한 자들만 사용해야 해요. 가장 유능한 사람들. 대중에게는 하루살이의 삶조차 너무 길단 말이오.

비테크 정중히 이의를 제기하는데 —

프루스 자네하고 갑론을박할 생각은 없소, 비테크. 그저 평범하고 멍청한 사람은 절대 죽지 않는다는 얘기만 해두지. 자네가 도와주지 않아도 평범하고 멍청한 인간들은 영원히 살게 되어 있소. 치졸함은 쉬지 않고 스스로 재생산을 해내거든. 파리나 쥐 떼들처럼 말이오. 오직 위대함만 죽는 법이오. 힘과 재능만이 죽는 법이라고. 대체 불가능하기 때문이지. 어쩌면 그런 걸 보존하고, 영원한 귀족 계급을 옹립할 수 있는 힘을 우리가 갖게 된 건지도 모르지.

비테크 귀족 계급? 저 말 들었습니까, 신사 여러분? 수명의 특권이라니!

프루스 내 말이 바로 그거요. 오로지 최고의 부류만 살아서 번식할 자격이 있단 말이지. 유능한 인간들, 지도자들. 여기서 여자들은 언급할 필요도 없소. 그렇지만 대체 불가능한 남자들은 1만 명, 2만 명 정도는 있단 말이오. 우리는 그들을 보존하고, 초인간적인 힘을 부여해 주고, 그들의 두뇌를 초인간적인 수준으로 발달시킬 수 있소. 1만 명, 아니 2만 명의 초인간적 지도자들과 창조자들이 생겨나는 거지.

비테크 한 무리의 우두머리들 말인가요?

프루스 바로 그거요. 무한한 수명을 누릴 정당한 권리를 지닌 이들을 선발하는 거지.

콜레나티 실례지만 그런 개인들을 누가 선발한다는 말씀이죠? 정부? 국민 투표? 스웨덴 한림원?

프루스 멍청한 투표 따위는 집어치워요! 최강자들이 직접 손에서 손으로 생명을 전수할 겁니다. 물질의 주인들이 영혼의 주인들에게. 발명가들에게서 군인들에게로. 사업가들이 독재자들에게. 생명의 주인들, 문명화되지 못한 무리들과 별개로 존재하는 왕조 말이에요.

비테크 그러다 보면 결국 그 무리들은 삶의 권리를 주장하고 일어설 거예요!

프루스 아니, 주인들이 다시 그 권리를 빼앗아 올 거요! 가끔 최강자들 중 소수가 죽임을 당할 수도 있겠지만, 그러면 뭐 어떻소? 혁명은 노예들의 특권인데. 작고 유약한 독재자들을 더 강하고 더 큰 독재자로 대체하는 것이 바로 진보요. 오래도록 특권을 누리며 장수하는, 선택된 소수의 통치. 대중을 지배하는 이성의 통치. 지식과 권력의 초인간적 권위. 이런 통치자들이 인류 부동의 지도자들이 될 거요. 그런 과업을 이룰 힘이 우리 수중에 있소, 신사 여러분. 그 권력을 남용할 수 있단 말이오. 더 이상은 할 말이 없소이다. (앉는다)

콜레나티 흠. 나나 그레고르가 그 선택된 소수 안에 포함되는 겁니까?

프루스 아니요.

그레고르 그렇지만 당신은 포함되고?

프루스 안타깝지만 이젠 아니지.

그레고르 신사 여러분, 이 무의미한 수다는 이제 그만둡시다. 묘약의 처방전은 마크로풀로스 가문의 자산입니다. 자기네 마음대로 하게 두자는 말입니다.

비테크 어떻게요?

그레고르 엘리나 마크로풀로스의 상속자만이 그걸 결정할 수 있겠지요. 그게 누가 되든 간에.

콜레나티　그러면 그 사람은 자기가 히스테리로 미친 여자와 난봉꾼 남작 사이에서 태어났다는 이유만으로 영생을 얻는단 말인가요? 하긴, 값어치를 따질 수 없는 유산이 되긴 하겠군!

그레고르　당신이 신경 쓸 일은 아니지요.

콜레나티　영예롭게도 내가 이 가문의 한 신사분을 알고 있는데 말이죠, 이런……. 집어치웁시다. 그놈은 타락한 범죄자란 말입니다. 아주 깨끗하고 결백한 가문이야. 안 그렇습니까?

그레고르　뭐 그럴 수도 있지. 백치나 유인원이나 병신이나 바보일 수도 있겠지요. 악의 화신일 수도 있지만, 그건 중요하지 않아요. 그 사람들 거란 말입니다. 얘기 끝이지.

의사　(침실에서 나온다) 무사할 겁니다. 그냥 침대에 누워 있게 두세요.

하우크-센도르프　그래요, 그래, 침대에. 잘됐어.

의사　이제 댁으로 갑시다, 하우크 씨. 제가 모시고 가죠.

하우크-센도르프　이런, 방금 참으로 중요한 논의를 하고 있었는데. 조금만 더 머무르게 해주시오. 보다시피 —

의사　밖에서 사람들이 다들 기다리고 있어요, 하우크 씨. 이제 말 좀 잘 들어 주시고 조용히 따라오세요.

하우크-센도르프　그래요, 그래……. 가…… 가요.

의사　도와주셔서 감사합니다, 신사 여러분. (퇴장)

콜레나티　목소리 낮춥시다. 잠을 좀 재워야 하니까. (크리스티나에게) 이리 와봐라, 애야. 너는 3백 년 동안 살고 싶니?

크리스티나 아니요, 싫어요.

콜레나티 너에게 묘약이 있다면 어떻게 하겠니?

크리스티나 몰라요.

비테크 모든 사람들과 공유할 거냐?

크리스티나 그렇게 오래 살면 그 사람들이 행복할 거라고 생각하세요?

콜레나티 삶이란 더럽게 근사한 거라고 생각한다. 넌 안 그러니?

크리스티나 전······. 제게 묻지 마세요.

하우크-센도르프 누가 뭐래도 우리는 그저 행복하기를 원하지요, 크리스티나 양!

크리스티나 (손으로 눈을 가리며) 가끔은······ 가끔은 안 그럴 때도 있어요.

침묵.

프루스 (그녀에게 가까이 다가선다) 고마워요.

크리스티나 뭐가요?

프루스 그 애 생각을 해줘서.

크리스티나 그이 생각? 전 다른 생각은 아예 할 수가 없다고요!

콜레나티 그런데 우리는 영생을 두고 말다툼이나 하고 있군!

에밀리아가 그림자처럼 들어온다. 머리에 수건을 두른 모습이다. 모두가 일어선다.

에밀리아 한동안 여러분만 두고 자리를 비워서 죄송하군요.
그레고르 기분이 좀 어때요?
에밀리아 공허해. 끔찍해. 머리가 아파.
하우크—센도르프 자, 자, 좀 있으면 괜찮아질 거요.
에밀리아 아니, 그렇지 않아. 절대 사라지지 않을 거야. 벌써 2백 년째니까.
콜레나티 정확히 뭐가 말입니까?
에밀리아 권태. 우울. 공허. 그건…… 아, 당신네 인간들…… 인간들의 말로는 표현할 수 없어. 어떤 언어에도 그 말이 없어. 봄비타도 그 얘기를 했었는데. 끔찍해.
그레고르 뭐가요?
에밀리아 몰라. 모든 게 너무 멍청해. 공허하고, 무의미해. 당신들은 정말로 존재하는 건가? 어쩌면 당신네들은 실체가 아닐지도 몰라. 그냥 사물이나 그림자일 거야. 내가 당신네들을 어찌해야 좋을까?
콜레나티 혼자 있게 자리를 좀 비켜 드릴까요?
에밀리아 그래 봤자 달라질 건 없어. 죽는 거나 닫힌 문 뒤에서 사라지는 거나, 다 마찬가지야. 뭔가 존재하든 존재하지 않든, 다 마찬가지야 — 그런데 당신네들은 이 어리석은 자기네 죽음을 놓고 흥분하고 있지! 당신네들은 참 이상해 — 하!
비테크 대체 뭐가 문제라고 이 난리예요?

에밀리아 그렇게 오래 사는 건 옳지 않아!

비테크 왜요?

에밀리아 원래 그러면 안 되는 거니까. 1백 년, 130년까지는 괜찮을지 몰라. 그러면…… 그러면 깨닫게 되지. 그리고 영혼이 속에서 죽어 버려.

비테크 뭘 깨닫죠?

에밀리아 맙소사, 표현할 말들이 없다니까. 자기가 아무것도 믿지 않는다는 걸 깨달아. 아무것도. 그냥 이 공허함뿐. 기억하니, 베르트? 내가 노래할 때 얼음처럼 차갑다고 했지. 봐라, 삶이 의미를 잃은 지 오래인데도 예술적 기술은 그 의미를 보존하고 있어. 그저 일단 터득하고 나면 쓸모가 없다는 걸 깨닫게 될 뿐이지. 크리스티, 코를 고는 것만큼이나 아무 쓸모가 없단다. 아무런 차이가 없어.

비테크 그건 사실이 아니에요! 당신이 노래하면…… 그건 사람들을 변화시켜요. 더 위대해지고, 더 나은 사람들이 된단 말입니다.

에밀리아 사람들은 절대 나아지지 않아요. 아무것도 변하지 않아. 아무것도. 아무것도 중요하지 않고, 아무 일도 일어나지 않아. 총격, 지진, 세상의 종말 — 아무것도 아니야! 당신네들은 여기 있지. 그런데 나는 어딘가 멀리, 저 멀리, 3백 년은 떨어진 아득한 데 있어. 당신네들의 삶이 얼마나 수월한지 스스로 깨닫는다면 좋을 텐데!

콜레나티 어째서 이런 말을 하는 겁니까?

에밀리아 당신네들은 만물에 가까워요. 모든 게 뭔가 의미를 갖고 있죠! 얼마 안 되는 짧은 당신네 인생에서는 만물이 값어치가 있으니, 당연히 한껏 누리며 사는 거예요. 아, 맙소사, 정말이지……. (두 손을 맞잡고 비틀어 댄다) 바보들, 당신네들은 너무나 행복하단 말이야! 그렇게 행복한 당신네들을 보고 있으면 역겨워! 하지만 바보 같은 생각 때문에 다들 죽게 될 거야! 당신네들은 원숭이처럼 만사가 흥미롭잖아. 모든 걸 믿잖아. 사랑, 자기 자신, 명예, 진보, 인간성, 모든 걸! 맥시, 당신은 쾌락을 믿잖아. 크리스티나, 너는 사랑과 신의를 믿지. 프루스, 당신은 권력을 믿어. 비테크는 자기가 하는 온갖 헛소리를 믿고, 모두 다, 모두가 뭔가를 믿고 있어. 얼마나 멋진 삶이야, 이 바보들아! 얼마나 근사한 삶이냐고!

비테크 (심란해하며) 감히 말씀드리지만 마담, 더 중요한 문제들이 있습니다. 가치, 이상…… 꿈…….

에밀리아 그것 봐요. 하지만 그건 오로지 당신을 위한 거야. 어떻게 표현해야 할까? 어쩌면 사랑도 있겠지. 그렇지만 그것도 당신 마음속에만 있는 거야. 움켜쥐면 사라져 버리지. 우주 어디에도, 어디에도 없어. 아무도 3백 년 동안 사랑할 수는 없어. 아니, 희망할 수도, 글을 쓸 수도, 노래할 수도 없어. 3백 년 동안 눈을 똑바로 뜨고 살 수는 없는 거야. 견딜 수가 없으니까. 모든 게 차갑고 무감각해져. 선에도 무감하고, 악에도 무감하고. 천국에도, 이승에도 무감해져. 그러다 보면 아무것도 존재하지 않는다는 걸 알게 되지. 아무것도. 죄도, 고통도, 심지어 대지도, 아무것도.

오로지 의미를 지닌 무언가만 존재하는 법이야. 그런데 당신네들한테는 만사에, 만물에 의미가 있잖아. 아, 하느님, 한때는 나도 당신들 같았는데! 소녀였고, 여자였고, 행복했는데, 나도…… 나도 인간이었는데! 맙소사, 하느님!

하우크-센도르프 그랬는데 대체 어떻게 된 거요? 당신에게 무슨 일이 일어났던 거요?

에밀리아 봄비타가 해준 얘기를 당신네들은 모를 거야. 그는 우리 — 우리 늙은이들이 너무 많이 안다고 했지. 그렇지만 당신네들은 훨씬 더 많이 알아, 이 바보들아. 훨씬, 훨씬 더 많은 걸 알고 있다고! 사랑도, 위대함도, 목표 의식도 알잖아. 모든 걸 갖고 있잖아. 이 이상 바랄 나위가 없잖아. 여전히 목숨을 유지하고 있잖아! 그런데 우리는 이렇게, 무감각하고, 얼어붙은 채로 계속, 계속 이렇게 지내야 해. 세상에, 더는 못 하겠어. 맙소사, 이 고독이라니!

프루스 그렇다면 어째서 묘약을 가지러 돌아온 거죠? 어째서 또다시 그 삶을 반복하려는 겁니까?

에밀리아 죽음이 무서우니까.

프루스 세상에, 그렇다면 심지어 불멸의 존재들도 그건 피할 수 없단 말인가?

에밀리아 그래요.

침묵.

프루스 마크로풀로스 양, 우리가 당신한테 너무 심하게 대

했구려.

에밀리아 난 느끼지 못해요. 그렇지만 당신 말이 옳아. 그렇게 오래 살고, 그렇게 늙는다는 건 굴욕적이니까요. 아이들이 나를 보면 도망가는 거 알아요? 크리스티나, 내가 그렇게 증오스럽니?

크리스티나 아니, 다만 지독하게 연민할 뿐이에요.

에밀리아 연민? 심지어 부러워하는 마음조차 없는 거니? (침묵. 부들부들 떨며 가슴골에서 접힌 문서를 꺼낸다) 여기 쓰여 있어. ⟨*Ego Hieronymous Makropulos iatros kiasaros Rodolfu.*⟩ 그리고 기타 등등, 또박또박 한 마디 한 마디 어떻게 해야 하는지 쓰여 있지. (일어선다) 가져가라, 베르티. 나는 더 이상 필요 없어.

그레고르 고마워요. 하지만 사양하겠습니다.

에밀리아 싫어? 그렇다면 당신이 가져요, 맥시. 그렇게 살고 싶어 하잖아요. 사랑도 아주 많이 나눌 수 있을 거야. 가져요!

하우크-센도르프 미안하지만, 그러다가 죽을 수도 있소? 많이 아픈 거요?

에밀리아 그래요, 아플지도 몰라요. 무서워요?

하우크-센도르프 그렇소.

에밀리아 그렇지만 3백 년을 더 살 텐데요.

하우크-센도르프 만일…… 만일 아프지 않다면……. (키득키득 웃는다) 아니, 난 싫소.

에밀리아 (콜레나티에게) 박사님, 당신은 똑똑한 분이죠. 이 문서로 얻을 수 있는 이득을 생각해 봐요. 갖고 싶어요?

콜레나티 아주 친절하십니다만, 마담, 나는 절대 사양이에요.

에밀리아 비테크, 당신은 재미있는 사람이에요. 이걸 당신에게 주겠어요. 누가 알겠어요? 어쩌면 당신이 이걸로 인류를 행복하게 만들 수 있을지!

비테크 (물러선다) 아니, 아니, 감사합니다만 사양할게요. 저는 ― 아무래도 안 받는 편이 좋겠어요.

에밀리아 프루스, 당신은 강인하죠. 3백 년이 두려운가요?

프루스 그렇소.

에밀리아 세상에, 원하는 사람이 아무도 없어요? 아무도 관심이 없다고요? (크리스티나에게) 애야, 너는 아무 소리도 내지 않았지. 가엾은 것, 내가 네 애인의 목숨을 앗아 갔구나 ― 네가 가져라. 너는 아름다워. 3백 년을 살게 될 거야. 에밀리아 마르티처럼 노래하게 될 거야. 유명해질 거야. 상상해 봐. 몇 년 후에 나이가 들기 시작하면 후회하게 될 거야. 받아라, 애야.

크리스티나 (문서를 받는다) 고마워요.

비테크 그걸로 뭘 하려는 거니, 크리스티?

크리스티나 (봉투를 뜯는다) 몰라요.

그레고르 해보려고요?

콜레나티 이런 맙소사, 저 아이는 겁이 없어. 다시 그녀에게 돌려줘!

비테크 그래라, 돌려줘라!

에밀리아 그냥 둬요!

침묵.

크리스티나는 타오르는 촛불 위에 조용히 제조법을 댄다.

비테크 그러지 마라! 그건 역사의 한 자락이야!
콜레나티 조심해!
하우크-센도르프 (콜레나티와 동시에) 이런, 맙소사!
그레고르 저걸 빼앗아요!
프루스 (그들을 붙잡고 말린다) 그냥 놔둬요!

충격에 모두 말을 잃고 정적.

하우크-센도르프 아, 이런, 아이고, 이럴 수가! 잘 타지를 않는군!
그레고르 양피지예요.
콜레나티 참으로 서서히 재로 변해가는군. 손 데지 않게 조심해라, 크리스티!
하우크-센도르프 나를 위해 아주 작은 한 조각만 남겨 줘요!

침묵.

비테크 영생! 이제 사람들은 영원히 그걸 찾아 헤매겠지. 어쩌면 우리는 여기서 영생을 누렸는지 모르겠군요.
콜레나티 그랬다면 이미 영원을 다 산 셈이야! 고맙기도 하지!

프루스　영원? 자식들이 있습니까?

콜레나티　있소이다.

프루스　그것 봐요. 영원한 삶! 죽음이 아니라 탄생을 생각한다면 우리 삶이 그리 짧지는 않을 것을! 우리는 생명의 창조자들이 될 수 있어요…….

그레고르　다 타서 불길이 잦아들고 있군요. 영원히 살다니, 얼마나 황당무계한 생각입니까? 맙소사, 그걸 갈구하지 않을 도리가 없는데, 이제는 불가능하다는 걸 알게 되니 기분이 한층 나아지는군요.

콜레나티　우리는 이제 더 이상 젊지 않아요. 크리스티나만이 죽음에 대한 우리의 두려움을 저토록 아름답게 불태울 수 있었지. 고맙다, 크리스티. 참 잘했어.

하우크-센도르프　미안하지만…… 혹시…… 여기 이상한 냄새가…….

비테크　(창문을 연다) ……다 타버린 재의 냄새죠.

에밀리아　하하하, 불멸의 끝이로군!

막이 내린다.

하얀 역병

등장인물

법정 고문 시겔리우스 교수, 갈렌 박사
아버지, 어머니, 아들, 딸
제1조수, 제2조수, 군 총사령관
크루그 남작, 크루그 남작의 아들
교수 네 명, 당 인민 위원, 장군
총사령관의 딸(아네트), 총사령관의 수행원들
보건부 장관, 정보부 장관, 부관, 간호사
기자 1, 기자 2
의사들, 간호사들, 나환자 세 명, 군중들

제1막

붕대를 감은 세 명의 나환자들.

나환자 1 역병이야, 역병이라고! 한 집에 하나씩이잖아! 어이, 이웃사촌, 뺨에 하얀 반점이 있는데! 괜찮아, 하나도 안 아픈걸. 그러고서 정신 차려 보면 그 친구도 나처럼 살점이 다 떨어져 나가고 있는 거지. 역병이라고!

나환자 2 아니야, 나병이야. 하얀 죽음. 신의 천벌. 틀림없이 이유가 있을 거야. 이런 병은 괜히 생기는 게 아니니까.

나환자 3 자비로우신 예수님 ─ 하늘에 계신 하느님 ─ 자비로우신 예수님!

나환자 1 천벌, 천벌! 무슨 죄로! 말을 해보라고! 난 살아 보지도 못했어. 가난밖에 아는 게 없다고. 무슨 신이 이미 벌받고 있는 사람들을 또 벌하느냔 말이야!

나환자 2 신의 저주야. 틀림없이 이유가 있을 거야. 이제는 피부로군 ─ 이렇게 가다 보면 질병이 나를 다 갉아먹겠지. 저 사람처럼. (나환자 3을 가리킨다)

나환자 3 자비로우신 예수님 — 하늘에 계신 하느님 — 자비로우신 예수님!

나환자 1 당연히 이유가 있지. 사람이 너무 많아 — 자리를 만들어 주려면 우리들 중 반은 꼴까닥 숨이 넘어가야지. 빵 장수면 또 다른 빵 장수한테 자리를 비켜 줘야 한다고. 나는 빈민이니까 또 다른 사람이 춥고 배고플 수 있게 비켜 줘야 하고. 그게 바로 역병의 이유야.

나환자 2 역병이 아니야, 나병이라고! 역병이면 시꺼멓게 타야 하는데 너는 분필처럼 새하얗잖아. 우리처럼 말이야.

나환자 1 하얗든 꺼멓든, 어차피 다 걸렸는데 무슨 상관이람. 몸에서 악취만 나지 않아도 좋을 것을.

나환자 3 자비로우신 예수님 — 자애로우신 그리스도여!

나환자 2 자네는 그나마 괜찮은 편이야. 혈혈단신이니까. 불쌍한 아내와 자식들이 자넬 못 견뎌 하면 어떻겠나! 가족들이 얼마나 고생하는지! 이제는 내 아내까지 젖가슴에서 하얀 반점을 발견했어. 옆집에는 소파 천갈이로 먹고사는 사람이 사는데, 밤낮으로 비명을 지르고 있네. 밤낮으로, 밤낮으로—

나환자 3 자비로우신 예수님 — 자애로운 그리스도 — 자비로우신 예수님!

나환자 1 입 닥쳐, 멍청한 문둥이야! 누가 너한테 물어봤냐!

릴리엔탈 국립 병원 내 법정 고문 시겔리우스 교수의 연구실. 시겔리우스는 책상 앞에 앉아 있다. 기자가 들어온다.

시겔리우스 아, 편집장님, 어서 앉으세요. 시간은 몇 분밖에 내 드릴 수 없습니다만……. 아시다시피 환자들이 많아서요.

기자 선생님, 최고의 권위자에게서 정보를 얻어야 기사를 쓸 수 있을 것 같아서 —

시겔리우스 아, 소위 〈베이징 나병〉 말씀이시군요. 유감스럽지만 그쪽의 언론인들께서 이 문제를 너무 선정적으로 몰고 가셨더군요 — 제가 보기엔 좀 세상 물정 모르는 행태였습니다. 기자들이 그 문제를 붙잡고 늘어지는 순간, 사람들은 증세를 찾아 자기 몸을 샅샅이 뒤지기 시작한단 말입니다! 의학적인 문제는 의료인들에게 좀 맡겨 둡시다!

기자 그렇긴 하지만 저희 신문에서는 안심을 —

시겔리우스 안심? 어떻게 안심을 시키시게요? 이건 무시무시한 병이고 현재 확산 가로에 있습니다. 바이러스가 처음 나타난 게 불과 3년 전이란 말입니다. 전 세계 모든 병원이 치료법을 찾으려고 총력을 다해 일하고 있습니다. (어깨를 으쓱한다) 과학은 여전히 무력합니다……. 걱정이 되면 주치의를 찾아가 수다라도 떨어 보라고 쓰십시오.

기자 그러면 주치의는 —

시겔리우스 연고를 처방해 주겠지요. 돈이 없다고 하면 망가니즈[28]를 줄 테고, 여유가 있는 사람한테는 페루 발삼[29]을 줄 겁니다.

---

28 *manganese*. 체내 반응을 촉매하는 효소들의 보조 인자로 작용하는 화학 원소. 지나치게 많은 양이 체내에 들어가면 영구적인 신경 장애를 일으키는 독성 금속이며, 일반적으로는 공업용으로 쓰인다.

29 *Peru balsam*. 향기가 나는 암갈색 기름. 피부병의 치료제로 사용된다.

기자 그게 도움이 됩니까?

시겔리우스 그래요. 상처가 벌어졌을 때 악취를 좀 덜어 줍니다. 그게 2단계입니다.

기자 3단계는요?

시겔리우스 순수 모르핀이지요. 거기까지는 모르는 게 나을 거요. 험한 얘기니까.

기자 전염성이 아주 높습니까?

시겔리우스 (전문가적인 말투로 거드름을 피우며) 그건 상황에 따라 달라요. 문외한들은 병을 옮기는 미생물에 대해 아마 잘 모를 겁니다. 우리가 알고 있는 건 그저 이게 비정상적인 속도로 확산되고 있다는 사실입니다. 게다가 동물을 통해 옮지도 않고, 인공적으로 사람들에게 주입할 수도 없다는 거죠. 아무튼 젊은 사람들에게는 절대 주사하면 안 됩니다. 도쿄의 히로타 박사가 자기 몸에 그 놀라운 실험을 했었죠. 이봐요, 친구, 우리는 미지의 적과 싸우고 있습니다! 우리 병원에서 3년 동안 이 바이러스에 대해 연구를 하고 있다고 쓰세요. 우리는 이 주제로 다수의 논문을 발표했고, 그것들은 저명한 학회지들에 인용되었습니다……. (버저를 누른다) 그 과정에서 우리는 일말의 의심도 할 수 없는 사실을 — 죄송하지만 이제 시간이 3분밖에 안 남았군요.

간호사 (들어온다) 교수님, 부르셨습니까?

시겔리우스 우리 젊은 친구를 위해서 우리 병원의 과학 논문 선집을 준비해 줘요.

간호사 퇴장.

시겔리우스 저 논문들을 보고 인용을 하도록 해요, 친구. 우리가 베이징 나병과 싸우고 있다는 사실만으로도 사람들을 안심시킬 수 있을 겁니다. 물론 우리가 부르는 병명은 그게 아니지만요. 나병이랑은 달라요. 나병, 그러니까 〈레프로시스 마쿨로사*leprosis maculosa*〉는 피부병입니다. 순전히 내과적 질병이죠. 피부과의 동료들은 자기네들이 이 질병을 강의할 권리가 있다고 주장했지만…… 그런 거야 다 정치지! 나병 따위는 이 질병에 상대도 되지 않는단 말입니다! 이건 그저 종기나 딱지 따위보다는 훨씬, 훨씬 더 큰 병이에요!

기자 그러면…… 그러면 나병보다 더 위험하다는 겁니까?

시겔리우스 한도 끝도 없이 위험하죠! 그리고 훨씬, 훨씬 더 흥미진진하고요! 초기 증상들은 하나같이 나병을 떠올리게 한단 말입니다. 신체 표면에 조그맣게 하얀 반점이 나타나고, 대리석처럼 차갑고, 감각이 하나도 없고 말이에요. 소위 〈마쿨라 마르모레아*macula marmorea*〉, 그러니까 대리석 반점이지요. 그래서 이 질병을 가끔 〈백색 바이러스〉라고 부르기도 하는 겁니다. 그렇지만 병인학적으로 보면 평범한 레프로시스 마쿨로사와는 전혀 딴판이란 말입니다. 우리 의사들은 간단히 〈모르부스 쳉기*morbus chengi*〉 ─ 그쪽에게는 〈쳉 바이러스〉가 되겠군요 ─ 라고 부릅니다. 샤르콧의 제자이자 내과 의학의 전문가인 쳉 박사의 이름을 따서 말입니다. 아시다시피 이분께서 처음으로 이 병을 묘사하고 베이징의 병원에서 본 몇 가지 사례들로 논문을 쓰셨거든요. 무척 흥미로운 글이지요. 최근에 제가 리뷰를 했는데, 그때만 해도 이 질병이 이런 가공할 만한 유행병이 되리라고는 아무도 꿈도 못 —

기자 가공할 만한 뭐라고요?

시겔리우스 유행병 말입니다. 통제 불가로 확산되어 결국 세계 인구 전체를 감염시키고야 마는 질병이지요. 대단히 흥미로운 신종 질병이 거의 매해 중국에서 새로 등장하고 있단 말입니다. 다 가난 때문이지요. 그러나 여태껏 쳉 바이러스만큼 흥미로운 병은 없었어요. 이건 진정한 이 시대의 질병입니다! 등록된 건만 2천만이에요! 적어도 그 세 배쯤 되는 사람들이 자기 몸 어딘가에 흰 콩알 크기도 못 되는 작은 얼룩이 숨어 있다는 사실을 알지 못한 채 돌아다니고 있을 거고요. 그리고 유럽 최초의 사례는 바로 여기, 우리 병원에서 진단을 했습니다! 이 부분에 대해서는 우리가 엄청난 자부심을 갖고 있어요, 친구. 바이러스가 보여 주는 특히 눈에 띄는 증세 하나에는 〈시겔리우스 증세군〉이라는 이름이 붙었지요…….

기자 (글을 쓰며) 법정 고문 — 교수 — 의사 — 시겔리우스 증세군 —

시겔리우스 제 견해는, 그리고 우리 학파의 견해는 — 아, 우리 학파는 자랑스럽게도 위대한 릴리엔탈, 그러니까 돌아가신 우리 장인 — 받아 쓰셔도 됩니다 — 의 이름을 따서

명명되었답니다. 고전적인 릴리엔탈 학파에 따르면, 모르부스 쳉기는 고도의 전염성을 갖고 있으며, 오직 마흔다섯에서 쉰 살 이상의 사람들에게만 발병합니다. 일반적인 노화의 유기적 변화가 이 미생물이 번식하기에 적절한 환경을 제공하는 것 같습니다.

기자 그거 참 끝도 없이 흥미롭군요.

시겔리우스 그렇게 생각하세요? 지금 몇 살이시죠?

기자 서른 살입니다.

시겔리우스 그렇군요. 좀 더 나이가 들면 그게 그렇게 흥미롭지가 않을 겁니다. 노화의 첫 징후들이 곧 감염의 전제조건이라는 사실에는 의심의 여지가 없고, 최초의 증세들이 나타나는 순간 예후는 절망적이거든요. 아무래도 증세와 병인은 생략하는 게 좋을 것 같습니다. 그렇게 기분 좋은 얘기가 아니니까요. 죽음은 보통 3개월에서 5개월 사이에 따라오고, 대개는 총체적인 패혈증이 사인이 됩니다. 그 치료법으로 말하자면 — *sedativa tantum praescribere opportet*.

기자 실례지만 뭐라고 하셨죠?

시겔리우스 신경 쓸 것 없어요, 젊은 친구. 그건 우리 의사들끼리 하는 말이니까. 위대한 릴리엔탈에게서 나온 고전적인 처방입니다. 위대한 내과 의사였지요. 그분이 아직 우리 곁에 계셨다면 얼마나 좋았을까! 질문 더 있습니까? 이제 1~2분밖에 시간이 없군요.

기자 실례지만 교수님, 우리 독자들이 주로 궁금해하는 건 질병의 예방법이거든요.

시겔리우스 예방? 예방은 불가능합니다! 결국 우리 모두가 걸리고 말 거예요! 50세 이상은 전부 다 말입니다! 당신이야 무슨 걱정이겠소? 서른밖에 안 됐는데! 그렇지만 우리, 인생의 전성기를 맞은 우리는……. 하루에도 열 번씩 거울 앞에서 온몸을 살펴보는 나한테 당신네 신문 독자들은 산 채로 해체되지 않을 수 있는 예방법을 묻는군요! 알고 싶겠지 ― 나도 알고 싶소이다! 혹시 여기 뭐 있습니까? 내 얼굴에 뭐 보이는 거 있어요? 없습니까? (양손에 머리를 묻고 풀썩 주저앉는다) 하느님, 인간의 과학이란 얼마나 무력한지!

기자 마지막으로 몇 마디 고무적인 말씀을 해주시면 어떨까요?

시겔리우스 좋소 ― 당신네 신문에다가 우리 모두 불가피한 숙명 앞에 체념해야 한다고 써요. (전화벨이 울린다. 시겔리우스가 수화기를 든다) 여보세요. 지금은 시간이 없습니다만 ― 박사? 아, 갈렌 박사 말이오? 혹시 무슨 참조 자료라도……? 그 사람이 원하는 게 뭐라고요……? 맙소사, 〈과학을 위해서〉라니! 과학을 논할 시간 따위 없습니다. 그 문제라면 우리 제2조수나 귀찮게 하라고 해요……. 아, 알겠습니다. 벌써 다섯 번째라니까……. 그렇다면 1~2분만 보죠……. (수화기를 내려놓는다) 이것 봐요, 친구. 과학적 연구에 집중하기가 얼마나 힘든지 아시겠죠?

기자 영광이었습니다, 교수님. 귀한 시간을 빼앗은 점 용서

하십시오.

시겔리우스 괜찮아요, 친구. 과학과 인간은 서로 섬겨야 합니다. 뭐든 필요하면 부탁만 해요. (악수를 한다)

기자가 인사를 하고 나간다. 문 두드리는 소리.

시겔리우스 (책상에 앉아 펜을 들고 쓰기 시작한다) 들어와요!

갈렌이 들어와서 문간에 그대로 서 있는다.

시겔리우스 (계속 바삐 글을 쓰다가 마침내 고개를 든다) 나를 보자고 하셨소, 우리 동료 의사 선생께서?
갈렌 방해해서 죄송합니다, 교수님. 저는 갈렌 박사라고 합니다.
시겔리우스 그건 알고 있소. 무엇을 도와 드릴까요, 갈렌 박사?
갈렌 교수님, 아시다시피 이 질병이 우리 도시 빈민가를 온통 들쑤시고 있습니다. 저는 교외에서 구호 병원을 운영하고 있습니다. 거기서 수백 건의 사례를 목격했는데 —
시겔리우스 들쑤시고 있다고 하셨소?
갈렌 그렇습니다. 가난한 교외 전역을요.
시겔리우스 알겠소. 우리 의사들은 과격한 언어를 삼가야 해요.
갈렌 저도 동의합니다. 백색 바이러스의 통제 불가능한 확산은 —

시겔리우스 친애하는 선생, 모르부스 쳉기요, 모르부스 쳉기. 과학자라면 간결하고도 정확하게 의사 표현을 할 줄 알아야지.

갈렌 그 공포스러운 실상을 마주하신다면 — 그러니까 가족들 눈앞에서 산 채로 썩어 가는 사람들이며, 그 빈곤이며, 악취며 —

시겔리우스 그렇다면 악취를 덜어 줄 수 있는 처방을 해줘야죠, 선생.

갈렌 그렇습니다. 그렇지만 저는 그들의 목숨을 구하고 싶습니다. 그저 절망에 빠진 채 서 있는 게 아니라 —

시겔리우스 그 부분에서 틀린 거요. 의사는 절대 절망하면 안 되지.

갈렌 괴물 같은 질병입니다, 교수님. 저는 뭔가 해야만 하겠습니다. 이 주제에 대해 발표된 논문은 모조리 다 읽어 보았지만, 유감스럽게도 그것들은 아무 말도 해주지 않아요. 그러니까 치료제에 대해서 말입니다.

시겔리우스 (다시 글을 쓰기 시작한다) 그런데 당신이 치료법을 찾은 것 같다, 이거요?

갈렌 그렇습니다. 그런 것 같습니다, 교수님.

시겔리우스 (펜을 내려놓으며) 그러니까 바이러스에 대해 독자적인 이론을 갖고 있으시다?

갈렌 그런 것 같습니다, 교수님.

시겔리우스 이것 봐요, 박사. 치료제가 없을 땐 당연히 이론을 찾게 되어 있어요. 내 생각에, 개업의는 이미 검증이 완

료된 치료법만 시행해야 합니다. 당신이 실험하면서 환자들을 기니피그로 쓴다면 그들에겐 그야말로 불공정한 처사 아니겠소? 그런 일을 하는 특별한 병원들은 따로 있―

갈렌 그렇습니다. 바로 그렇기 때문에―

시겔리우스 내 말부터 끝까지 들어요, 박사. 우리한텐 시간이 1~2분밖에 없으니까. 모르부스 쳉기로 말하자면, 안정성이 입증된 악취 제거제를 권하고 싶소이다. 그런 다음엔 모르핀이고. 우리의 궁극적인 목표는 통증을 덜어 주는 거니까요. 적어도 치료비를 내는 환자들에 한해서 말이오. 이 주제에 대해서는 더 이상 할 말이 없어요. 만나서 반가웠소이다. (다시 펜을 든다)

갈렌 그렇지만 교수님, 제게는―

시겔리우스 더 하실 말씀이 있소?

갈렌 그래요, 내가 백색 바이러스의 치료법을 찾아냈단 말입니다.

시겔리우스 젊은이, 지금까지 나한테 와서 그 소리를 한 사람이 적어도 열 명은 될 거요! 최고의 전문가들 몇 사람을 포함해서 말이오!

갈렌 그렇지만 이미 저는 수백 건의 사례에서 임상적으로 제 백신을 사용해 보았습니다. 괄목할 만한 결과가 나왔고요.

시겔리우스 치유된 사람들의 비율은?

갈렌 대략 60퍼센트 정도입니다. 20퍼센트 정도는 아직 결과가 확실치 않고요.

시겔리우스 (펜을 내려놓는다) 1백 퍼센트라고 했다면 아마 미친놈이나 사기꾼으로 몰아서 당장 쫓아냈을 거요. 당신을 어떻게 하면 좋을까요, 친애하는 의사 선생! 이것 봐요, 나도 이해합니다. 치료법에 대해 꿈이라도 꾸고 싶은 간절한 마음이 들었을 거요. 거물급 환자들, 대학 교수 자리, 노벨상, 눈부신 조명과 명성 — 파스퇴르, 고치, 릴리엔탈보다 더 위대해지겠지요! 그렇지만 우리는 너무나 많은 좌절을 겪 —

갈렌 교수님의 병원에서 제 백신을 시험할 수 있게 해주십시오.

시겔리우스 우리 병원에서? 이 친구, 참 지독하게 세상 물정 모르는군. 어디 출신이라고 했지요?

갈렌 페르가몬 출신입니다. 그리스인이죠.

시겔리우스 유감이지만 우리 릴리엔탈 국립 병원에 외국인을 들일 수는 없소이다.

갈렌 저는 이 나라 시민입니다. 여기서 태어났어요.

시겔리우스 출신은 출신이지요, 친애하는 선생!

갈렌 그렇다면 릴리엔탈 박사의 출신은요?

시겔리우스 법정 고문 릴리엔탈 교수는 우리 장인이셨다는 사실을 상기시켜 드려야겠군, 젊은 친구. 당신도 잘 알겠지만 상황이라는 건 변하기 마련이오. 그리고 아무리 훌륭한 릴리엔탈이라 해도 구호 병원 의사 따위가 자기 병원에서 일하는 걸 허락해 주었을지는 의문입니다.

갈렌 그분이라면 허락하셨을 겁니다. 저는 그분의 조수로 일했으니까요.

시겔리우스 (벌떡 일어난다) 그분의……? 이런 세상에, 어째서 그 얘기를 하지 않으셨소? 어서 자리에 앉아요. 이상하군요. 그분한테서 선생의 이름을 들어 본 적이 없는데.

갈렌 (의자 끝에 걸터앉으며) 절 〈베이비페이스〉라고 부르셨어요.

시겔리우스 이런 세상에! 그러니까 당신이 베이비페이스였군요! 〈내 제자들 중 최고〉라고 말씀하시곤 했습니다. 당신을 잃은 걸 굉장히 아까워하셨어요. 대체 어째서 떠난 겁니까?

갈렌 사정이 안 좋았습니다, 교수님. 조수로 일하면서는 가족을 먹여 살릴 수가 없으니까요.

시겔리우스 거기서 선생이 실수한 거예요! 난 항상 학생들에게 입버릇처럼 말하지요. 과학에 몸 바칠 생각이라면 결혼하지 말아라! 결혼을 할 생각이면 돈과 결혼해라. 담배 태우시겠습니까?

갈렌 고맙지만 사양하겠습니다. 후두염을 앓고 있어서요.

시겔리우스 아이고, 그럴 수가! 제가 가슴을 좀 봐드릴까요?

갈렌 아니, 괜찮습니다. 시간이 없어요. 전 그저 이 병원에서 가망이 없다고 여기는 환자들의 사례 몇 개를 골라서 시험을 좀 해보고 싶습니다.

시겔리우스 전부 다 가망이 없지요, 친구! 좀 까다로운 문제군요. 이거 다들 언짢아할 텐데 — 이것 봐요, 우리 장인어른이 가장 아끼는 제자였던 선생이니까 하는 말인데……

이렇게 합시다. 선생의 처방전을 우리한테 주면, 우리가 검토해 보고 적절한 때 임상 시험을 해보는 거죠. 잠깐, 사람들이 방해하지 않도록 조치를 좀 취하고. (버저로 손을 뻗는다)

갈렌 죄송합니다만 교수님, 임상 시험을 끝내기 전까지는 처방전을 공개할 생각이 없습니다.

시겔리우스 심지어 내게도?

갈렌 심지어 교수님께도요.

시겔리우스 그렇다면 없던 일로 합시다. 미안해요, 갈렌. 이건 임상의 정도를 위반하는 일이에요, 게다가 — 뭐랄까 — 선생의 과학적 책임에도 반하는 일일 테고.

갈렌 그럴 수도 있지요. 하지만 제게도 나름의 이유가 있습니다.

시겔리우스 그렇다면 할 수 없군. 그 얘기는 그만합시다. 아무튼 만나 뵙게 되어 영광이었소이다. 베이비페이스 박사!

갈렌 잠깐만, 교수님, 부탁인데 저를…… 교수님 병원에서…… 꼭…… 일하게 해주셔야…… 하겠습니다!

시겔리우스 어째서죠?

갈렌 아무도 빈민가의 환자들에 대해서 기사를 쓰지 않지만, 저는 치료제의 효과를 보증할 수 있습니다! 단 한 번도 병세가 악화되거나 재발한 적이 없다고요! 우리 동료들이 보낸 이 편지를 보십시오. 도시 전역에서 제게 환자들을 보내고 있단 말입니다! 제발, 이 편지들을 좀 봐주세요.

시겔리우스 내겐 전혀 흥미가 없는 일입니다. (일어선다) 더 이상 할 얘기가 없소이다.

갈렌 그것참, 유감입니다. (문간에서 머뭇거린다) 이토록 무서운 질병인데……. 언젠가는 당신도…… .

시겔리우스 당신이 그런 말을 할 필요는 없지 않나요, 갈렌? (방 안에서 안절부절못하며 서성인다) 산 채로 살점이 해체될 생각은 전혀 없소이다…….

갈렌 혹시 그렇게 된다면 교수님도 탈취제로 해결하시면 되겠죠…….

시겔리우스 편지들 좀 봅시다. (갈렌이 편지들을 넘겨준다. 시겔리우스는 목청을 가다듬고 읽는다) 스트라델라 박사, 내 제자군 — 키 큰 친구 아닌가요?

갈렌 그렇습니다. 아주 훤칠하지요.

시겔리우스 (계속 읽는다) 이런 맙소사! (고개를 젓는다) 이거 놀라 자빠질 일이군! 그저 개업의에 불과한데도, 세상에 갈렌, 보아하니 비범한 성과를 냈군요! 이것 봐요 친구, 중간에서 절충을 합시다 — 내가 선생의 백신을 받아서 몇 가지 시험을 좀 해보지요. 그 이상은 바라지 않겠죠?

갈렌 싫습니다. 크나큰 영광이라는 건 잘 압니다만 —

시겔리우스 그럼에도 직접 하고 싶다?

갈렌 그렇습니다, 교수님. 교수님의 병원에서 직접 임상 시험을 하고 싶습니다.

시겔리우스 그런 다음 결과를 발표하고?

갈렌 그렇습니다 — 몇 가지 조건이 허락된다면.

시겔리우스 이를테면?

갈렌 그 문제는 나중에 의논하죠, 교수님.

시겔리우스 (책상 앞에 앉는다) 알겠소. 우리 병원에서 치료제를 시험하길 원하지만 그 적용에 대해서는 독점권을 행사하고 싶다, 이거군. 그게 당신 계획 아닙니까?

갈렌 그렇습니다. 하지만 —

시겔리우스 그런 요구 조건을 가지고 릴리엔탈 병원에 접근하다니 참으로 뻔뻔스러운 사람이군, 갈렌 박사. 당장 발로 차서 아래층까지 굴러떨어뜨리고 싶은 생각이 굴뚝같아. 물론 의사라면 자기 전공에서 이득을 얻는 것이 마땅하지만, 의학적 절차를 산업적 비밀로 하는 행위는 내과 의사보다는 신앙 요법 시술자에게나 어울리는 짓거리요! 무엇보다 고통받고 있는 인류에 대한 비인간적 행위지. 게다가 —

갈렌 교수님, 저는 —

시겔리우스 게다가, 이건 의료 윤리를 저버리는 행위요. 환자를 받고 싶은 건 모두 마찬가지요. 먹고살아야 하니까. 당신한테는 그게 그저 개인적 이득의 원천일 뿐이지. 불행하게도 나는 과학자이자 내과 의사로서 인류에 대한 책무를 의식하고 사안에 접근할 수밖에 없단 말이오. 친애하는 갈렌 박사, 우리의 태도는 서로 극명하게 반대되는 듯하군요. 잠깐 실례하겠소. (버저를 누른다) 제1조수를 들여보내게. 그래, 당장! 의학이 당최 어디까지 전락했는지! 소위 기적을 행한다는 자들이 끝도 없이 나타나서 비밀의 묘약으로 현금을 긁어모으려 들지! 게다가 우리 병원을 홍보

목적으로 이용하려 하다니! 빌어먹을 이윤 지상주의자들!

문 두드리는 소리.

  들어와!

제1조수 (들어온다) 부르셨습니까?

시겔리우스 모르부스 쳉기 환자들은 어느 병동에 입원해 있나?

제1조수 거의 모든 병동에 있습니다. 2병동, 4병동, 5병동 ―

시겔리우스 그중 빈민가 환자들은?

제1조수 치료비를 내지 않는 환자들은 13병동에 있습니다.

시겔리우스 거기 책임자가 누구지?

제1조수 제2조수입니다.

시겔리우스 부탁이네만, 그 친구에게 지금부터 우리 동료인 여기 갈렌 박사가 그 병동의 모든 의학적 투약과 시술 과정을 책임질 거라고 말해 주게.

제1조수 그렇게 하겠습니다. 그런데 ―

시겔리우스 좋았어. 난 혹시 자네가 이의라도 제기할까 봐 걱정했지. 우리 제2조수에게 갈렌 박사의 치료법에 대해서는 신경 쓰지 말라고 얘기해 주게. 내가 특별히 지시한 사항이라고 말이야.

제1조수 잘 알겠습니다, 교수님. (퇴장)

갈렌 친애하는 교수님, 이 은혜를 어찌 갚아야 할까요!

시겔리우스 그럴 필요 없소이다. 나는 오로지 의학을 위해 일할 뿐이니까요. 그 밖의 모든 일은 부차적인 것이지. 심지어 이 강력한 혐오감조차 말이죠. 원한다면 당장 13병동을 살펴봐도 좋소이다. (버저를 울린다) 수간호사, 부탁인데 갈렌 박사를 13병동까지 좀 안내해 드리게. 시간이 얼마나 필요하시오?

갈렌 6주면 충분합니다.

시겔리우스 6주? 정말로 기적을 계획하고 있는 모양이군, 박사!

갈렌 (문으로 향한다) 깊이 감사드립니다, 교수님. (퇴장)

시겔리우스 행운을 빕니다. (펜을 들었다가 휙 던진다. 일어나 거울로 가서 찬찬히 얼굴을 살펴본다) 아직까지는 아무것도 보이지 않는군…….

편안한 가족 거실.

아버지 (저녁 등잔불 밑에서 신문을 읽다가) 이 빌어먹을 병 같으니! 이거 원, 우리도 살아야 할 거 아냐. 안 그래도 골치 아픈 일투성이인데!

어머니 3층에 사는 여자 상태가 끔찍한가 봐요. 이젠 아무도 저 위로 올라가지 못하게 막아 놨더라고요……. 당신도 계단에서 나는 냄새 맡았어요?

아버지 아니, 모르겠던데. 하, 여기 법정 고문 시겔리우스의 인터뷰가 있군. 이 친구 얘기라면 시간을 내서 들어 볼 만하다니까. 최고의 전문가라니 말이야. 내 생각이 옳다는 걸 증명하겠지.

어머니 어떤 생각요, 여보?

아버지 지금은 턱도 없이 부풀려져 있어요. 재채기 한 번만 하면 하얀 역병이라고들 하잖아. 한두 사례가 나오니까 신문들이 다 미쳐 돌아가고 있다니까!

어머니 언니가 그러는데, 벌써 우리 나라에도 굉장히 많이 퍼져 있다던데요.

아버지 말도 안 되는 소리. 여보, 그냥 괴담에 불과하다니까! 이것 봐요, 여기 시겔리우스가 중국에서 온 병이라고 하잖아요. 대체 우리가 왜 이런 후진국을 지원해 줘야 하는 거지? 기아와 가난, 역병과 바이러스 ― 질병을 배양하는 토양을 말이오! 그런 나라는 유럽의 식민지로 만들어 버려야지, 암 ― 정리 정돈 좀 해주고, 기율(紀律)을 알게 해주고, 그러면 처리가 될 텐데! 시겔리우스 말로는 감염이 된다는군. 환자들은 다 수용소에 보내 버리고 우리한테 옮기지 못하게 해야지! 간단한 일이라고! 하얀 얼룩이 생기면 곧장 보내 버리는 거야. 저 위층 마녀가 죽을 때까지 저기 살도록 내버려 두는 건 망신이라니까. 악취가 들끓는 집에 오는 게 얼마나 끔찍한데…….

어머니 저 불쌍한 여자가 저기 혼자 있어요. 수프라도 좀 갖다 줘야겠 ―

아버지 말도 안 되는 소리! 당신은 정말 마음이 여려서 탈이야……. 그러면 여기로 병균을 갖고 오게 될걸! 복도도 다 살균 처리를 해야 해요.

어머니 뭘로요?

아버지 (계속 읽으며) 이런, 이 바보 같은 인간!

어머니 누가요?

아버지 기자 말이야. 여기 뭐라고 썼냐 하면……. 이런 천치 같으니! 이따위 쓰레기는 아예 쓰질 못하게 해야 되는데!

어머니 뭐라는데요?

아버지 우리는 피할 길이 없다는 거예요. 쉰이 되면 결국 걸리게 될 거라며 —

어머니 좀 보여 줘요.

아버지 (테이블에 신문을 휙 던지더니, 고래고래 악을 쓰며 방 안을 뛰어다닌다) 멍청이! 말도 안 되는 소리야! 쉰 살이 뭐 어떻다고! 이놈의 신문을 내가 다시 사나 봐라! 본때를 보여 주겠어!

어머니 (읽는다) 그런데 여보, 이건 법정 고문 시겔리우스가 한 말인데 —

아버지 엉터리 같은 소리! 과학적 지식의 현 단계? 지금이 무슨 암흑시대라도 되나? 우리 사무실 친구도 걸렸는데 — 이제 겨우 쉰다섯이라고! 대체 쉰 살에 사람이 죽어 나간다면, 정의는 어디 있다는 거야?

딸 (내내 잡지를 읽으며 소파에 누워 있다가) 이유는 뻔하잖아요, 아빠 — 젊은이들한테 길을 비켜 줘야 하니까요. 그들이 출세할 수 있도록 말이에요.

아버지 방금 저 소리 들었소, 여보? 부모가 먹여 주고 피땀 흘려 키워 줬더니 이제 앞길을 막겠다는군. 참 잘하는 짓이다! 자리가 필요하니까 이젠 죽어 버려라 이거지!

어머니 애가 그런 뜻으로 한 말이 아니잖아요, 여보!

아버지 아니겠지. 하지만 제 입으로 한 얘기 아니오. 엄마 아빠가 쉰 살이 되면 죽어 버려도 넌 좋다 이거냐?

딸 그렇게 개인적으로 받아들이지 마세요, 아빠! 우리가 사회에서 일을 시작하기 어렵다는 얘기일 뿐이에요. 일자리도 없고 말이죠. 우리도 인생을 살고 가정을 꾸리려면 뭔가 희생이 필요하다는 거죠······.

어머니 일리 있는 얘기예요, 여보.

아버지 그러니까 당신도 애 편이다 이거군 ― 그 말대로라면 우리는 모두 인생의 전성기에 꼴깍 죽어 넘어가야 한다는 거네.

아들이 들어온다.

아들 아빠 또 왜 저렇게 흥분하고 계세요?

어머니 아무 일도 아니다, 애야. 그저 그 질병에 대한 기사를 읽으셨는데 ―

딸 더 많은 사람들에게 자리를 만들어 주려면 어떤 식이든 희생이 필요하다고 내가 말했어.

아들 그건 사람들이 다 하는 소리예요, 아빠! 역병이 없었다면 우리가 어떻게 살았을까 싶다니까요! 누나는 결혼도 못 할 거고, 나 역시 끝도 없이 시험만 치면서 악전고투하고 살았겠죠······

아버지 때마침 잘됐다 이거냐, 이 녀석아?

아들 어쨌든 요새는 학위도 아무 소용이 없잖아요. 나이 든 사람들이 죽고 나면 상황이 달라질 수도 있죠. 뭐, 농담입니다!

병원 복도. 12병동, 13병동 앞.

시겔리우스 (병원을 방문한 일단의 외국 교수들을 이끌고) 자, 여깁니다, 친애하는 동료 의학자님들. *Par ici chers confrères. Ich bitte, meine verehrten Herren Kollegen*…….[30] (그들을 13병동으로 안내한다)

제1조수 저 노인네 떠벌리는 것 좀 보라지. 날마다 갈렌이 어쩌고, 갈렌이 저쩌고 욕하던 주제에 이제는 세계 최고의 전문가들을 질질 끌고 다니면서 그의 기적을 보여 주는군. 나는 반점이 다시 생긴다는 데 목숨이라도 걸겠어!

제2조수 어째서지?

제1조수 이 짓 하루 이틀 했어? 의학은 한계가 있다고. 하지만 대장은 치료법을 찾았다는 생각에 안일해져 있지. 난 여기서 벌써 8년을 일했어. 곧 개업해서 내 작은 병원에서 쳉 바이러스를 치료해야지!

제2조수 갈렌의 치료법으로 말인가?

제1조수 릴리엔탈의 치료법이지. 이건 환상적인 기회야.

제2조수 그렇지만 갈렌은 워낙 비밀리에 —

30 각각 프랑스어와 독일어로 안내를 반복한 것이다.

제1조수 갈렌 따위는 엿이나 먹으라지. 우리는 서로 말도 안 섞어. 13병동 간호사가 그러는데, 환자들에게 겨자처럼 생긴 백신을 처넣고 있다더군. 그래서 나도 미네랄과 비타민들을 섞고 노란 염료를 첨가해서 나 자신에게 시험해 봤지. 부작용은 전혀 없었어! 환자들의 병세도 약간 나아질 거야. 그러니 일단 그걸로 시작할 걸세. 그리 나쁠 것 없잖아? (문에 귀를 대고 소리를 들으며) 노인네는 계속 저 짓이군. 〈치료법의 발표를 지연해야 합니다……〉 똑똑한 친구야! 나만큼 세상 물정을 잘 안다니까! 이제는 영어로 저 잘난 선생들에게 설교를 하고 있군. 언어에는 늘 재주가 있었지, 저 늙은 사기꾼! 자기 경력에 슬쩍 집어넣다니, 정말 영악해. 맙소사, 내가 개업하기 전에 갈렌이 발표를 해 버리면 안 되는데.

제2조수 그러면 다들 그 사람한테 진찰을 받으러 몰려가겠지.

제1조수 상관없어. 임상 시험이 끝날 때까지 갈렌은 유료 환자의 진료는 보지 않겠다고 약속했으니까. 그동안 나는 자리를 잡을 시간을 버는 거지.

제2조수 그리고 갈렌은 약속을 워낙 잘 —

제1조수 (어깨를 으쓱해 보이며) 바보처럼 잘 지키지! 심지어 자기 병원 문까지 닫았다고 들었어 — 틀림없이 저 뒷골목 어디 후미진 데 있는 허름한 구멍가게였겠지만. 13병동 간호사 말로는 밥 사 먹을 돈도 없다던데! 주머니에 빵 조각 한두 개씩 넣어 가지고 다닌다더군. 점심을 좀 갖다 주려고 했는데 급식 담당자가 귓등으로 들은 척도 안 하더

래. 갈렌이 자기 명단에 없다나 뭐라나. 사실 맞는 말이지.

제2조수 우리 어머니가 목 뒤에서 하얀 반점을 발견하셨어. 갈렌에게 한번 봐달라고 부탁했더니 〈미안하네, 친구, 시겔리우스한테 약속한 게 있어서 말이야〉라고 하더군.

제1조수 더럽게 뻔뻔스럽군! 딱 그놈다워. 전혀 프로답지 못하다니까.

제2조수 그래서 예외를 좀 만들게 해달라고 대장한테 부탁을 했지. 우리 어머니니까 말이야.

제1조수 그랬더니 뭐라고 하던가?

제2조수 〈친애하는 제2조수, 내 병원에서 예외는 만들지 않는다네!〉라고 하더군.

제1조수 심장이 돌이야. 당연히 할 수 있는 일일 텐데. 동료들 사이의 약속은 어떻게 된 건가? 정말 지독하게 나쁜 놈이군!

제2조수 우리 어머니란 말일세! 마지막 한 푼까지 아껴서 내 의대 등록금을 끝까지 대주셨다고. 그 사람이라면 반드시 치료할 수 있을 텐데.

제1조수 갈렌? 못 할걸!

제2조수 하지만 지금까지 나온 결과들은 그야말로 기적이라고!

시겔리우스와 다른 교수들이 13병동에서 나온다.

교수 1 *Wirklich überraschend! Ja, es is erstaunlich!*

교수 2 *Mes félicitations, mon ami! C'est un miracle!*
교수 3 축하합니다, 교수님! 훌륭해요, 훌륭해![31]

손님들은 이야기를 나누며 복도를 따라간다.

교수 4 (시겔리우스에게) 잠시만요, 교수님. 축하합니다. 탁월한 성공입니다!
시겔리우스 저의 성공이 아닙니다, 교수님. 릴리엔탈 병원의 성공이지요!
교수 4 그런데 말입니다, 그 왜소한 친구는 누구였습니까?
시겔리우스 13병동의 그 친구 말입니까? 갈렌 박사였을 겁니다, 아마.
교수 4 조수인가요?
시겔리우스 아니요, 천만의 말씀! 그저 가끔씩 들르는 친구죠. 릴리엔탈의 제자입니다. 쳉 바이러스에는 관심이 없어요.
교수 4 괄목할 만한 업적입니다. (은밀하게) 이것 보십시오. 사실 나한테 하얀 반점이 있는 환자가 하나 있는데, 정말로 큰 반점입니다. 그는……. (귓가에 대고 속삭인다)
시겔리우스 (휘파람을 분다) 안되셨군요.
교수 4 혹시…….
시겔리우스 저야 반가울 뿐이지요, 교수님. 저한테 직접 연락하시라고 전하십시오. 아직 병원 밖의 환자들에게는 요법을 시행하지 않아서…….

---

31 비슷한 이야기를 위에서는 각각 독일어와 프랑스어로 말한 것이다.

교수 4　지당한 말씀이지요.

시겔리우스　도움이 된다니 기쁩니다.

교수 4　게다가 우리가 마침 그런 환자에 대한 논의를 하는 중이니 —

시겔리우스　당연히 치료비는 없지요. 오히려 제가 영광입니다. (나머지 사람들과 함께 나간다)

제1조수　저것 봤나? 지금 거액의 돈을 논하고 있다니까.

제2조수　그런데 우리 어머니한테는 〈예외는 만들지 않는다네〉라니.

제1조수　빌어먹을, 이건 다른 얘기야 — 돈, 연줄. 저 노인네의 환자들이 내 손님이면 얼마나 좋을까!

갈렌　(13병동 문틈으로 고개를 내밀며) 다들 갔나요?

제2조수　뭐 도와 드릴 일이라도 있습니까, 박사님?

갈렌　아니, 고맙지만 됐습니다.

제1조수　빨리 자리를 비켜 드리는 게 좋겠군. 갈렌 박사님은 혼자 있는 쪽을 좋아하시니.

퇴장. 갈렌은 주위를 둘러본다. 모두들 사라지자 주머니에서 빵을 꺼내 먹기 시작한다.

시겔리우스　(돌아온다) 하, 자네, 잘 만났군! 축하하네, 베이비페이스. 이처럼 괄목할 만한 성과를 내다니.

갈렌　(억지로 빵을 삼키며) 아직 기다려야 합니다, 교수님.

시겔리우스　물론이지, 베이비페이스! 아, 그리고 잊기 전에 하는 말인데, 개인적인 환자가 한 명 올 걸세.

갈렌 하지만 개인적인 환자는 보지 않습니다.

시겔리우스 알고 있네. 칭찬할 만한 일이지, 갈렌. 과학에 헌신하고 어쩌고, 모두 다 말이야. 그렇지만 이 환자는 내가 직접 고른 경우네. 아주 특별한 고객이란 말이야.

갈렌 오로지 13병동의 환자들에게만 제 치료법을 시험하기로 하지 않았습니까……

시겔리우스 맞는 말일세. 그렇지만 이번 경우만은 내가 자네를 그 규칙에서 풀어 주겠다니까.

갈렌 저는 규칙을 지키는 쪽이 더 좋습니다, 교수님.

시겔리우스 다시 말하겠네, 갈렌. 이미 나는 개인적으로 약속을 했네. 여기가 내 병원이라는 점을 다시 한 번 상기시켜 줘야겠군. 여기 책임자는 나일세. 그리고 규칙은 내가 만드는 거야.

갈렌 교수님, 그 환자분을 13병동에 입원시킨다면 그때는 물론 —

시겔리우스 지금 그게 무슨 소리인가?

갈렌 13병동 말입니다. 마룻바닥에요. 13병동에 남는 침대가 없거든요.

시겔리우스 이런 답답한 친구 같으니, 그건 절대 안 될 말이야! 그 사람은 차라리 죽겠다고 할 걸세! 그런 식으로 공공 병동에다가 사람을 처넣을 수는 없어. 게다가 그는 엄청나게 중요한 고객일세. 그는……. 이것 보게, 베이비페이스 박사, 지금 날 갖고 놀자는 건가!

갈렌 저는 오로지 13병동에서만 환자들을 치료할 겁니다. 그렇게 약속했고요. 실례지만 이제 가주셨으면 합니다. 교수들이 방문하는 바람에 일이 늦어졌거든요. 환자들에게 가봐야 합니다.

시겔리우스 자네 말이야, 지옥…… 지옥에나 떨어지게, 자네, 자네……!

갈렌 감사합니다. (다시 병동으로 슬쩍 들어간다)

시겔리우스 빌어먹을 멍청이 같으니라고! 날 이따위 놀음이나 하게 만들다니!

제1조수 (꿀꺽 침을 삼키며 들어온다) 실례합니다, 교수님……. 엿듣지 않을 수가 없었습니다……. 솔직히 말씀드려서 갈렌 박사의 행동은 도를 넘었습니다! 그리고 감히 덧붙여 말하자면, 제가 갈렌 박사의 약과 비슷하게 생긴 혈청을 만들었는데요 — 거의 똑같아 보입니다.

시겔리우스 효과는 어떤가?

제1조수 갈렌의 비방 대신 쓸 수 있습니다. 인체에 전혀 해가 없거든요.

시겔리우스 의학적인 효능은?

제1조수 교수님께서도 처방하실 만한 강장제가 재료로 들어 있습니다. 한동안은 통증을 덜어 줄 겁니다.

시겔리우스 그렇지만 병세는 악화되겠지?

제1조수 갈렌의 주사약도 전혀 효과가 없는 경우가 있습니다, 교수님…….

시겔리우스 자네 말도 맞네, 젊은이. 그렇지만 나 시겔리우스 교수는 그따위 짓을 하지 않아.

제1조수 압니다……. 그렇지만 교수님께서는 소중한 고객을 거절하는 일도 하지 않으시죠.

시겔리우스 요점은 알겠네. (처방전 노트를 꺼내 적는다. 차가운 경멸을 담아) 자네는 과학적 연구로 낭비할 인재가 아니군. 개업을 하는 편이 훨씬 낫지 않겠나?

제1조수 그렇습니다. 저도 바로 그렇게 할 생각이었습니다!

시겔리우스 (처방전을 찢으며) 어서 가서 내 동료에게 말을 해보게. 그 친구가 우리 환자에게 안내해 줄 거야. 행운을 빌지! (황망히 퇴장)

제1조수 (절을 하며) 정말 감사합니다, 법정 고문님. (자기의 양손을 맞잡고 흔들며) 축하하네, 선생. 아무래도 우리가 해낸 것 같아!

하얀 의료 가운을 입은 군사 잡역병들이 복도에 일렬로 정렬해 차렷 자세로 서 있다. 공산당 인민 위원이 시계를 본다.

제2조수 (귀에 무전기를 댄 채 헐떡거리며 뛰어 들어온다) 군 총사령관께서 방금 차에 타셨답니다!

당 위원 자, 한 번 더 확인해 봅시다. 환자들이 있는 병실은 모두 ―

제2조수 오전 9시 정각부터 폐쇄됩니다. 전 직원은 1층 강당에 집합하고요……. 보건부 장관님께서 도착하셨습니다.

서둘러야 합니다! (퇴장)

당 위원 차렷!

잡역병들이 차렷 자세를 취한다.

당 위원 마지막으로 말하는데, 각하의 수행원들 외에 그 누구도 이 복도를 지나가서는 안 된다. 쉬어!

자동차 사이렌 소리.

오셨다! 차려 — 엇! (무대 뒤쪽으로 물러난다)

정적. 무대 밑에서 환영 인사 소리가 들린다. 사복 차림의 두 남자가 복도를 따라 황급히 달려가고 전투복을 입은 총사령관이 들어오자 잡역병들이 경례를 붙인다. 시겔리우스가 한쪽 옆에, 보건부 장관이 다른 쪽 옆에 서 있다. 그 뒤로 장관들과 의사들로 구성된 총사령관의 수행원들이 입장한다.

시겔리우스 여기 12병동에는 대조군(對照群) 환자들이 있습니다. 이 환자들에게는 우리가 새로운 치료법을 적용하지 않습니다. 결과를 비교하기 위해서죠.
총사령관 알겠소. 내가 그들을 좀 살펴보도록 하지.
시겔리우스 각하, 주의 말씀을 드려야겠습니다. 이 질병은 고도의 감염성이 있고, 그 모습은 참담합니다. 게다가 저

희가 최선의 노력을 경주하고 있음에도, 악취는 현기증을 유발할 정도입니다.

총사령관 우리 군인들은 어떤 상황에도 대처할 수 있소! 전진!

수행원들과 함께 12병동으로 향한다. 한순간 정적. 병동 안에서 시겔리우스의 목소리가 들려온다. 곧 장군이 제2조수의 부축을 받아 캑캑거리며 비틀비틀 걸어 나온다.

장군 (비명을 지르며) 무시무시해! 공포야! 공포!

다른 일행들도 서로 떠밀며 밖으로 나온다.

장관 참담한 악몽이야! 창문을 열어!
부관 (손수건으로 코를 막고) 이런 곳에 손님들을 들이다니, 이건 추문이오!
수행원 맙소사!
장군 총사령관께서는 저걸 어떻게 견디시지?
장관 신사 여러분, 나는 하마터면 혼절할 뻔했소!
부관 아니, 어떻게 이런 곳에 감히 총사령관을 들인단 말인가! 후회하게 만들어 주겠다!
수행원 봤습니까……? 봤죠……? 보셨죠……?
장군 저 안에서 우리가 본 것들……. 몸서리가 쳐지는군. 말도 꺼내지 맙시다. 살아 있는 동안은 도저히 잊을 수가 없을 거요. 나도 군인으로서 볼 꼴 못 볼 꼴 다 봤는데 말이오.
제2조수 향수를 좀 갖다 드리겠습니다, 여러분.
장관 아까 미리 가지고 왔어야지.

제2조수 달려 나간다.

부관 차렷!

총사령관이 나오자 모두 문에서 물러난다. 그 뒤로 시겔리우스와 의사들이 따라 나온다.

총사령관 (발길을 멈춘다) 제군들은 비위가 약해서 저것도 감당 못 하는군. 계속 안내하시오, 시겔리우스!
시겔리우스 이제 13병동에서는 전혀 다른 광경을 만나실 수 있을 겁니다. 여기서는 새로운 치료법을 시행하고 있거든요. 각하께서 직접 보실 수 있습니다.

총사령관이 13병동에 들어서자 시겔리우스와 의사들이 그 뒤를 따른다. 수행원들은 문 주위에서 머뭇거리며 흘끔흘끔 엿보다가 말없이 들어간다. 침묵 속에 시겔리우스의 설명이 먹먹하게 들린다.

목소리 (무대 뒤편에서) 멈춰!
또 다른 목소리 이 손 당장 놓지 못해! 지나가게 해줘!

당 위 원 (목소리가 나는 쪽으로 달려가다가 문 앞에서 갈렌과 마주친다. 갈렌은 하얀 가운을 입은 두 사내의 두 사람의 손아귀에서 벗어나려 애쓰고 있다) 이건 뭐야? 누가 들여보냈어? 원하는 게 뭐요, 젊은 청년?

갈 렌 내 환자들에게 가야만 합니다!

제2조수가 향수를 들고 돌아온다.

당 위 원 (제2조수에게) 이 남자를 아시오?
제2조수 갈렌 박사입니다.
당 위 원 여기서 일하는 직원이오?
제2조수 뭐, 그렇습니다. 13병동에서 일합니다.
당 위 원 그렇다면 사과하겠소, 의사 선생. 그를 놔줘! 그런데 왜 다른 의사들처럼 9시까지 여기 오지 않았소?
갈 렌 (팔을 문지르며) 시간이 없었습니다. 환자들의 약을 준비하느라 바빴거든요.
제2조수 (조용히) 불청객입니다.
당 위 원 알겠소. 선생은 여기서 나와 함께 기다려야겠소이다. 총사령관님께서 떠나시기 전까지는 들어갈 수 없소.
갈 렌 그렇지만 저는 —
당 위 원 미안한데 따라와 주시오. (갈렌을 무대 뒤편으로 데리고 간다)

총사령관과 시겔리우스 등이 13병동에서 나온다.

총사령관 축하하오, 시겔리우스. 기적이 따로 없군!

장관 (종이 한 장을 꺼내 읽는다) 친애하는 각하, 경외하는 총사령관 각하, 허락해 주신다면 우리 부서의 이름으로 —

총사령관 고맙소, 장관. 그 정도면 됐소. 그렇게 해요. (시겔리우스 쪽으로 돌아선다)

시겔리우스 각하, 더 드릴 말씀이 없습니다. 우리 과학적 연구에 크나큰 영광일 뿐입니다. 릴리엔탈 병원의 우리 직원들은 헤아릴 수 없으리만치 더욱더 큰 위험인 변태라는 역병과 타락이라는 괴저, 그리고 음란이라는 나병과 비교해 볼 때 우리의 가치가 얼마나 하찮은 것인지 뼈저리게 깨닫고 있을 뿐입니다…….

군중들이 동의한다는 듯 웅성거린다.

일개 보잘것없는 의사로서 이 기회를 빌려, 우리 국가라는 유기체에 인종적 죽음을 선고할 정도로 위협적이었던 무정부주의라는 국가적 전염병을 외과적인 정확성으로 치유해 우리 모두를 구해 내신 위대한 치유자께 경의를 표하고자 합니다……. (총사령관에게 절을 하고 〈만세! 만세!〉를 외친다)

총사령관 (손을 뻗으며) 빛나는 과업이오, 시겔리우스. 기적이 따로 없어!

시겔리우스 심심한 사의를 표합니다, 각하.

총사령관 퇴장, 그 뒤를 따라 시겔리우스, 수행원들, 의사 등이 퇴장한다.

당 위원 (무대 측면에서 앞으로 나오면서) 준비! 차렷! 2열 종대! 앞으로 가! (하얀 가운 차림의 남자들이 수행원들을 따라 나간다)

갈렌 이제 병동에 들어가 봐도 됩니까?

당 위원 1분만 기다리시오, 의사 선생. 총사령관께서 아직 떠나지 않으셨소. (12병동에 접근해 문간에 코를 댔다가 황급히 문을 닫는다) 세상에, 당신네 의사들은 정말로 저 안에 들어가는 거요?

갈렌 뭐라고요? 당연하죠.

당 위원 우리 총사령관 각하는 위대한 분이오, 영웅이시지. 그분은…… (시계를 확인한다) 정확히 2분간 견뎌 냈소. (떠나는 자동차들의 사이렌 소리가 울린다) 이제 들어가 봐도 됩니다, 선생. 붙잡아 둬서 미안하오…….

갈렌 신경 쓰지 마세요. 괜찮습니다. (13병동으로 슬며시 들어간다)

제2조수 (뛰어 들어온다) 자, 빨리! 언론은 어디 있지? (달려 나간다)

당 위원 (시계를 보며) 그리 오래 걸리지는 않았군. 천만다행이야.

제2조수의 목소리 저를 따라오세요, 신사 여러분. 법정 고문께서도 곧 이 자리에 오실 겁니다.

제2조수가 일단의 기자들을 대동하고 등장한다.

제2조수 이쪽입니다, 신사 여러분. 여기 12병동에서 여러분은 우리의 방법으로 치료하지 않을 경우 소위 하얀 역병이 어떤 몰골을 하게 되는지 보실 수 있습니다. 그러나 되도록 보지 않으시기를 강력히 권하는 바입 —
기자들 (12병동에 들어갔다가 즉시 뛰쳐나온다) 후퇴해! 악몽이야! 들어가지 마! 역겨워!
기자 (제2조수에게) 저 사람들은 다 죽은 목숨인 거죠?
제2조수 그렇죠. 반면 여기 13병동에서는 몇 주간 우리의 치료법을 적용한 결과를 육안으로 보실 수 있습니다. 걱정하실 필요 없어요. 따라오십시오.

몇몇 기자들이 머뭇거리며 13병동에 들어가자, 다른 이들도 따라 들어간다. 시겔리우스가 자부심에 얼굴을 환히 빛내며 등장한다.

제2조수 교수님, 언론사에서 오신 신사분들께서 13병동을 살펴보고 계신다는 소식을 전해 드려야겠군요.
시겔리우스 제발 나를 좀 가만 내버려 두면 좋겠군. 마음이 너무나 벅차올라서 말이야. 좋아, 어디 만나 보지.
제2조수 (13병동 문 앞에서) 수첩을 준비하십시오, 여러분! 법정 고문께서 간단한 브리핑을 하실 겁니다.
기자들 (복도에서 몸싸움을 벌이며) 기적이군요! 경이로워요! 환상적입니다! 훌륭해요!

시겔리우스 제가 북받치는 감정을 억누르지 못하더라도 기자 여러분께서 이해해 주셨으면 합니다. 허리를 굽혀 병자와 죽어 가는 이들을 살피시는 우리 총사령관의 그 연민과 강인함을 여러분도 보셨더라면 얼마나 좋았을까요. 신사 여러분, 그것은 영감의 원천이었습니다!

기자 저 사람 지금 뭐라고 한 거야?

시겔리우스 그 후에, 각하께서는 온통 칭찬을 ─

제2조수 법정 고문께서 허락해 주신다면 제가 기억을 되살려 드리고자 합니다. 각하께서는 〈빛나는 과업이오, 시겔리우스. 기적이 따로 없어!〉라고 말씀하셨습니다.

시겔리우스 물론 총사령관께서 제 공헌을 과대평가하신 겁니다. 이제 우리에게 소위 백색 바이러스의 치료제가 생겼으니, 이제는 그 질병이 인류 역사상 가장 무서운 질병이었다고 쓰셔도 좋습니다. 굳이 완곡하게 말을 돌릴 필요는 없겠죠 ─ 이 질병은 흑사병보다 더 위험한 질병이었으니까요. 친애하는 기자 여러분, 저는 우리 나라가 이 성공의 영예를 안게 되었다는 사실이 너무나 자랑스럽습니다. 그리고 이 업적이 바로 여기, 제 위대한 선배님이자 스승님이셨던 릴리엔탈 교수의 병원에서 이루어졌다는 사실이 참으로 뿌듯합니다!

갈렌 박사가 13병동 문에 기운 없이 기대선다.

시겔리우스 이리 오게, 갈렌. 여러분, 여러분에게 저와 함께 싸워 주었던 동지 한 사람을 소개합니다. 우리 의학자들은 개인적인 성공만을 고집하지 않으며 모든 인류를 위해 일합니다. 수줍어하지 말게, 베이비페이스! 우리 모두, 심지어 가장 낮은 자리의 간호사까지도 우리의 의무를 다했습니다. 이 위대한 날 헌신적인 동료들에게 겸허한 감사를 표할 수 있게 되어 기쁘기 그지없습니다.

기자 교수님, 치료법의 기본적인 원리를 설명해 주실 수 있겠습니까?

시겔리우스 내 치료법이 아닙니다, 내 것이 아니에요. 릴리엔탈 병원의 것이지요. 그 기본적인 원리는 의학계에 공표될 것입니다. 오로지 전문가들만이 의학적 방법들을 다루어야 하는 법이니까요. 여러분은 그저 보신 바를 대중에게 그대로 전해 주시면 됩니다. 이렇게 쓰세요. 〈세계에서 가장 무서운 질병의 치료법이 발견되었다.〉 그뿐입니다. 그리고 이 기쁜 날을 좀 더 축하하고 싶으시다면, 우리 영예로운 영도자에 대해 기사를 쓰십시오. 두려움과 질병과 감염을 무릅쓰고 나병 환자들 사이로 걸어 들어가셨던 그분에 대해서 말입니다. 초인적인 일이었어요, 여러분. 형언할 길이 없습니다. 이제 제 환자들이 기다리고 있으니 실례하겠습니다. 여러분께 도움이 되었다니 기쁠 따름입니다.

(재빨리 자리를 뜬다)

기자 그럼 이게 끝인가?

갈렌 (앞으로 나선다) 잠깐만 시간을 내주십시오, 여러분. 저들에게 말해 주세요. 나, 빈민의 의사 갈렌이 —

기자 누구한테 말을 하라는 겁니까?

갈렌 세계의 정부들, 왕과 통치자들 말입니다. 내가 의사로서 전장에 나섰으며, 의사로서 또 다른 전쟁은 원치 않는다고 말해 주세요. 제발, 그 말을 써줘요.

기자 그들이 선생 말을 들을 거라고 생각하는 이유가 뭐죠?

갈렌 들을 겁니다. 들어야만 합니다. 안 그러면 하얀 역병에 의해 지구상에서 싹쓸이되고 말 테니. 저들에게 그 치료제는 내 것이며, 학살을 중단하겠다고 약속할 때까지는 내가 절대 공표하지 않을 거라고 말해 주세요. 다른 누구도 내 치료법을 모릅니다. 여기 있는 아무나 붙잡고 물어보십시오. 세계의 통치자들에게, 당신네들은 이 병원의 환자들처럼 산 채로 해체되어 죽을 거라고 얘기하세요. 모든 사람들이 결국 그렇게 될 거라고 —

제2조수 사람들이 그렇게 죽도록 내버려 두겠다는 겁니까?

갈렌 지뢰와 신경가스로 학살당하는 사람들을 방치하고는, 우리 의사들에게 제 목숨을 살려 주기를 바란단 말입니까? 백혈병에서 어린아이 하나 구하는 일이 얼마나 힘든지 당신네들이 알 리가 없지요……. 날마다 우리는 심장병, 백내장, 골수염, 암과 싸우고 있어요……. 그런데 우리에게 또 다른 전쟁을 치르라고요! 나는 군인이 아닙니다. 나는 인간의 생명을 위해 싸우는 의사란 말입니다…….

기자 그럼 어떻게 할 생각입니까?

갈렌 간단해요. 전쟁에서 물러서겠다고 저들이 약속하기만

하면, 내 백신을 넘기겠습니다.

제2조수가 황급히 달려 나간다.

기자 세계의 통치자들이 어떻게 나올는지······.
갈렌 그래요, 어떻게 나올까요? 그게 가장 힘든 부분이겠죠. 저들이 말상대도 안 해 줄 거라는 건 알아요. 그렇지만 싸우지 않겠다고 맹세하지 않는 국가는 백신을 얻을 수 없다고 여러분이 기사를 써준다면 —
기자 2 이상주의예요! 그렇게 백신을 살 나라는 하나도 없을 겁니다!
갈렌 없다고요? 별것도 아닌 이유로 수백만 명이 끔찍한 죽음을 맞도록 내버려 둔다고요? 그게 말이 됩니까? 통치자들의 살점이 떨어져 나가기 시작하면 어떻게 될까요? 그들도 겁에 질릴 거란 말입니다!
기자 그 말도 일리는 있군요. 그렇지만 어떤 정부도 동의하지 않으면 어쩌죠?
갈렌 지독하게 슬픈 일이 되겠지요. 저로서는 도저히 백신을 풀 수가 없습니다.
기자 그걸로 뭘 하려고요?
갈렌 다시 빈민가로 가지고 갈 겁니다. 거기라면 환자들이 모자랄 일이 없으니까요! 하얀 역병이 치유 가능하다는 사실을 수백 번도 더 증명해 보일 수 있습니다.
기자 하지만 부자들은 치료해 주지 않겠다는 거죠?

갈렌 유감이지만 그렇습니다. 하지만 부자들에게는 권력이 있습니다. 평화를 원한다면 손가락만 튕기면 될 일이지요.

기자 그거 부자들한테 좀 가혹한데요.

갈렌 가난한 사람들에게도 가혹합니다. 빈민들은 더 젊은 나이에 죽어요. 그래야만 할 이유는 없어요. 살 권리는 누구한테나 있는데 말입니다.

시겔리우스와 제2조수가 헐레벌떡 들어온다.

시겔리우스 기자 여러분, 부탁인데 병원에서 나가 주십시오. 갈렌 박사가 아무래도 신경 쇠약을 일으킨 모양입니다!

기자 그렇지만 여전히 우리는 관심이—

시겔리우스 이 문들 뒤편에는 치명적인 전염병이 창궐하고 있습니다. 떠나시는 게 좋을 거예요. 제 조수가 출구까지 안내해 드릴 겁니다.

기자들이 제2조수의 안내를 받아 나간다.

시겔리우스 정신을 완전히 내팽개친 건가, 갈렌? 내 병원 담벼락 안에서 그런 견해를 표명하는 건 절대 금지네! 게다가 하고많은 날들 중에 하필이면 오늘! 자네를 현장에서 연행시켜야 했는데! 좋아, 자네가 과로했다는 건 인정하지. 이제 이리 오게, 베이비페이스.

갈렌 가서 뭐하게요?

시겔리우스 내게 정확한 화학 공식과 투약법을 말해 주게. 그런 다음에 가서 푹 쉬면 되지 않나 — 아무리 봐도 휴식이 필요한 것 같은데.

갈렌 친애하는 법정 고문님. 저는 틀림없이 조건을 밝혔습니다. 그게 받아들여지지 않으면 —

시겔리우스 그게 받아들여지지 않으면, 어쩌겠다는 건가?

갈렌 죄송합니다, 교수님. 그러면 공식을 밝힐 수 없습니다.

시겔리우스 그렇다면 자네는 미친놈 아니면 더러운 반역자로군. 의사로서의 의무를 기억해 낼 것을 명령하네. 다른 건 당신하고 상관 없는 일이야.

갈렌 의사로서 사람들이 서로 죽이는 걸 막는 일 역시 제 의무입니다.

시겔리우스 내 병원 담벼락 안에서 그런 견해를 표명하는 걸 금지하네! 우리는 무슨 추상적인 인류를 섬기는 게 아니야. 국가를 섬기는 거라고! 이건 국립 병원일세!

갈렌 그렇다면 어째서 우리 국가는 전쟁을 끝내지 않는 겁니까?

시겔리우스 그럴 수도 없고 그래서는 안 되기 때문이지, 갈렌 박사! 외국 출신이라 자네는 우리 국가의 사명과 운명에 대해 전혀 개념이 없군. 그러나 이 얘기는 이만하면 됐어! 마지막으로 부탁하네, 갈렌. 이 병원 원장으로서 말이야 — 공식을 말해 줘.

갈렌 죄송합니다, 교수님. 못 합니다.

시겔리우스 나가! 내 병원에 발도 들이지 마!

갈렌 뜻대로 하지요, 고문님. 죄송합니다.

시겔리우스 나도 유감일세, 철부지 애송이 같으니! 나라고 죽어 가는 환자들이 안타깝지 않은 줄 아나? 이렇게 되면 내 꼴이 뭐가 되겠나? 나병을 고칠 치유법이 있다고 장엄하게 선언하더니 갑자기 그런 게 없다고 하라고? 내 경력은 막을 내리게 될 거야, 베이비페이스 박사! 그 굴욕을 상상해 보라고! 자네의 평화주의 역병에 걸리느니 차라리 전 세계 사람들이 뻗어 죽어 버리는 게 낫겠어!

갈렌 의사로서 어떻게 그런 말을 할 수가!

시겔리우스 나는 단순한 의사가 아닐세. 또한 감사하게도 나는 국가에 봉사하는 사람이기도 하지. 이제 부탁하는데, 이 병원에서 나가 주게.

막이 내린다.

제2막

가족 거실.

아버지 (저녁 등잔불 밑에서 신문을 읽으며) 이것 봐요, 마누라. 여기 역병의 치료제를 찾았다고 쓰여 있어!

어머니 하느님, 고맙습니다!

아버지 내가 뭐라고 했어요? 요즘 같은 시대에 사람들이 죽게 내버려 두지는 않을 거라고 했지? 쉰은 너무 젊어! 어휴, 생각만 해도 소름이 끼쳤는데 말이오! 살아 있다는 게 다행이지 뭐야! 우리 사무실에서만 서른 명도 넘는 사람들이 죽었는데 — 모두 50대였어요.

어머니 가엾어라.

아버지 그래서 말인데 — 아마 당신은 꿈도 못 꿨을 거예요. 놀래 주려고 했지만 오늘은 이렇게 행복한 날이고 하니……. 오늘 아침에 크루그 남작이 날 불렀어요. 〈이보게, 친구〉 하고는 이러더군. 〈우리 회계 부서 총책임자가 방금 죽었으니 자네한테 그 자리를 맡겨야겠어. 2주 후에는 자네가 우리 신임 회계 부서장이 될 걸세!〉 자! 어때요?

어머니 당신한테는 잘된 일이네요.

아버지 당신한테는 아니고, 여보? 생각해 봐요. 연봉을 1만 2천이나 더 받을 수 있어! 내가 당신 생일에 준 그 술 어디 있지?

어머니 애들 올 때까지 기다려야 하지 않을까요?

아버지 뭐하러? 딸내미는 애인하고 놀러 나갔고 아들은 시험공부를 해야 하는데. 확 따버립시다!

어머니 당신이 원한다면요. (퇴장)

아버지 (신문을 읽으며) 흠, 〈흑사병보다 더 위험한 질병〉이라. 요즘 사람들은 그렇게 멍청이처럼 죽는 거 못 견디지 — 중세 시대도 아닌데. (계속 읽는다) 우리 총사령관 각하, 대단한 영웅이시군, 나병 환자들을 방문하다니! 나 같으면 미쳐 날뛰는 말에 묶어도 그 안으로는 절대 끌려 들어가지 않을 거야. (손을 비빈다) 회계 부서 총책임자라! 〈안녕하십니까, 부서장님!〉 〈제가 코트를 받아 드리겠습니다.〉 〈어젯밤은 잘 보내셨습니까?〉 게다가 그 막중한 책임이라니……!

어머니가 술병과 술잔 하나를 갖고 돌아온다.

아버지 겨우 술잔 하나? 같이 마시지 그래요?

어머니 아니, 술은 마시지 않을 거예요.

아버지 당신의 건강을 위하여. (술을 들이켠다) 키스 좀 해줘요, 여보.

어머니 싫어요. 날 가만히 좀 내버려 둬요, 제발.

아버지 (또 한 잔을 따르며) 이런 세상에, 크루그의 회계 부서장이라니! 날마다 수백만이 내 손을 거쳐 가겠지! 약골들이 떠맡을 자리가 아니라고요! 게다가 50대 인력을 잉여로 돌리고 있는 마당에! 내가 잉여의 본때를 보여 주겠어! 30년 전 크루그에서 처음 일을 시작했을 때는 내가 회계 부서장이 될 줄 아무도 몰랐겠지! 이 얼마나 굉장한 출세예요, 여보! 죽도록 일을 하며 30년을 보내고 나니, 이제 남작이 나를 친구라고 부르잖소. 젊은이들을 부를 때처럼 〈어이〉 하지 않고 말이야. 친구. 〈이보게, 친구, 내가 자네한테 책임을 맡겨야겠네.〉 바로 그렇게 말했다니까요. 그 자리에 눈독을 들이던 이들이 적어도 다섯은 더 있었는데. 지금은 모두들 죽었지······. 사실 이렇게 말하면 안 되는 거지만······.

어머니 뭐가요?

아버지 생각해 봐요 — 우리 딸은 이제 결혼을 할 수 있고, 그 녀석 애인은 취직을 하겠지. 그리고 우리 아들도 시험에 붙으면 우리 사무실에서 일할 수 있어요. 이렇게 말하면 안 되는 거지만, 이 모든 행운이 다 역병 덕분이라니까!

어머니 세상에, 어떻게 그런 말을 할 수가 있어요!

아버지 사실이니까요! 우리 같은 사람들이 출세하는 데는 역병이 큰 도움이 됐어요. 안 그랬으면 우리는 별 볼 일 없었겠지. 그리고 이제 치료법을 찾았으니까 너털웃음을 치며 돈이나 모으면 되는 거지! (신문을 다시 집어든다) 내 항상 말했지만 시겔리우스는 정말 똑똑한 사람이야 — 그 병원에서 치료법을 발견했답디다. 우리 총사령관도 거기 갔었고. 초인 같은 위인이지, 그분은. 언젠가 한번 차를 타고 지나치는 모습을 본 적이 있어요. 정말 위대한 인물이자 위대한 군인이에요.

어머니 정말 전쟁이 일어날까요?

아버지 저런 지도자가 있는데 전쟁을 안 하는 건 죄악이지! 우리는 하루에 3교대로 일하며 화기를 만들어 내고 있단 말이에요. 내 당신한테 비밀 하나 말해 줄까 — 우리는 신종 가스를 만들기 시작했어요. 특별한 거라고들 하더군. 남작은 새 공장을 여섯 개나 더 짓고 있고. 그런데, 상상을 해봐요, 지금 회계 총책임자가 되다니! 나를 신뢰한다는 증거지! 나는 애국의 의무를 다하고야 말 거예요.

어머니 우리 아들은 불려 가지 않으면 좋겠네요.

아버지 녀석도 의무는 다해야지, 여보. (술을 마신다) 걱정 말아요. 우리 아들은 불려 가지 않을지도 몰라요. 일주일이면 다 끝날 테니까. 저들이 오늘이 며칠인지 헤아릴 틈도 없이 박살을 내버리면 되지. 요즘 전쟁은 다 그런 식이에요, 여보. (잠시 말없이 신문을 읽다가, 성질을 내며 신문을 세게 내려놓는다) 이런 지랄 같은 경우가 있나! 감히 어떻게 이럴 수가! 그런 놈은 벽에다 세워 놓고 총살형에 처해야 해! 더러운 반역자 같으니!

어머니 누구 말이에요, 여보?

아버지 그런 철면피라니! 여기 기사에 글쎄, 백신을 발견한 의사가 전쟁을 하지 않겠고 약속하지 않으면 그 어떤 정부에도 백신을 넘겨주지 않겠다잖아요!

어머니 그게 뭐가 잘못이죠?

아버지 바보 같은 소리 말아요, 여보! 우리가 군수 물자에 수백만을 쓰는 게 다 뭣 때문인데! 평화? 크루그의 공장들을 폐쇄하고 2십만 명을 실직자로 내몰게? 지금 평화를 논하는 건 범죄 행위나 마찬가지예요. 저놈은 감옥에 처넣어야 해!

어머니 그렇지만 그 사람이 치료제를 갖고 있잖아요······.

아버지 그건 따져 봐야 할 문제지. 내 견해를 묻는다면, 놈은 의사가 아니라 외세의 녹봉을 받고 움직이는 첩자예요. 체포해야 한단 말이지! 목에 총구를 들이대고 자백을 받아야 해요! 암, 그래야 하고말고!

어머니 그렇지만 그 사람이 정말로 치료법을 발견했다면······. (신문을 집어 든다)

아버지 손가락들을 엄지를 죄는 죔쇠에 집어넣고 꽉, 꽉, 세게, 더 세게 조이는 거야······. 비명을 지를 때까지! 우리에게는 놈의 자백을 받아 낼 만한 기술이 있어요. 그 개새끼가 멍청하게 무슨 평화 따위를 들먹이면서 우리 모두를 죽어 나자빠지게 내버려 두겠다니, 말이 되는 소리예요? 평화는 개나 주라지!

어머니 (신문을 읽는다) 하지만 이 사람은 그저 —

아버지 반역자! 우리 국가의 영광은 어떻게 하고? 우리 삶의 공간은? 저들이 쟁반에 담아서 우리한테 순순히 내줄

것 같아요? 반전을 설교하는 건 우리 성스러운 이윤에 반대하는 짓이지, 알겠어요? 역병과 평화 중 하나를 선택해야 한다면, 나는 차라리 역병을 선택하겠어요!

어머니 당신 말이 오죽 옳겠어요, 여보.

아버지 당신 오늘 왜 이래요? 목에 두른 그 스카프는 뭐고? 감기에 걸린 건가?

어머니 아니에요.

아버지 그럼 풀어 봐요, 어디 좀 봅시다! (스카프를 잡아당겨 벗긴다)

어머니가 침묵 속에 아버지 앞에 서 있다.

아버지 주여, 자비를 내리소서! 이 하얀 반점!

갈렌 박사의 외과 밖에 늘어선 환자들의 줄. 끝에 아버지와 어머니가 서 있다.

환자 1 어라, 자네 목 좀 봐!

환자 2 썩 훌륭하게 낫고 있지! 지난번에 선생님께서 이제 거의 다 나았다고 하셨다고!

환자 1 우린 이제 거의 정상으로 돌아왔어!

환자 2 처음에는 날 받아 주려 하지 않으셨지. 〈빵 장수라면 진짜 빈민이 아니지요.〉 그러고는 이러시더군. 〈저는 가난한 사람들만 치료합니다.〉 그렇지만 내가 이런 말씀을 드렸지. 〈의사 선생님, 빵 장수가 병에 걸리면 아무도 가게에서 빵을 사 가지 않는답니다 — 저는 거지만도 못한 신세예요!〉 그래서 결국 받아 주신 거야……. (외과로 들어간다)

아버지 저것 봐요, 여보. 결국 받아 줬다잖아요.

어머니 맙소사, 겁이 나서 죽을 것 같아요!

아버지 선생 앞에 털썩 무릎을 꿇고 말해야지. 〈의사 선생님, 저희를 불쌍히 여겨 주세요. 아이들을 먹여 살릴 길도 없답니다!〉 노력해서 최정상까지 올라간다는 게 무슨 죄란 말이야? 평생 동안 우리는 아끼고 모았는데. 설마 그렇게 잔인할 리가 있겠어요?

어머니 하지만 선생님은 빈민만 치료해 주신다잖아요.

아버지 어떻게 해서든 내가 당신은 치료받게 해주겠어요. 내 견해를 확실히 —

어머니 제발, 제발 흥분해서 성질을 부리지만 말아요, 여보.

아버지 인간으로서 당연한 의무라고 말해 줄 거예요. 〈비용은 염려 마세요, 의사 선생님. 이 사람은 제 아내니까요.〉

갈렌 (들어온다) 그래, 무엇을 도와 드릴까요?

아버지 의사 선생님, 제발 친절을 베푸셔서 — 여기 있는 제 아내가 —

갈렌 무슨 일을 하십니까?

아버지 회계 부서 총책임자입니다. 크루그 기업에서요.

갈렌 크루그? 참으로 죄송합니다만, 안 되겠습니다.

아버지 의사 선생님, 저희를 불쌍히 여겨 주세요. 영원토록 감사하는 마음을 간직하겠습 —

갈렌 제발 그만둬요. 저로서도 거절하는 게 끔찍하게 힘든 일입니다만, 전 가난한 사람들만 치료합니다. 그들에겐 내가 필요합니다. 하지만 나머지는 —

아버지 어떤 대가를 치러도 좋습니다.

갈렌 그렇다면 당신네 크루그 남작한테 가서 생산 라인을 폐쇄하라고 하시지요.

아버지 충심을 다해서 드리는 말씀이지만, 의사 선생님, 제가 개인적으로 할 수 있는 일은 아무것도 없습 —

갈렌 다들 그렇게 말하지요. 크루그는 전쟁을 멈출 수 있어요. 그럴 힘이 있단 말입니다. 그 힘을 사용하도록 설득해 주세요.

아버지 불가능합니다. 절대 불가능해요. 감히 제가 —

갈렌 그것 보세요! 그러면서 저보고 어쩌라는 겁니까? 유감천만입니다만 —

아버지 의사 선생님, 인류를 위해서 —

갈렌 맹세하지만, 지금 이게 인류를 위해 하는 일입니다. 크루그 남작을 위해 일하는 걸 그만두고, 그 사람 돈을 받기를 거절한다면 —

아버지 그러면 나는 뭘 하라고요? 절대로 다른 회사의 회계부서 총책임자로 취직할 수는 없을 거예요. 30년 동안 이 회사에 몸을 바쳤단 말입니다. 당신이 내게 그걸 내던지라고 할 수는 없어요!

갈렌 아무 기대도 않겠습니다. 안녕히 가십시오.

어머니 그것 봐요, 그것 보라고요!

아버지 갑시다. 매정한 돼지 같으니라고. 내가 가진 모든 걸 내던지라니!

시겔리우스 교수의 연구실.

시겔리우스 (문간에서) 어서 들어오십시오, 남작님.

크루그 고맙소. 여기에 올 일은 영영 없을 줄 알았는데.

시겔리우스 무슨 말씀이신지 압니다. 우리가 워낙 험한 시대에 살죠. 자리에 앉으시지요. 그래요, 시련의 시대입니다!

크루그 정말 그렇소이다.

시겔리우스 그렇지만 격동의 시대이기도 하지요!

크루그 정치적으로 말이오? 그래요, 위대하고도 어려운 시기요.

시겔리우스 특히 남작님께서는 남들보다 더 힘드실 겁니다. 우리를 위해 이 전쟁을 준비하고 계시니까요. 다행히도 전쟁은 불가피해 보이지만 말입니다. 이런 시기에 크루그 주식회사를 경영한다는 건 장난이 아닐 텐데요…….

크루그 사실이오. 이것 봐요, 법정 고문, 내가 당신네 나병 기금에 기부를 좀 할 생각을 했는데 말이오.

시겔리우스 참으로 남작님다운 생각이십니다. 조국의 역사상 이토록 위대하고도 어려운 시기에 과학적 연구를 생각해 주시다니! 항상 변함없으시지요 — 장대하고 화려하면서도 겸손하신 모습 말입니다! 저희는 겸허하게 받아들이겠습니다. 연구에 더욱 정진하는 데 쓰도록 하겠습니다.

크루그 고맙소. (테이블 위에 두툼한 봉투를 올려놓는다)

시겔리우스 영수증을 드릴까요?

크루그 필요 없어요. 그런데 지금 얼마나 진행되고 있소?

시겔리우스 모르부스 쳉기 말씀입니까? 무서운 기세로 진행되고 있습니다만 다행히도 사람들은 온통 전쟁 생각뿐이라 그걸 걱정할 여유도 없어요. 사기가 하늘을 찌릅니다. 전투 의지가 충만하지요.

크루그 질병과 싸울 기세 말이오?

시겔리우스 아니요, 전쟁에서 싸울 기세요! 우리 조국은 총사령관과 영웅적인 군대와 남작님을 전적으로 신뢰하고 있습니다! 이토록 조짐이 상서로운 적은 아마 없었을 겁 —

크루그 아직 치료법은 없는 거요?

시겔리우스 아직 없습니다. 우리가 계속 연구하고 있지만요.

크루그 옛날에 이 병원에서 조수로 일했던 그 친구는 어떻소? 개업을 해서 환자를 끝도 없이 모으고 있는 모양이던데. 사람들 말로는 릴리엔탈 치료법을 쓰고 있다고 —

시겔리우스 새빨간 거짓말입니다, 남작님. 우리끼리 얘기지만 그건 아주 대놓고 사기를 치는 거랍니다. 그 친구, 해고해 버리길 잘했죠.

크루그 뭐, 그건 그렇다고 치고, 그 말도 안 되는 생각을 하던 의사는 어떻게 됐소?

시겔리우스 갈렌요? 사람들한테서 거의 잊힌 것 같더군요.

그 좋아하는 빈민들 사이로 자취를 감춰 버렸지요. 완전 미친놈이었어요. 물론 성과를 내긴 했습니다만.

크루그 믿을 만합디까?

시겔리우스 불행하게도 거의 1백 퍼센트에 가깝습니다. 대중이 그나마 분별력을 잃지 않아 다행이지요. 그 미친놈은 기적의 묘약을 빌미로 우리를 협박해서 멍청한 평화의 유토피아를 이룩할 수 있을 거라 믿었던 모양이에요. 그렇지만 다행히도 아무도 그치에게 관심을 갖지 않았죠. 적어도 주요 인물들은 아무도 관심이 없었습니다. 우리끼리니까 드리는 말씀이지만, 경찰이 그치를 은밀히 사찰하고 있답니다. 우리 인민들이 얼마나 애국적인지 참 놀라울 따름이지요.

크루그 아직도 부자는 치료하지 않겠다고 한답디까?

시겔리우스 안타깝지만 완전히 광신입니다. 그 딱한 위인은 여전히 영원한 평화를 꿈꾸고 있어요. 이런 시대에 평화라니 — 그런 치들이 어울리는 곳은 따로 있는데 말입니다! 그나마 우리 병원에서 일하던 그 조수가 있어서 다행입니다. 요직에 있는 사람들은 다들 그 친구한테 진찰을 받으러 몰려가고 있으니 말이에요. 그가 갈렌의 비밀 처방전을 손에 넣었다는 뜬소문이 돌거든요. 아직 이렇다 할 성과는 없지만 그 친구의 병원은 문전성시를 이루고 있죠.

크루그 그렇다면 당신도 바이러스를 멈출 길을 전혀 찾지 못한 거요?

시겔리우스 찾았습니다, 남작님. 천만다행하게도 찾았어요!

확산을 막는 데 혁혁한 공을 세울 겁니다.

크루그 그 얘기를 들으니 기쁘군요, 시겔리우스! 어디 한번 말해 보시오.

시겔리우스 아직은 아주 조심스럽게 쉬쉬하는 단계입니다. 그렇지만 앞으로 며칠 안에 모든 역병 환자들에 대해 강제 격리 명령을 내리도록 법제화할 것입니다. 이게 제 업적입니다, 남작님. 총사령관님께서 물론 이리저리 손을 써주셨지요. 우리도 스스로를 보호해야 하니까요. 이것은 지금까지 바이러스에 맞서 싸워 온 우리가 거둔 최고의 성공이 될 겁니다!

크루그 어마어마한 성공을 거둘 거라 믿어 의심치 않소. 어떤 식의 격리를 염두에 두고 계시오?

시겔리우스 수용소입니다, 남작님. 새로 병을 얻는 환자 한 사람 한 사람이 그 병을 퍼뜨리는 데 일조하고 있습니다. 그러니 하얀 반점을 가진 사람들은 모조리 수용소로 보내 버려야지요.

크루그 알겠소. 그런 다음엔 거기서 죽게 내버려 둔다?

시겔리우스 인도적으로요. 적절한 의학적 치료를 받게 해야지요. 탈출을 감행하면 무조건 총살입니다. 마흔 살 이상의 시민들은 모두 한 달에 한 번씩 의무적으로 의료 검진을 받게 하고요. 전염병은 힘으로 눌러야 합니다, 남작님. 저들이냐 우리냐의 문제입니다! 감상주의는 범죄예요!

크루그 당신 얘기가 지당하다고 생각하오, 시겔리우스. 그 생각을 좀 더 일찍 못 해낸 게 한스러울 뿐이군.

시겔리우스 참으로 유감스러운 일이지요. 우리는 그 멍청한 갈렌 일 때문에 몇 주를 허비했습니다. 그러나 머지않아 전국의 환자들을 철조망 뒤에 가둘 수 있게 될 겁니다. 단 한 건의 예외도 없이!

크루그 (의자에서 일어나려다가 다시 풀썩 주저앉는다) 예외는 없어야지, 고문. 그게 중요한 점이오. 고맙소.

시겔리우스 (일어난다) 이런, 남작님, 어디 편찮으십니까?

크루그 (갑자기 셔츠 앞섶을 풀어 헤치며) 여기, 교수, 그냥 한 번 좀 봐주겠소……?

시겔리우스 어디 보여 주십시오, 이런 세상에. (크루그를 조명 쪽으로 돌려세우고 종이칼로 그의 가슴을 톡톡 두드린다) 감각이 있습니까? (잠시 아무 말도 없다가) 이제 셔츠를 여미셔도 됩니다, 남작님.

크루그 이거 혹시……?

시겔리우스 아직 확신할 수는 없습니다만. 그저 작은 하얀 반점일 뿐이에요. 어쩌면 단순한 〈데르마토사 네르보사 *dermatosa nervosa*(피부 질환)〉일지도…….

크루그 어떻게 하면 좋겠소?

시겔리우스 (무기력한 몸짓으로) 혹시 갈렌을 설득해서 진찰을 해달라고 하시면…….

크루그 고맙소, 교수. 악수는 안 되겠지요?

시겔리우스 이제 악수는 안 됩니다, 남작님.

크루그 (문 쪽으로 걸어가며) 격리 명령이 며칠 안에 발효된다고 했지요? 철조망 생산량을 늘리라고 회사에 지시를 내려야겠군.

갈렌 박사의 외과.

갈렌 이제 옷을 입으셔도 됩니다. 경과가 아주 좋아요.
나환자 1 다음번 진료 예약은 언제로 할까요, 선생님?
갈렌 2주 후에 오세요. 그 후로는 아마 다시 진찰을 받지 않아도 될 겁니다. (문을 열어 준다) 다음 분!

크루그 남작이 들어온다. 거지 행색에 더럽고 수염도 깎지 않은 몰골이다.

갈렌 어떻게 도와 드리면 될까요?
크루그 이 하얀 반점이 생겼어요, 선생님.
갈렌 셔츠를 벗어 보세요. (나환자 1에게) 어서 나가 보세요.
나환자 1 선생님께 진 빚을 어떻게 갚죠?
갈렌 빚 같은 건 없습니다.

나환자 1이 조용히 문밖으로 나간다.

갈렌 (크루그에게) 어디 진찰을 좀 해보지요. (진찰한다) 아직 그리 나쁘지는 않군요. 물론 백색 바이러스이긴 하지만요. 그런데…… 무슨 일을 하십니까?

크루그 실업자입니다, 선생님. 철강 회사에서 노동자로 일했었죠.

갈렌 지금은요?

크루그 아무거나 닥치는 대로 하고 있어요. 의사 선생님께서는 가난한 이들을 도와주신다고 하길래…….

갈렌 보세요. 2주 정도 걸릴 겁니다. 그 후로는 다시 건강해지실 거예요. 여섯 번만 주사를 맞으면 됩니다. 주사 비용은 있으세요?

크루그 물론이죠……. 그러니까, 값이 얼마인지에 따라 다르지만요, 그럼요.

갈렌 아주, 아주 비쌉니다, 크루그 남작님.

크루그 그건 내 이름이 아닌데요, 선생님!

갈렌 제발 제 시간을 빼앗지 마세요. 우리는 더 이상 할 얘기가 없습니다.

크루그 당신 말이 옳아요, 선생. 시간을 허비하지 맙시다. 이것 봐요. 내가 혹시 — 그러니까 1백만쯤 사적으로 쓸 수 있게 챙겨 준다면 치료를 해주겠소?

갈렌 (경악해서) 1백만이라고요?

크루그 좋소, 5백만으로 하지. 그 정도면 꽤 거액이니까. 1천만으로 합시다. 1천만 정도면 할 수 있는 일이 꽤 많다오. 혹시 선전을 염두에 두고 있다면 그 돈으로 얼마나 많이 알릴 수 있을지 생각해 봐요.

갈렌 잠깐, 1천만이라고 하셨습니까?

크루그 2천만.

갈렌 평화를 위해?

크루그 무엇이든 선생 원하는 대로. 선생은 언론을 살 수 있어요! 나도 1년치 선전 선동에 그 정도 돈을 쏟아붓지는 않소.

갈렌 (당혹스러운 기색이 역력하다) 언론이 평화를 지지하게 하려면 그만한 돈이 드는군요?

크루그 그래요 — 전쟁의 경우도 그렇지.

갈렌 있잖아요, 그런 생각은 해본 적이 없습니다. (알코올에 주사기를 소독하며) 여기 처박혀 있다 보니 세상 물정을 너무 몰라요. 그런 건 어떻게 하는 겁니까?

크루그 인맥이 있어야지.

갈렌 세상에, 인맥을 만드는 건 너무나 어려운 일이에요. 시간도 엄청나게 오래 걸리지 않나요?

크루그 평생을 다 바칠 수도 있소.

갈렌 그렇다면 저로서는……. (솜을 알코올에 적시며) 직접 맡아서 해주시지 않겠습니까?

크루그 당신 대신 평화 캠페인을 벌여 달라 그거요?

갈렌 바로 그 말씀입니다. (알코올을 묻힌 솜으로 크루그의 팔을 문지른다) 인맥을 갖고 계시잖아요. 그 대가로 병을 치료해 드리겠습니다.

크루그 미안합니다, 선생. 유감이지만 그럴 수가 없어요.

갈렌 못 하시겠다고요? (솜을 던져 버린다) 그거 아주 흥미롭군요. 나름대로 소신이 있는 분이신 모양입니다.

크루그 그럴 수도 있지, 선생. 하지만 혼자 힘으로 세계 평화를 이룩할 수 있다고 믿는다면 선생이 너무 순진한 거요.

갈렌 저 혼자서가 아닙니다. 강력한 지원군이 있어요.

크루그 그렇지, 하얀 역병, 그리고 공포. 맙소사, 나는 그 공포를 잘 알아요. 공포로 사람들을 통치할 수 있다면 전쟁은 필요도 없을 거요. 대부분의 사람들이 공포에 질려 있다고 생각하지 않소? 그런데도 전쟁은 일어나지. 전쟁은 항상 일어날 거란 말이오.

갈렌 (주사기를 집어 든다) 그러면 사람들이 제 얘기를 듣게 하려면 어떻게 해야 합니까?

크루그 나는 돈으로 해봤소. 보통은 효과가 있어요, 선생. 내가 가진 건 그것밖에 없어요. 이 정도면 아주 후하게 쳐준 거라오. 한 사람 목숨에 2천만…… 3천만이면.

갈렌 백색 바이러스가 그렇게 두렵습니까? (천천히 주사기에 약을 채운다)

크루그 그래요.

갈렌 (주사기를 들고 크루그에게 다가간다) 공장을 폐쇄하라는 부탁을 드리겠습니다. 안 되겠습니까?

크루그 안 돼요, 그건 못 하겠소.

갈렌 그러면 제게 무엇을 주실 수 있습니까?

크루그 오로지 돈뿐이오.

갈렌 돈은 필요 없습니다. 돈은 무의미해요. (주사기를 테이블에 내려놓는다) 돈은 제게 아무 쓸모가 없어요.

크루그 날 환자로 받아 주지 않을 거요?

갈렌 죄송합니다. 이제 옷을 다시 입으세요, 남작님.

크루그 이게 다요? 하느님 맙소사!

갈렌 다시 오시게 될 겁니다.

크루그 (가림막 뒤에서 옷을 입으며) 과연 그럴까요?

갈렌 그렇습니다. 진찰비는 가림막 뒤에 써 있습니다.

크루그 (셔츠 단추를 잠그며 나간다) 보아하니 내 생각만큼 순진하지는 않은 모양이구려, 선생.

갈렌 (크루그가 나갈 수 있도록 문을 열어 주며) 다음 환자분 들어오세요!

총사령관의 집무실.

부관 (들어온다) 크루그 남작입니다, 각하!

총사령관 (책상에서 글을 쓰며) 들여보내게.

부관이 크루그 남작을 안내해 들어온다.

총사령관 앉게, 남작. 잠시 실례하겠네. (펜을 내려놓는다) 보고할 내용이 뭔가, 크루그? 어서 앉게. 내 귀로 직접 듣고 싶어서 불렀으니까. 현재 우리의 전력은 어떻지?

크루그 총력을 가동하고 있습니다. 상황을 주목하고 있지요.

총사령관 그 결과는?

크루그 저로서는 아직 만족스럽지 않습니다. 하루에 예순다섯 대의 중전차들을 생산하는데 —

총사령관 요청한 여든 대가 안 되는군.

크루그 제트기 7백 대, 전폭기 120대입니다. 생산량을 증강해야 합니다. 재미로 생산하는 게 아니니까요.

총사령관 당연하지. 그리고?

크루그 화기 전선에는 전혀 이상 없습니다. 본부의 주문을 30퍼센트 초과하고 있습니다.

총사령관 그리고 C 가스는?

크루그 공급량이 무한대입니다. 어제는 다소 큰 사고가 있었습니다. 빌어먹을 실린더가 폭발했지 뭡니까.

총사령관 사상자는?

크루그 전원 사망입니다. 젊은 여자 마흔 명과 남자 셋이 연기 속에 사라졌습니다. 즉사였죠.

총사령관 참으로 불행한 일이군. 그렇지만 그 밖에는 매우 고무적인 결과야. 축하하네, 크루그.

크루그 감사합니다, 각하.

총사령관 자네라면 믿고 맡길 수 있을 줄 알았지. 그건 그렇고 자네 조카는 어떻게, 잘하고 있나?

크루그 감사합니다, 각하. 훌륭히 해내고 있습니다.

총사령관 딸아이를 통해 소식은 들었네. 우리가 곧 한식구가 될 모양이야. 안 그런가?

크루그 (의자에서 일어서며) 그렇게 된다면야 진심으로 영광이죠, 각하.

총사령관 (역시 일어나며) 영광이긴 나 역시 마찬가질세, 남작. 남작이 없었다면 나도 지금 이 자리에 있을 수 없었을 테니까. 사람이 그런 일을 잊어서는 안 되는 법이지, 친구.

크루그 저는 의무를 다했을 뿐입니다. 제 회사 주주들과 조국의 이윤을 위해 행동했습니다.

총사령관 (그에게 다가가며) 내가 부하들을 이끌고 정부에 반기를 들기 전 우리가 악수를 나눴던 때를 기억하는가?

크루그 친애하는 총사령관 각하, 사람이 그런 일을 잊어서는 안 되는 법이지요!

총사령관 자, 더 크고 더 영광스러운 기획을 앞두고 한 번 더 악수를 해보자고. (양손을 내민다)

크루그 죄송한데 각하와 악수를 나눌 수가 없습니다.

총사령관 아니, 어째서?

크루그 각하, 제가 그만…….

총사령관 (그에게서 물러나며) 설마, 자네…… 시겔리우스에게 다녀온 건가?

크루그 그렇습니다.

총사령관 그런데?

크루그 저를 갈렌에게 보내더군요.

총사령관 그리고?

크루그 갈렌은 2주 만에 병을 낫게 해주겠다고 했습니다 —

총사령관 천만다행이군! 내가 얼마나 기쁜지 모를 걸세.

크루그 제가 한 가지 조건을 받아들인다는 전제하에 말입니다.

총사령관 그렇게 하게, 크루그. 이건 명령이야! 우리는 자네를 잃을 수 없네. 그건 위험 부담이 너무 커. 그 조건이란

게 뭔가?

크루그 우리 공장에서 군수 물자 생산을 중단하는 것입니다.

총사령관 알겠네. 그러니까, 갈렌은 정말로 미친 거로군.

크루그 각하의 눈에는 당연히 그렇겠죠, 각하.

총사령관 자네 눈에는 아니고?

크루그 양해 부탁드립니다. 저는 이 문제를 약간 다른 관점에서 바라보고 있습니다.

총사령관 그건 말도 안 되는 일이야! 불가능해!

크루그 엄밀히 따지면 불가능한 일도 아닙니다, 각하.

총사령관 정치적으로는 불가능하네. 갈렌이 억지로라도 조건을 바꾸도록 만들어야겠군.

크루그 그가 내건 유일한 조건은 평화입니다.

총사령관 우린 이런 엉터리 헛소리에 협박당할 수 없어. 자네 말로는 그가 2주 만에 치료할 수 있다고 했지. 그렇다면 2주 동안만 군수 물자 생산을 중단하게. 썩 내키지는 않지만 어쩌겠나? 협상을 통해 분쟁을 해결하려고 최후까지 노력했다고 공표하면 되지. 빌어먹을, 자네를 위해서 내 그렇게 해주겠네, 크루그. 그런 다음 몸이 좋아지면 —

크루그 감사합니다, 각하. 그렇지만 그건 페어플레이가 아닙니다.

총사령관 전쟁에 페어플레이가 어디 있나?

크루그 알고 있습니다, 각하. 그렇지만 갈렌은 바보가 아닙니다. 치료 기간을 연장할 수도 있고 —

총사령관 그래, 자네를 인질로 잡고 있는 셈이니까. 자네 생각은 어떤가, 크루그?

크루그 각하, 어젯밤에는 그의 조건을 받아들일 각오까지 했습니다.

총사령관 크루그! 자네 미친 거 아닌가?

크루그 그렇습니다. 공포는 사람을 미치게 하지요, 각하.

총사령관 그토록 두려운가?

크루그 (무기력하게 어깨를 으쓱하며) 총사령관님, 공포가 온몸에 스며들어 손끝까지 퍼져 오는 소름 끼치는 느낌을 절대 모르실 겁니다. 역겨운 기분이지요. 철조망 뒤에서 횡설수설 소리를 지르는 제 모습이 눈앞에 선합니다 ―〈하느님 맙소사, 누가 나 좀 도와주시오. 자비로우신 신이시여, 나를 불쌍히 여기소서!〉

총사령관 나는 자네를 좋아하네, 크루그. 자네는 내 친형제나 마찬가지야. 자네를 어떻게 하면 좋겠나?

크루그 평화 협정을 체결해 주십시오, 각하. 평화를! (털썩 무릎을 꿇는다) 저를 구해 주세요, 총사령관 각하, 우리 모두를 구해 주십시오……!

총사령관 (일어선다) 일어나게, 크루그.

크루그 (무릎을 꿇고 있다가 일어선다) 예, 각하…….

총사령관 수치들이 흡족하지 않군. 가스 생산량을 늘리도록 하게, 알겠나?

크루그 예, 각하.

총사령관 마지막까지 애국의 의무를 다해 주길 바라네.

크루그 예, 각하.

총사령관 (그에게 다가가며) 손을 내밀어 보게.

크루그 안 됩니다, 총사령관 각하. 저는 환자입니다.

총사령관 내가 공포를 느끼는 순간 나는 자네의 사령관이 아니야. 손을 내밀 것을 명령하네, 크루그 남작!

크루그 (머뭇거리며 손을 내민다) 명령대로 하겠습니다, 총사령관 각하.

총사령관 고맙네, 남작.

크루그는 비틀거리며 밖으로 나간다. 총사령관이 버저를 누른다.

부관 부르셨습니까, 각하?

총사령관 갈렌 박사를 찾아 와.

부관 (문간에 다시 나타난다) 갈렌 박사는 여기 있습니다.

총사령관 (글을 쓰며) 안으로 안내하게.

부관이 갈렌 박사를 방 안으로 안내한다. 두 사람 모두 문간에서 발길을 멈추고 선다.

총사령관 (계속 글을 쓴다. 잠시 침묵이 흐른 후) 갈렌?

갈렌 (넋이 빠진 사람처럼) 예, 교수님.

총사령관 (계속 글을 쓰며) 각하라고 부르게, 갈렌. 교수님이 아니라.

갈렌 죄송합니다, 교 — 각하.

총사령관 (펜을 내려놓고 갈렌을 한참 살펴본다) 축하하네, 갈렌! 우리 부처 여기저기서 자네의 업적에 대한 보고들로 날 아주 집중 폭격하고 있네. (서류 한 장을 집어 든다) 결과는 입증되었어. 훌륭해, 아주 훌륭한 성과야!

갈렌 (당혹해하며) 겸허한 마음으로 감사드립니다 — 각하.

총사령관 홀리 스피릿 병원을 하얀 역병에 맞서 싸우기 위한 국립 병원으로 전환할 계획을 추진하고 있네. 자네를 총책임자로 앉힐 생각이야, 갈렌.

갈렌 죄송하지만 그럴 수는 없습니다, 각하. 제겐 제 환자들이 있습니다.

총사령관 이건 명령일세, 갈렌 박사.

갈렌 정상적인 상황에서라면 수락했을 겁니다, 각하. 그렇지만 저는 —

총사령관 표현을 좀 다르게 해보지. (부관에게 눈짓을 하자 그가 방에서 나간다) 크루그 남작의 치료를 거절했다지?

갈렌 꼭 그렇다고 할 수는 없습니다. 소정의 조건이 있었으니까요.

총사령관 알고 있네. 그렇지만 이제 자네는 무조건 크루그 남작을 치료해야만 하네. 알겠나?

갈렌 죄송합니다, 각하. 저는 제 조건을 사수해야 합니다.

총사령관 박사, 우리에겐 사람들로 하여금 명령에 복종하게 만드는 방법들이 있네.

갈렌 보세요, 물론 저를 체포하실 수는 있습니다만 —

총사령관 소원대로 해주지. (버저로 손을 뻗는다)

갈렌 그러지 마세요, 각하. 제겐 환자들이 너무 많습니다. 저를 연행하시면 그들을 죽이는 셈입니다.

총사령관 (버저에서 손을 떼며) 나한테 처음 생기는 일은 아니지. 그냥 생각을 좀 더 해보게. (일어서서 그에게 바짝 다가선다) 자네, 정체가 뭔가? 광인인가, 영웅인가?

갈렌 (뒤로 물러선다) 영웅은 결코 아닙니다. 저는 야전 군의관으로 참전했습니다. 거기서 그토록 많은 사람들이 죽어가는 걸 보고, 그것도 그토록 건강한 사람들이 ―

총사령관 나 역시 참전했었네. 내가 본 사람들은 조국을 위해 싸우고 있었어. 정복자가 된 그들을 내가 이끌고 돌아왔지.

갈렌 그게 다른 점입니다, 각하. 저는 각하께서 이끌고 돌아오지 않은 사람들을 봤으니까요.

총사령관 계급이 뭐였나?

갈렌 (뒷굽을 붙이며) 36보병 연대 보조 야전 군의관이었습니다, 총사령관 각하!

총사령관 훌륭한 연대였지. 훈장은?

갈렌 혁혁한 무훈으로 금십자 훈장을 수여받았습니다, 각하!

사령관 (손을 내밀며) 잘했군!

갈렌 고맙습니다, 각하.

총사령관 자, 이제 가서 크루그 남작에게 알리게.

갈렌 차라리 저를 명령 불복종으로 연행하십시오, 각하.

총사령관은 어깨를 으쓱해 보이고 버저를 누른다. 부관이 문간에 나타난다.

총사령관 갈렌 박사를 연행해.

부관 알겠습니다, 각하.

갈렌 안 돼요. 절대 안 됩니다!

총사령관 어째서?

갈렌 언젠가는 당신도 날 필요로 할 테니까.

총사령관 나는 필요 없네. (부관에게) 됐네, 일단 가봐.

부관이 퇴장한다.

총사령관 자리에 앉게, 갈렌. (갈렌의 옆에 앉는다) 내가 대체 어떻게 말해 줘야 알아먹겠나, 이 멍청한 위인아. 나는 크루그 남작을 개인적으로 걱정하는 거야. 그는 거물급 인사일 뿐 아니라 내 유일한 친구이기도 하네. 독재자 노릇 하기가 얼마나 외로운지 자네는 모르겠지. 크루그를 살려 주게, 의사 선생. 내가 얼마 만에 남한테 부탁을 다 해보는지 모르겠군.

갈렌 첫째, 저도 각하께 부탁이 있습니다. 각하는 정치인이시고 권력이 있습니다. 전 세계가 각하를 두려워하고 있고, 그렇기 때문에 또한 이를 갈며 중무장을 하고 있습니다. 저들에게 평화를 제안한다면, 저들이 얼마나 행복해하겠습니까!

총사령관 (침묵) 우리는 크루그 남작 이야기를 하고 있었네, 박사.

갈렌 물론입니다. 각하께서는 남작을 비롯해 다른 모든 사람들을 살릴 수 있습니다.

총사령관 남작은 자네의 조건을 수락할 수 없네.

갈렌 하지만 각하께서는 하실 수 있지요. 원하는 건 뭐든지 하실 수 있으니까요.

총사령관 그럴 수 없네. 아기한테 하듯 설명해 주길 바라나? 자네는 정말로 전쟁과 평화가 내게 달렸다고 생각하나? 나는 조국의 이익을 따라야만 한단 말일세. 우리 민족이 전쟁을 하게 된다면, 그들의 운명을 이끄는 게 내 의무일세.

갈렌 각하가 없었다면, 애초에 싸울 일도 없었을 겁니다.

총사령관 그래, 그랬겠지. 자, 천만다행히도 이제 우리 민족은 역사적 사명을 수행할 수 있게 되었네. 나는 그저 저들 의지의 중개인일 뿐이 —

갈렌 그 의지는 각하께서 선동해서 만들어 낸 게 아닙니까.

총사령관 그들의 의지를 흔들어 깨워 살려 낸 거지. 평화가 전쟁보다 낫다고 생각하나? 나는 승승장구하는 전쟁이 굴욕적인 평화보다 낫다고 생각하네. 우리 민족의 승리를 박탈할 수는 없어.

갈렌 민족의 사상자들은요?

총사령관 민족의 사상자들도. 쓰러진 영웅의 피만이 땅 한 뙈기를 아버지 조국으로 바꿔 놓을 수 있는 법이야. 오로지 전쟁만이 사람들을 민족으로 만들고, 사람들을 영웅으로 바꾸지.

갈렌 그리고 시체들로 바꾸지요. 전쟁에서 저는 시체들을 더 많이 봤습니다, 각하.

총사령관 그게 자네 일이니까, 의사 선생. 내가 일하는 쪽에서는 영웅들이 더 많이 보인다네.

갈렌 그래요, 그들은 대개 후방에 있지요. 참호 안에는 영웅이 별로 없더군요.

총사령관 자넨 무슨 일로 훈장을 받았지?

갈렌 그냥 상처 몇 개에 붕대를 감아 줬을 뿐입니다.

총사령관 그건 영웅적인 행위가 아니었나? 자네와 그놈의 평화, 그 권위는 누구의 것인가? 누가 자네에게 이 사명을 주었나?

갈렌 사명?

총사령관 (속삭이며) 이건 신의 뜻이야, 이 친구야. 우리 모두에게 사명이 있어. 나도 그렇고. 그렇지 않다면 내 부하들을 영도할 수 없 ─

갈렌 신의 자식들은 투쟁 속에서 학살당하겠지요.

총사령관 그리고 신의 이름으로 승리하겠지.

갈렌 그 아버지와 어머니들은 역병으로 죽어 갈 테고요.

총사령관 사람들이 늙어서 어떻게 되는지에 대해서는 관심 없네, 선생. 병사로서 아무 쓸모가 없으니까. 어째서 자네를 아직까지 체포하지 않았는지 나도 모르겠군. (일어선다) 크루그 남작을 치료하게. 우리 아버지 조국엔 그가 필요해.

갈렌 (역시 일어선다) 남작께 저를 찾아오라고 하십시오, 총사령관 각하.

총사령관 가서 그 말도 안 되는 자네 조건을 수락하고?

갈렌 그렇습니다. 각하. 말도 안 되는 제 조건을 수락하고 말입니다.

총사령관 꼭 그렇게 나와야겠다면……. (테이블로 다가간다. 전화벨이 울린다. 총사령관이 수화기를 든다) 여보세요. 날세……. 그가……? 언제 그런 건가……? 고맙네. (수화기를 내려놓는다. 쉰 목소리로) 가봐도 좋네. 자네한테는 다행스러운 일이군. 5분 전에 크루그 남작이 권총으로 자살했네.

막이 내린다.

제3막

총사령관 집무실.

정보부 장관 평화 시위가 확산되고 있습니다. 특히 영국에서요. 영국인들은 늘 질병을 두려워했으니까 말입니다. 영국 언론에 따르면 수백만 명이 서명한 탄원서가 정부에 제출됐다고 합니다.

총사령관 잘됐군. 그러면 내부적으로 세력이 약해질 거야. 계속해 봐!

정보부 장관 유감스럽게도 이번에는 최고 절정에 달한 모양입니다. 왕족 한 명이 연루되어 있는 게 분명합니다.

총사령관 알고 있네.

정보부 장관 여왕이 하얀 역병을 병적으로 두려워하고 있다고 합니다. 여왕의 숙모가 그 병에 걸렸다는군요. 왕은 전 세계 정부에 선포할 포고문을 준비하고 있고, 국제 평화 회담에서 발표할 예정이라고 합니다.

총사령관 그거야말로 모양새가 이상하겠군. 우리 쪽에서 막을 수는 없나?

정보부 장관 이미 사태가 너무 진전됐습니다, 각하. 세계 여론이 맹렬하게 전쟁에 반대하고 있습니다. 알고 보면 결국 역병에 대한 공포 때문입니다. 저들은 정치에 관심이 없고, 그저 살고자 할 뿐이니까요. 심지어 우리 국민들까지도 믿음을 잃어 간다는 보고가 들어오고 있습니다. 거의 반전 운동에 가까워지고 있어요. 무공 훈장 대신 건강을 달라고 외치고 있습니다.

총사령관 겁쟁이들! 이런 건 백 년에 한 번 올까 말까 한 일이야! 자네가 이런 정서를 억눌러 줄 거라고 믿어 의심치 않네.

정보부 장관 오래 버티지는 못할 겁니다, 각하. 청년들은 열의로 충만해서 각하를 따라 불길 속으로라도 뛰어들 기세입니다만, 장년층은 다릅니다. 공포와 불안이 확산되고 있어요…….

총사령관 나는 청년들 쪽에 훨씬 관심이 많은데.

정보부 장관 물론 그렇죠. 하지만 장년층이 경제권을 쥐고 있고 요직을 차지하고 있습니다. 전시에는 저들이 골칫거리가 될 수 있습니다. 대중적 여론을 진정시키는 일이 절대적으로 필요합니다.

총사령관 어떻게?

정보부 장관 이 갈렌이라는 친구에게 처방을 공개하라고 압력을 넣으십시오.

총사령관 효과가 없을 거야, 고문대에 올려놓더라도 안 될 걸세. 내가 갈렌을 알아.

정보부 장관 우리는 우리 나름대로의 방식이 있습니다.

총사령관 그래, 하지만 보통 치명적인 방식 아닌가. 그건 됐어. 좋지 못한 인상을 줄 거야.

정보부 장관 그렇다면 어쩔 수 없이 그의 조건에 승복해야 합니다 — 한시적으로요.

총사령관 그렇게 해서 우리 군사적 우위를 잃는다? 그건 말도 안 돼.

정보부 장관 그렇다면 유일한 대안은 평화 운동이 추진되기 전에 번개처럼 선제공격을 하는 겁니다. 가장 취약한 연결 고리를 급습하는 거지요. 전쟁의 명분은 이미 준비해 뒀습니다. 국가에 대한 음모, 지속적인 도발과 사보타주 행각들……. 우리에게 필요한 건 가벼운 정치적 암살이죠. 언론에 한마디 흘리고, 대중 집회를 열고, 조직적으로 개전 시위를 하면, 짜잔! 전쟁하자! 이렇게 되는 겁니다! 국민들의 애국적 열정은 제가 보증할 수 있습니다.

총사령관 총애하는 장관, 자네가 믿을 만한 사람이라는 건 알고 있었네. 마침내 우리 국민을 위대한 숙명으로 영도하게 되겠군!

며칠 후, 총사령관 집무실. 발코니의 문이 열리자 총사령관이 서서 군중을 향해 연설하고 있는 모습이 보인다. 군대의 행진 소리, 북소리, 뿔 나팔 소리가 점점 고조되는 군중들의 환호에 묻힌다. 집무실 안에는 총사령관의 딸과 군복 차림의 크루그 2세가 있다.

총사령관 (군중들에게) 은빛 날개를 단 우리 폭격기들이 적군의 땅에 죽음의 씨앗을 뿌리고 있는 이 역사적 순간에 ― (열렬한 환호성) 저는 이 힘겨운 행보를 선택한 이유를 우리 국민들께 말씀드리고 싶습니다. (환호성. 〈총사령관이여, 만수무강하소서!〉, 〈만세!〉) 그렇습니다, 제가 이 전쟁을 시작했습니다. 옳습니다, 제가 선제공격을 감행했습니다. 제가 그렇게 한 이유는 수천에 달하는 우리 자식들의 생명을 구하기 위해서입니다. 바로 이 순간 우리 자식들은 적군이 충격에서 미처 회복하기도 전에 초전을 승리로 이끌고 있습니다. (광적인 외침. 〈지지합니다!〉, 〈우리의 총사령관 만수무강하소서!〉) 저는 강대국인 우리를 모욕하고도 벌을 받지 않을 거라 생각했던 딱하고 불쌍한 적과 ― (분노의 야유) 굴욕적인 협상 없이 적대 관계에서 주도권을 잡았습니다. 저들은 용병 스파이들을 침투시켜 우리 국가의 질서와 안보를 동요시키려 했습니다! (군중들 울부짖는다. 〈반역자들!〉, 〈린치를 가하라!〉, 〈교수형에 처하라!〉) 진정하십시오. 악을 쓴다고 해서 이 악(惡)이 제거되는 게 아닙니다! 방법은 오로지 하나뿐, 토벌군을 파견하는 것입니다! 다른 강대국들도 가진 패를 공개하라고 하십시오. 우리는 그 누구도 두렵지 않습니다! 저들을 말살합시다! (외침 소리. 〈우리는 두렵지 않다!〉, 〈총사령관이여, 만수무강하시길!〉, 〈전쟁

만세!〉) 여러분이 제 뒤를 따르리라는 사실을 잘 압니다. 여러분의 영광을 위해 저는 우리의 강력한 군대를 전장으로 보냅니다! 전 세계 앞에 맹세하건대, 우리는 이 전쟁을 원치 않았습니다. 그러나 우리는 승리할 것입니다. 신의 뜻에 따라 우리는 승리할 것입니다! (가슴을 쾅쾅 친다) 우리 명분은 정당합니다! (목소리가 희미하게 잦아든다) 정의는······. (외침 소리. 〈우리 명분은 정당하다!〉, 〈전쟁이여 영원하라!〉 총사령관은 발코니에서 비틀거리며 방 안으로 들어와 가슴을 부여잡는다) 우리 명분은 정당하다! 신의 뜻은 이루어지리라······.

크루그 2세 (다가오며) 무슨 일입니까, 각하?

총사령관의 딸 왜 그러세요, 아빠?

총사령관 가라, 혼자 있게 내버려 둬. (가슴을 쾅쾅 친다) 우리 명분은 정당해! (군복 상의를 열어 젖히고 셔츠 단추를 끄른다) 정의! (셔츠를 찢어 벗는다) 이걸 봐라!

크루그 2세 보여 주십시오!

크루그 2세와 총사령관의 딸이 허리를 굽혀 총사령관을 살핀다.

총사령관 (가슴을 쾅쾅 치며) 아무것도 느껴지지 않아. 마치 대리석 같다고!

총사령관의 딸 (힘겹게) 아무것도 아니에요, 아빠. 보지 마세요.

총사령관 날 내버려 둬! (가슴을 세차게 친다) 아무 느낌이 없어, 완전히 무감각해…….

총사령관의 딸 아무것도 아니에요, 아빠, 두고 보면 아실 거예요!

밖에서 〈총사령관! 총사령관! 총사령관!〉 하고 외치는 소리가 점점 커진다.

총사령관 이게 뭔지는 나도 잘 안다. 내버려 둬, 애야, 내버려 두라고.

거리에서 〈총사령관! 총사령관! 우리는 총사령관을 원한다!〉 하는 고함 소리가 더 크게 들린다.

총사령관 가자!

총사령관은 상의를 여미고 발코니로 가서 손을 뻗어 군중들에게 답례한다. 〈총사령관님을 사랑합니다!〉, 〈총사령관이여 만수무강하소서!〉 열띤 환호성. 총사령관의 딸이 흐느껴 운다.

크루그 2세 (총사령관의 딸에게) 울지 말아요, 울지 마……. (전화기 쪽으로 가서 미친 듯이 전화번호부를 뒤지다가 다이얼을 돌린다) 시겔리우스 고문? 크루그입니다. 당장 총사령관 궁으로 와주십시오……. 그렇습니다, 총사령관 각하십니다……. 그렇습니다, 하얀 반점입니다. (끊는다)

밖에서 〈우리 총사령관이시여 영원하라!〉, 〈군대여 영원하라!〉, 〈총사령관에게 영광을!〉 하는 구호 소리가 들린다.

총사령관 (발코니에서 돌아와) 적어도 저들은 나를 좋아해 주는군. 오늘은 위대한 날이다, 얘야. 울면 안 돼.
크루그 2세 각하, 제가 허락도 없이 법정 고문 시겔리우스를 불렀습니다만······.
총사령관 온갖 체계적인 통제에 따라 환자 노릇을 하라고? (손사래를 친다) 우리 공군에서는 아직 공식 발표가 없나?

노랫소리, 군악대의 연주 소리가 거리에서 들려온다.

저 소리를 들어 보게. 적어도 나는 저들을 국민으로 통합했어. (군복 안으로 가슴을 어루만지며) 이상하군. 돌처럼 차가워. 마치 더 이상 내 몸이 아닌 것처럼 말이야.

〈총사령관! 총사령관! 총사령관!〉 하고 외치는 소리가 거리에서 들려온다.

크루그 2세 실례하겠습니다, 각하. (발코니로 달려가 군중을 향해 손짓한다) 총사령관 각하께서 감사의 뜻을 전하셨습니다. 각하께서는 방금 집무를 재개하셨습니다.

〈총사령관이여 만수무강하소서!〉, 〈승리여 영원하라!〉 하는 외침 소리.

총사령관 (딸에게) 좋은 청년이야. 나는 크루그 노인을 좋아했지. (자리에 앉는다) 불쌍한 남작, 한심한 위인……
크루그 2세 (발코니에서 돌아와 총사령관의 딸에게) 부탁해, 아네트. (창문을 가리킨다)

그들은 함께 두꺼운 커튼을 치고 탁상 램프의 불을 켠다. 반쯤 어둠이 깔린다. 침묵. 거리에서 노래 부르고 행진하는 소리가 아득하게 들려온다.

총사령관 그래, 이제야 병실처럼 보이는군.
총사령관의 딸 (발치에 앉으며) 아빠는 아프지 않을 거예요. 전 세계 최고의 의사들이 와서 병을 낫게 해줄 테니까요. 이제 누우세요, 아빠.
총사령관 지금은 앓아누울 때가 아니다, 우리 아가. 싸워야만 해. 너희들과 함께 여기서 잠깐만 쉬어야겠다. 저 고함 소리 때문에 그런 거야……. 그냥 어둠 속으로 기어들어 가서 누군가의 손을 잡으면…… 좋아질 거야. 두고 봐라. 나는 전쟁을 지휘하고 있어. 새로운 소식을 기다려야 해. 들어 봐라, 저들이 거리에서 노래를 부르고 있잖니. 마치 다른 세계에서 들려오는 소리 같구나…….
크루그 2세 그 소리가 거슬리신다면, 각하 —
총사령관 아니야, 그대로 둬. 깃발들이 휘날리고 있구나. 자동차에 올라타 시내를 질주해야 하는데. 모습을 보여야 해. 모두에게 정의가 눈앞에 있다고 말해 줘야 해……. 그들에게 우리가…… 우리가……. (가슴을 움켜쥔다)

총사령관의 딸 그 생각은 그만하세요, 아빠.
총사령관 그래야지. 우리 병사들이 정복자가 될 수 있도록 내가 이끌 거야! 지난번엔 네가 너무 어릴 때라 전쟁에 참전한 내 모습을 보지 못했지. 저들을 고국으로 이끌고 돌아왔는데. 이제는 아빠를 정말로 자랑스럽게 여길 수 있을 거다. 사나이에게 전쟁은 영광스러운 일이네, 파벨! 세상에서 가장 위대한 일이지! 우측을 전진 공격하라! 포위하라! 10여단을 투입하라!
부관 (문간에서) 법정 고문 시겔리우스가 와 있습니다, 각하.
총사령관의 딸 아빠 방으로 안내해 주세요.

부관이 퇴장한다.

총사령관 세계 최고의 의사들이라고? (일어난다) 한심한 것들. 너희와 조용히 있을 땐 기분이 좀 괜찮았는데. (퇴장)

총사령관이 딸이 울음을 터뜨리고 바깥에서 군대 행진 소리가 들리며 정적이 깨진다.

크루그 2세 무서운 일이야, 병세가 너무 진행됐어. 완전히 잠식당하셨다고. 어떻게 모르고 계셨을 수가 있지?

총사령관의 딸 원래 당신 생각은 안 하시는 분이시잖아요. 당신 건강도 워낙 소홀히 하시고……. (벽난로에 기대어 흐느껴 운다)

크루그 2세 오늘 밤에 연대에 복귀해야 해, 아네트.

총사령관의 딸 그럴 필요 없잖아요.

크루그 2세 우리 집안 사람들은 의무를 회피하지 않아. 바보 같은 전통이지?

총사령관의 딸 이 전쟁은 오래가지 않을 거예요. 그냥 며칠이면 끝날 거라고, 아빠가 그러셨어요.

크루그 2세 그럴 수도 있지. 하지만 당신은 좀 혼자 지내야 할 거야. 이제 마음 굳게 먹어야 해.

부관 (들어온다) 각하께 급전(急電)입니다. (총사령관의 탁자에 놓고 퇴장한다)

크루그 2세 (탁자로 가서 읽는다) 내가 먼저 읽으면 안 되긴 하지만……. 이런, 믿을 수가 없군! 두더지처럼 침투해 들어오다니! 우리를 수도에서 다시 몰아냈어. 전투기 여든 대가 격추되고! 탱크들은 국경에서 강력한 저항에 부딪혔다는군…….

총사령관의 딸 상황이 아주 나쁜가요?

크루그 2세 시간이 없어. 저들이 지원군을 부르고 있다고. 총사령관께서 전격전(電擊戰)으로 도박을 걸었는데……. 우리는 두 초강대국으로부터 최후통첩을 받았어……. 세상에, 저들이 벌써 전력을 가동하고 있군……! 최후통첩이 셋, 넷, 다섯이라니……!

총사령관의 딸 아버지께 말씀드릴까요?

크루그 2세 그래야 할 것 같아. 걱정 마, 아네트. 강한 분이시니까. 질병으로 무너지실 분이 아니야. 다시 지도를 숙독하시는 모습을 볼 수 있을 거야. 그분은 군인이잖아.

총사령관 (흐느껴 울며 집무실로 비틀비틀 뛰어 들어온다. 잠옷자락이 펄럭인다) 자애로우신 그리스도여! 하늘에 계신 하느님! 십자가에 못 박히신 예수님!

총사령관의 딸 아빠!

크루그 2세 (그에게 달려간다) 용기를 내세요, 각하! (그를 부축해 소파에 앉힌다)

총사령관 날 내버려 둬, 좀 있으면 괜찮아질 거니까! 오, 하느님, 의사가 6주라는구나! 6주면 끝이라니! 이런 일은 겪어 보지 않으면 상상도 못 할 거다! 자비로우신 하느님! 자애로우신 예수님!

크루그 2세 (총사령관의 딸에게 자기가 알아서 하겠다고 손짓하며) 각하, 전방에서 소식이 들어와 있습니다.

총사령관 뭐야? 나는 도저히……. 날 내버려 둬……. 지금 이 꼴이 안 보이나?

크루그 2세 유감스럽지만 좋지 못한 소식입니다.

총사령관 뭐라고? 줘봐. (전보를 들고 소리 없이 읽는다) 그래, 이렇게 되면 모든 게 바뀌겠군. (일어난다) 회의를 소집 — 아니, 안 그러는 게 낫겠군. 여기서 명령을 발동하지. (책상에 앉아 쓴다)

크루그 2세가 뒤에 서 있다. 총사령관의 딸은 미동도 없다. 거리에서 노랫소리가 들려온다.

총사령관 (미친 듯이 휘갈기며) 청년 예비군을 투입하게.
크루그 2세 (종이를 받는다) 잘 알겠습니다, 각하!
총사령관 (너무 세게 눌러서 펜이 부러진다. 크루그 2세가 다른 펜을 건네준다) 공군에게 전달하는 지시일세.
크루그 2세 (종이를 받는다) 잘 알겠습니다, 각하.
총사령관 여기……. (열에 달뜬 듯 뭔가를 죽죽 그어 지운다) 아니, 아니야. (책상에서 종이를 뜯어내더니 갈기갈기 찢어 쓰레기통에 던진다) 다른 방식을 시도해야 해. (다시 쓰기 시작한다) 아니, 그건 효과가 없을 거야. (머리를 책상에 묻는다. 크루그 2세는 절망적으로 총사령관의 딸을 바라본다) 자애로우신 예수님! 자비로우신 하느님!
크루그 2세 명령을 기다리고 있습니다, 각하.
총사령관 (고개를 든다) 그래……. (휘청거리며 무대 중앙으로 간다) 내가 통수권을 갖고 있지. 내일부터는, 아네트, 다시 우리 군대에 절대 권력을 행사하며 모든 공격 작전을 지시할 수 있을 거다. 이것이 나의 성스러운 사명이야! 백마에 올라타 내 부하들을 이끌고 폐허가 된 원수의 수도를 돌파하리라. (거리에서 군대의 행진 소리가 들린다) 살점이 내 몸에서 떨어져 나가고, 오로지 내 눈만 남을 것이다. 병사들 앞에서 말을 타고 가는 내 모습은 백마를 탄 해골의 모습이겠지. 그러면 국민들은 환호성을 올릴 거야. 〈총사령

관이여 만수무강하소서! 사신(死神) 각하여 영원하라!〉

총사령관의 딸이 손으로 얼굴을 가리고 운다.

크루그 2세 그런 말씀은 하지 마십시오, 각하!
총사령관 자네 말이 맞네, 파벨! 걱정 마, 그 지경이 되지는 않을 테니까. 내일이면 작전 본부가 아니라 내 병사들 앞에 설 것이다. 최고 사령부는 악취 따위에 신경 쓰지 않겠지……. 장검을 뽑아 들고 서서 공격을 이끌 것이네. 전진하라, 병사들이여, 나를 따르라! 내가 실패하면, 파벨, 저들이 쓰러진 총사령관의 원수를 대신 갚아 주겠지. 전진하라, 병사들이여, 총검을 장착하라! 악마처럼 싸워라! 우리는 이겼다, 우리는, 우리는 — (가슴을 부여잡는다) 아네트, 겁이 나는구나!
총사령관의 딸 (아기를 어르듯 조용한 말투로) 그런 말씀 마세요, 아빠. 여기 앉으세요, 걱정은 그만하시고요. (그를 부축해 팔걸이의자에 앉힌다)
총사령관 병원에서 어떤 영감이 일어나 나한테 경례를 붙였는데, 거대한 살덩어리가 뚝 떨어졌었어. 하느님 맙소사, 자비는 없는 것인가?

크루그 2세는 총사령관의 딸과 눈짓을 교환하고 전화기 쪽으로 가 전화번호부를 뒤진다.

총사령관 이 전쟁부터 이겨야 해. 하느님, 딱 6개월만 더 주시면……. 길어도 1년이면 될 텐데…….

크루그 2세 (다이얼을 돌린다) 갈렌? 크루그입니다. 총사령관께 와주십시오, 선생님……. 그렇습니다, 아주 심각합니다. 오로지 선생님만이……. 알겠습니다. 어떤 조건이라도……. 평화 조약. 좋습니다. 제가 말씀드리겠습니다. (손으로 수화기를 가린다)

총사령관 (벌떡 일어난다) 아니, 안 돼! 나는 평화를 원치 않아! 자네 미쳤나, 파벨? 지금 이겨야 할 전쟁이 있다고! 이제 와서 취소할 수는 없어! 그 굴욕이라니! 정의가 우리 편이란 말이야!

크루그 2세 아니, 그렇지 않습니다, 총사령관님.

총사령관 알고 있네, 젊은이. 그렇지만 우리는 승리해야 해. 나 자신은 중요하지 않아. 우리 국가가 중요한 거라고. 수화기를 내려놓게, 파벨. 나는 국가를 위해 죽고 싶어.

크루그 2세 (수화기를 아네트에게 건네준다) 그렇게 하실 수는 있습니다만, 그다음에는 어떻게 됩니까?

총사령관 내가 죽고 나서? 나는 그저 일개 유약한 인간에 불과해.

크루그 2세 그러나 그 사실을 인정하지 않으려 하셨습니다. 이제는 각하를 대체할 사람이 없습니다. 지금 돌아가시면 우리가 감당해야 할 결과는 참담합니다! 신이 우리를 구원해 주지 않는 한 말이죠!

총사령관 자네 말이 맞네, 파벨. 죽기 전에 승전해야만 해.

크루그 2세   6주 안에 전쟁이 끝날 리가 없습니다. 총사령관 각하!

총사령관   6주! 자애로우신 예수님, 어째서 제게 이러시는 겁니까?

총사령관의 딸   (수화기에 대고) 선생님……? 아니, 저는 딸입니다……. 그래요, 조건을 수락하신답니다……. 아니요, 그렇지만 선택의 여지가 없으세요. 구해 주실 건가요……? 제가 말씀드릴게요. (손으로 수화기를 가리고) 아빠, 선생님께서 통화를 하셨으면 해요.

총사령관   끊어라, 아네트. 난…… 못 해. 이 문제는 끝난 거야.

크루그 2세   (차분하게) 죄송합니다. 각하, 선택의 여지가 없습니다.

총사령관   뭐, 평화를 선포하라고? 우리 군대를 철수하고? 그게 자네가 원하는 건가?

크루그 2세   그렇습니다, 각하.

총사령관   사과를 하고? 처벌을 감수하고?

크루그 2세   그렇습니다, 각하.

총사령관   끔찍하고도 무자비하게 우리 국가를 욕보이고?

크루그 2세   그렇습니다, 각하.

총사령관   굴욕적으로 하야하고?

크루그 2세   그렇습니다. 평화를 이룩한 뒤 떠나십시오.

총사령관   아니, 내 말 못 들었나? 난 못 해! 누구든 다른 사람한테 맡겨! 내게 반대하는 사람들은 차고 넘치게 있어 — 그들더러 굴욕적인 평화 조약을 맺으라고 하라고!

크루그 2세 그렇게 되면 내전이 일어날 겁니다. 오로지 각하만이 철수 명령을 내릴 수 있습니다.

총사령관 이 나라는 혼자서 굴러가든지, 역사의 단계를 떠나든지 둘 중 하나가 되겠지. 나를 죽게 내버려 두게. 자네들끼리 알아서 하라고.

크루그 2세 저희에게 방법을 가르쳐 주시지 않았습니다.

총사령관 내게 남은 건 하나뿐이야 — 장교다운 길이지. (문 쪽으로 간다)

크루그 2세 (앞길을 막는다) 그러실 수는 없습니다, 각하.

총사령관 훌륭한 청년이야, 아네트. 하지만 자기가 대단한 사람이라도 되는 줄 착각하는군. 절대 큰일은 못 할 거야…….

총사령관의 딸 여기요, 아빠. (수화기를 건네준다) 제가 이렇게 빌어요. 모든 병든 사람들을 위해서, 이렇게 애원해요.

총사령관 병든 사람들을 위해서! 네 말이 맞는다, 아네트. 어쩌면 내 자리는 이제 그들 곁인지도 몰라! 전 세계 수백만의 나환자들과 역병 환자들 말이다! 길을 비켜라! 여기 나환자들의 총사령관이 간다. 병들고 악취 나는 육신을 가진 군대를 이끌고 간다. 정의는 우리의 것이다! 우리는 자비를 요구한다! 이리 다오, 아네트. (수화기를 받아 든다) 의사 선생……? 그래요, 합의하겠소……. 고맙소. (끊는다) 자, 이걸로 됐군. 몇 분 후면 이리로 올 거야.

총사령관의 딸 주여, 감사합니다! (기쁨에 북받쳐 흐느낀다) 저는 너무나 행복해요, 아빠……. 너무 행복해요, 파벨!

총사령관 (딸의 머리를 쓰다듬으며) 우리 어디 먼 곳으로 떠나자 — 그러면 평화가 찾아올 거야. 의사가 도착하면 공세를 중단할 생각이다. 쉽지는 않겠지, 파벨……. (책상 위 수북한 명령서들을 쓸어 마룻바닥으로 떨어뜨리며) 그래, 공세를 중단하는 거야. 전 세계 정부들에 알려야지……. 안타깝군. 위대한 전쟁이 될 수 있었는데. 근사한 군대였단다, 내 딸아! 내 삶의 20년……. 내가 산다면…… 하느님의 뜻은…… 내 성스러운 사명은……. 그 의사 어디 있지, 아네트? 어디 있냐고!

길거리. 휘날리는 깃발과 함께 군중들이 노래하며 외친다. 〈총사령관이여 만수무강하소서!〉, 〈전쟁! 전쟁! 전쟁! 전쟁!〉, 〈우리의 총사령관께 영광 있으라!〉

아들 (제1막의 아들) 모두 다 같이, 전쟁 만세!
군중 전쟁 만세!
아들 우리의 총사령관께서 우리를 이끄신다!
군중 우리의 총사령관께서 우리를 이끄신다!
아들 영도자여, 영원하라!
군중 영도자여, 영원하라!

무대 뒤편에서 빵빵 경적을 울리는 자동차 소리. 군중들을 헤치고 지나가지 못해 그대로 서 있다.

갈렌 (왕진 가방을 꼭 움켜잡고 차에서 뛰어내린다) 걸어서 가겠소. 날 좀 지나가게 해줘요……. 급하단 말입니다. 나를 기다리고 있는 사람이 있어요…….

아들 가자, 시민들이여, 나를 따라 외쳐라. 우리의 총사령관이여, 만수무강하소서! 전쟁 만세!

갈렌 아니, 안 돼! 전쟁은 안 돼!

〈무슨 소리야?〉, 〈반역자!〉, 〈저놈을 포박하라!〉, 〈본때를 보여 주자!〉 등등 악쓰는 소리들.

평화를 이룩해야 해! 지나가게 해줘……. 총사령관에게 가야 한단 말이오!

〈우리 총사령관을 중상하고 있다!〉, 〈가로등에 목매달아!〉, 〈쏴버려!〉 등의 고함 소리. 폭력적이고 시끄러운 소요 속에 군중이 갈렌을 에워싸고 포위를 좁힌다. 잠시 후 군중이 흩어지자 왕진 가방을 꼭 움켜쥔 채 땅바닥에 쓰러져 있는 갈렌의 모습이 드러난다.

아들 (갈렌을 툭툭 발로 차며) 일어나, 이 개새끼야! 꺼져 버려, 안 그러면 ─

군중 1 (움직임이 없는 갈렌 위에 허리를 굽히고) 잠깐, 죽은 것 같은데!

아들 무슨 상관이야, 반역자 하나가 줄었을 뿐인걸! 우리 총사령관에게 영광 있으라!

군중 총사령관! 총사령관! 우리 총사령관이여, 만수무강하소서!

아들 (갈렌의 가방을 열어 본다) 이것 봐, 의사인가 보군! (주사액 용기들을 땅바닥에 던지고 발로 짓밟는다) 자, 어때? 전쟁 만세! 우리 총사령관이여, 만수무강하소서!

군중 (다 같이 앞으로 전진하며) 총사령관! 총사령관! 총사령관이여, 만수무강하소서!

막이 내린다.

역자 해설
인류여 불멸을 꿈꾸지 말라!
두 번의 세계 대전과 함께 완전 연소한 작가의 〈삶〉

1

유럽에 파시즘의 그림자가 드리우기 시작하던 1936년 스웨덴 한림원은 노벨 문학상 후보로 오른 카렐 차페크의 작품을 (벌써 몇 번째!) 심사하고 있었다. 그리고 위원회는 〈그가 단지 저널리스트에 불과〉하기에 노벨 문학상을 수여할 수 없다는 결론을 내렸다. 그러나 기실 한림원은 이미 역사학자 몸젠Theodor Mommsen, 철학자 베르그송Henri Bergson 등 문학가의 범주에 포함시키기에는 논의의 여지가 있는 이들의 작품에 수상한 전력이 있었다. 따라서 정치적 중립성을 표방하던 스웨덴 한림원이 히틀러에 강력히 반대한 체코 민주주의 옹호자인 차페크를 수상자로 지목하는 부담을 무릅쓸 수 없었을 거라는 암묵적 추정에 무게가 실릴 수밖에 없다. 사실인지 농담인지는 확실치 않으나, 한림원이 차페크에게 정치색이 짙지 않고 두루뭉술한 작품을 하나 써내면 그 작품을 지목해 수상하겠다는 제안을 했다는 이야기도 유명하다. 이 이야기에서 차페크는 〈그런 거라면 이미 박사 논문을 써서 제출했다〉면서 일언지하에 거절했다고 한다.

스웨덴 한림원과 얽힌 이러한 일화들은 카렐 차페크라는 참으로 독특한 〈글쟁이〉에 대해 몇 가지 중요한 사실을 말해 준다. 첫째로 이는 수많은 사람들이 카렐 차페크를 〈노벨 문학상을 받아 마땅했던〉 훌륭한 문호로 여겼다는 의미이고, 둘째, 기자이고 소설가일 뿐 아니라 극작가이자 번역가이며 수필가이고 삽화가이고 철학자이자 동화 작가이고 전기 작가였던 카렐 차페크를 〈단지 저널리스트〉라는 말로 규정하는 것은 그야말로 어마어마한 — 따라서 의도적이라고 의심할 수밖에 없는 — 축소 환원의 오류라는 뜻이다. 마지막으로 두 번의 세계 대전 사이에 대부분의 작품을 써냈던 차페크의 작품 세계에서, 파시즘을 비롯해 인간을 인간답지 못하게 만드는 모든 부조리에 맞선 치열하고 부단한 투쟁은 가히 생명과 같았다는 점이다. 물론 작품 곳곳에서 넘실거리는 차페크의 빛나는 유머 감각은 멋진 보너스다.

실제로 카렐 차페크의 삶과 작품, 열정적인 정치 참여 활동은 놀랄 만큼 꾸준하고 흔들림 없는 일관성을 보여 준다. 신문 칼럼, 수필, 단편 소설, 인터뷰, 철학 이론서, 유머와 희곡, 소설 등 장르를 가리지 않는 창작 과정은 격동하는 세계를 헤쳐 인류를 더 나은 곳으로 끌고 가고자 하는 개혁가의 노력으로 점철된다. 그리고 죽음과 고통과 부조리로 가득 찬 세상에서 미약하고 초라한 인간의 삶(목숨과 생활 모두에서)을 어떻게 하면 지켜 나갈 수 있을까 하는, 양차 대전 사이의 유럽을 살아가던 실존주의 휴머니스트의 치열한 고민의 기록이기도 하다.

2

극작가로서 카렐 차페크는 〈로봇*robot*〉이라는 신조어가 처음으로 등장한 연극 「R. U. R.: 로섬의 만능 로봇R. U. R.: Rossumovi univerzální roboti」을 통해 일약 세계적인 명성을 떨치게 되었다. 1920년 봄 카렐 차페크와 형인 요세프 차페크Josef Čapek의 공동 작업을 통해 탄생했고 프라하 국립극장에서 1921년 초엽 초연된 이 〈공상 과학〉 연극은, 인간형 기계에게 최초로 〈로봇〉이라는 불멸의 명칭을 부여했다는 공로로 널리 알려져 있다. 흔히 카렐 차페크가 만들어 낸 것으로 알려진 〈로봇〉은 기실 형인 요세프의 아이디어였으며, 체코어로 〈노동〉을 뜻하는 〈*robota*〉에서 따서 지은 말이다. 물론 시간이 흐르면서 기계형 로봇이 아닌 「R. U. R.」에 등장하는 인간과 꼭 닮은 로봇들은 〈안드로이드*android*〉라는 새로운 이름으로 불리게 되었지만 말이다.

그러나 「R. U. R.」이 현대 과학 픽션의 걸작으로 꼽히는 데는 그 이상의 이유들이 있다. 로봇은 대량 생산과 맹목적인 과학 기술의 발전, 전체주의 사상의 팽창 앞에서 절명의 위기에 처한 인간성의 강력한 문학적 상징이다. 이에 앞서 1908년 차페크 형제는 「R. U. R.」의 기본적 개념과 플롯을 적용한 단편소설 「체제The System」을 공동 발표한 바 있는

데, 연극의 전신인 이 단편에서 제조업자 존 앤드루 리프라톤은 로봇을 완벽한 노동자라고 여기는 이유를 다음과 같이 설명한다.

> 신사 여러분, 산업의 과제는 전 세계를 착취하는 것입니다. (……) 모든 과정이 가속되어야 합니다. (……) 노동자는 기계가 되어야 합니다. 그래서 단순히 바퀴처럼 굴러가야 합니다. 생각이란 무조건 불복입니다! (……) 저는 노동자를 살균하고 정화했습니다. 노동자에게서 이타주의와 동료애, 가족적이거나 시적이거나 초절적인 감정들을 남김없이 파괴하고 제거했습니다.

제1차 세계 대전이 발발하기 5년 전부터 차페크 형제는 인류가 맞이한 비인간화의 위기를 감지하고 문학적으로 반응했던 셈이다. 연극 「R. U. R.」은 이 테마를 더욱 발전시켜 노동자의 인간성 박탈과 극단적인 합리주의의 한계를 보여 주며, 나아가 구원과 복지를 약속하는 거창한 비전들이 결국 좌절되어 세계의 종말로 이어질 수 있음을 경고한다. 로섬의 만능 로봇을 만든 과학자 도민은 리프라톤처럼 단순한 이윤 지상주의자는 아니다. 오히려 노동의 문제가 해결됨으로써 〈더 이상 가난은 없을 것〉이고 〈인류는 오로지 자아를 완성하는 일에만 전념〉할 수 있을 것이라 믿는 이상주의자에 가깝다. 그러나 이 과학자의 선의와 이상 속에도 이윤 지상주의자의 유토피아나 마찬가지로 〈이타주의와 동료애, 가족적

이거나 시적이거나 초절적인 감정〉들이 발붙일 곳은 없다.

이처럼 유토피아적 이상주의가 전체주의와 맹목적 공리주의로 이어질 수 있는 가능성을 차페크는 늘 경계했다. 사실 러시아에서 혁명이 일어나고 헝가리와 독일에서도 노동자들이 들고일어나 전 유럽이 격동하던 시대 상황에 비추어 볼 때, 유토피아적 비전은 결코 단순한 판타지로 받아들여질 수 없었다. 그리고 제1차 세계 대전의 대량 살상과 형언할 수 없는 참상은 인류가 직면한 역사적 위기가 멸종을 초래할 수 있다는 가능성을 현실로 실감한 최초의 사건이었다. 얼핏 허황되어 보이는 판타지적 요소들은, 사실 당시 역사적으로 당면한 인류의 위기가 얼마나 초현실적인 규모였는가를 강조하는 극히 〈현실적〉인 장치들이었던 셈이다.

이러한 테마들을 확장하고 승계해 발전시킨 1936년의 걸작 장편소설 『도롱뇽과의 전쟁 *Válka s mloky*』 서문에서 차페크는 〈지금 이 작품의 핵심은 판타지가 아니다. 판타지는 누구라도 원한다면 대가 없이 덤으로 줄 수 있지만, 이 작품의 가장 중요한 주제는 《현실》이다. 현실에 무관심한 문학이나, 세계의 현 상황을 말과 생각이 가지는 힘만큼 열정적으로 반영하지 않는 문학은 나의 것이 아니다〉라고 선언한 바 있다. 그리고 그 관심사의 중심에는 무엇보다 살아서 삶을 꾸려 가고 있는 〈사람들의 운명〉이 있었다. 1921년 「R. U. R.」이 초연되고 며칠 뒤 차페크는 작품에 대해 다음과 같이 발언한다.

나는 로봇이 아니라 사람이 걱정이 되었다. 희곡을 구상할 때 중점적으로 생각했던 건 소위 인류를 대변하게 되어 있는 대여섯 사람의 운명이었다. 그렇다, 나는 로봇이 공격을 감행하는 순간 관객이 뭔가 가치 있고 위대한 것이 걸려 있다는 느낌을 받기를 열렬하게 바랐다. 즉 인류, 인간, 바로 우리 말이다. 그 〈우리〉야말로 그 무엇보다 중요했으며, 선도적인 아이디어였고, 비전이자 이 전체 작품의 진짜 프로그램이었다.

몹시 소박하지만 이 평범한 〈사람〉이야말로 차페크의 명분이자 이상이었다 해도 과언은 아니다. 수필과 소설과 동화와 칼럼과 연극을 통해 그는 꾸준히 환상적인 세계를 평범한 사람들과 그들의 소망, 그리고 그들의 가치관으로 채우고 있다. 권력자들이 죄 없고 힘없는 이 〈사람〉들의 삶을 짓밟고 학살하던 두 번의 세계 대전 사이에서, 차페크는 오로지 소시민들의 삶을, 그들의 생활과 존재를 변호하고 지키고 찬미하는 역할을 떠맡고자 했다.

체호프Anton Chekhov, 입센Henrik Ibsen 그리고 스트린드베리August Strindberg와 같은 작가들이 장악하고 있던 당시 유럽의 연극 무대는 성격 고찰과 사회적 투쟁의 기록으로 넘쳐 났고, 무엇보다 〈연극성〉의 본질에 대한 회의와 기존의 관념을 해체하는 과감한 형식적 실험들이 이어지고 있었다. 그러나 이미 살펴보았듯이 차페크는 〈개인〉을 심리적 해부 관찰의 대상으로 바라보지 않았고, 격정적 감정의 해부나

전위적인 연극성의 발현에도 큰 관심을 갖지 않았다. 오히려 사변적인 희곡 작품들을 통해 공동 운명체로서의 한 종(種)인 〈인류〉의 운명에 더 집중했다. 말하자면 〈연극〉이라는 장르를 예술 그 자체로 인식하는 대신, 인류를 향해 그가 꾸준히 외치던 메시지를 효과적으로 전달하기 위한 매체로 여겼다고 할 수 있겠다. 본인은 아랑곳 않았겠지만, 이러한 작가의 태도 때문에 상대적으로 다른 실험극이나 모더니즘 작가들에 비해 차페크 희곡의 예술적 우수성이 폄하되는 경향은 과거는 물론 지금도 적지 않게 찾아볼 수 있다. 그러나 차페크는 극작가로서도 역시 〈단지 저널리스트〉라는 단언으로 축소되고 환원되기에는 너무나 풍요로운 스펙트럼을 보여 준다. 특히 이번 열린책들판 선집에 수록된 「곤충 극장Ze života hmyzu」과 「마크로풀로스의 비밀Věc Makropulos」, 「하얀 역병Bílá nemoc」은 풍부한 상징체계와 과감한 극적 장치들의 사용, 인간 실존의 의미를 모색하는 심오하고 철학적인 주제, 그리고 무엇보다 생생하게 살아 있는 등장인물들의 격정적인 감정을 포착하는 시선을 품은 걸작들로서 시사적인 이슈나 정치적 사변적 메시지를 훌쩍 넘어서는 작품성을 자랑한다. 그리고 이 연극들이 담고 있는 인간 실존에 대한 연민과 역설적인 유한성에 대한 찬미는 차페크가 몸담았던 세계와 삶을 반영한다.

3

청소년기의 카렐 차페크는 여느 유복한 유럽 가문의 젊은 이와 다르지 않았다. 비장하거나 애틋한 연애담도 없었다. 찢어지게 가난하지도, 배를 곯지도 않았다. 부유한 의사의 귀여운 막내아들로 태어나 형제자매의 사랑을 받으며 부침 없이 자라난 차페크는, 명문 카렐 대학에 입학해 철학과 미학을 공부하다가 소위 〈예술가들의 성배〉를 찾으러 간다며 파리 소르본 대학으로 떠나 갤러리, 카페, 서점에서 유랑하며 보헤미안들과 한담을 즐기고 막연하게 작가나 철학자를 꿈꾸던, 흔한 유럽의 청년 지식인이었다. 그러나 세계적인, 그리고 지극히 개인적인 차원에서 두 가지 대재앙이 일어나 그의 세계를, 삶을, 무엇보다 세계와 삶을 바라보는 그의 시각을 영원히 바꾸어 버리고 말았다.

1914년 카렐 차페크의 나이 스물네 살 때 발발한 제1차 세계 대전은 인류가 목격한 가장 잔인하고 유혈 낭자한 전쟁이었다. 그 누구도 세계 대전의 발발을 예상치 못했기에, 또 그 누구도 그 지독한 대참사의 논리적인 이유를 찾아낼 수 없었기에 충격과 후유증은 더욱 컸다. 유럽이 그토록 상찬하던 〈이성에 근거한 확실성의 세계〉는 산산이 조각나 무너져 내렸다. 유럽의 경제적 번영을 가능하게 해주었던 전례 없는 과학 기술의 진보는 고스란히 업보로 돌아왔다. 제1차 세계 대전은 현대 과학의 발명품이 총동원되어 인명 살상에 투입된 최초의 전쟁이었다. 폭탄, 독가스, 기관총, 폭격기, 탱크의 무자비한 메커니즘으로 한없이 여린 사람의 목숨들이 말 그대로 추풍낙엽처럼 스러졌다. 문명이 과학적 발전을 통해 더 나은 삶을 보장한다는 집단적 환상은 참담하게 폐기 처분되었다. 부조리한 살육의 현장에서 〈삶〉의 가치는 그 어느 때보다 초라하고 무기력하고 딱하게만 보였다.

그러나 청년 카렐은 참전할 수도 없었다. 파릇파릇한 젊은이의 육체를 거의 불구로 만들다시피 하는 불치의 만성 척추 질병을 진단받은 것이다. 강직성 척추염은 10대 후반에서 20대 초반의 젊은 남자들에게 발병하는 희귀한 류머티즘성 질환으로, 척추를 중심으로 석화가 진행되고 극심한 만성 통증을 유발한다고 알려져 있다. 너무나 이른 나이에 삶의 일부가 되어 버린 이 끔찍한 〈통증〉은 차페크에게 인간 육신의 유한함과 무기력을 상징하는 낙인이었고, 일생의 사랑을 가로막은 장벽이기도 했다.

참사와 고통의 대란 뒤에 남은 건, 은유가 아니라 말 그대로, 희미하고 미약한 희망뿐이었다. 번영 유럽의 종언을 선언한 제1차 세계 대전은 한편으로 오스트리아-헝가리 제국의 억압을 끝장냈고 체코에는 역사상 초유의, 그러나 불안하고 허약한 자유 민주주의 정권으로의 길을 열어 주었다. 조국 체코의 정세 변화와 더불어 육신의 불구는 청년 차페크에게 인간의 나약함에 대한 각성과 소소한 일상의 절실한 가치에 대한 인식, 그리고 고통을 가진 이들을 연민하는 마음을 가져다주었다. 무엇보다 차페크는 이 희미한 희망에 물을 주고 가꿀 줄 아는 강인한 인간이었다. 작가로서 그리고 한 인간으로서 차페크의 위대함은 고통과 재앙을 맞이하는 영웅적인 태도를 통해 비로소 만개하기 시작한다. 종전 후 강직성 척추염이 가장 활발히 진행되던 3년 동안 그는 가장 왕성하게 집필 활동에 몰두했다. 물론 정치부 기자로서 매일 신문에 촌철살인의 칼럼을 기고하는 일을 본업으로 삼고 있었지만, 한편으로 문학적인 창작도 그 어느 때보다 활발하게 병행했다.

이때 집필된 차페크의 문학적 걸작들은 대부분 공연을 위한 대본의 형태를 띤다. 당시 그가 일간지의 기자이면서 동시에 크랄로프스케 비노흐라디 극장에서 고문 겸 상주 극작가 역할도 겸직하고 있었기 때문이다. 이 시기에 차페크는 여배우이자 미래의 배우자가 될 올가Olga Scheinpflugová와도 첫 만남을 갖게 된다. 올가에게 보낸 차페크의 열렬한 연애편지들을 살펴보면, 지병으로 인한 만성 통증이 두 사람 사이를 가로막는 가장 큰 걸림돌이었던 것으로 보인다. 올가를 향한 플라토닉하고도 숭배에 가까운 사랑의 감정은 차페크에게 있어 들끓는 문학적 영감의 원천이었으나, 또한 필연적인 욕망의 좌절과 인간 육신의 한계를 끊임없이 실감하게 만드는 계기이기도 했다. 그리고 이 선집에 수록된 「곤충극장」과 「마크로풀로스의 비밀」을 비롯해 「R. U. R.」, 「사랑이라는 숙명적 게임」 등 이 결정적인 시기, 차페크의 나이 서른에서 서른두 살까지의 3년 동안 집필된 걸작들에는 그 자신과 그의 세계가 겪은 역동적인 궤적들이 그대로 투영되어 있다.

4

 형인 요세프 차페크와 함께 창작한 「곤충 극장」은 체코의 아마추어 연극계에서 가장 사랑받는 작품이라고 한다. 작품의 내용도 그렇지만, 등장인물의 수가 많아 아무리 규모가 큰 극단이라도 모든 배우가 연기할 수 있다는 재미있는 이유 때문이기도 하다. 전위적인 스톱 모션 애니메이션의 거장 얀 슈반크마이어Jan Švankmajer가 카렐 차페크의 「곤충 극장」을 프로젝트로 선택하여 화제가 되기도 했다. 희극과 풍자, 실존적 부조리에 대한 인식과 페이소스가 공존하는 이 작품은 연극성을 극대화할 수 있는 무한한 연출의 가능성을 내포하고 있어 체코와 유럽, 영어권은 물론 최근에는 전 세계의 무대로 진출하고 있다.

 시대와 장소를 초월한 인기를 누리는 「곤충 극장」의 근본적인 힘은 사람을 벌레나 다를 바 없는 하찮고 무의미한 존재로 상정한 그 기본 설정에서부터 시작될 것이다. 같은 시대 같은 나라에 살았던 작가 프란츠 카프카Franz Kafka 역시 「변신Die Verwandlung」에서 자기 존재의 의미를 잃어버린 소시민이 거대한 곤충으로 변해 죽음을 맞는 내용을 다루었던 건 결코 우연이 아니다. 소위 부조리에 대한 시대적 인식의 반영인 셈이다. 곤충의 세계를 여행하게 된 인간 관찰자의 시점에서 진행되는 이 극은 인간 존재와 무섭게 닮아 있는 곤충들의 이해할 수 없는 행태들을 보여 주며 진행된다. 무가치한 똥에 일생의 욕망을 투자하는 쇠똥구리들과 타자의 목숨을 빨아 부와 권력을 누리는 피범벅의 맵시벌이 있는가 하면, 무책임한 성적(性的) 놀음으로 청춘을 탕진하고 문학과 시인을 패러디하며 능욕하는 나비들도 있다. 그리고 마지막에는 과학으로 무장하고 종족 학살을 위해 구령에 맞춰 전진하는 전쟁 중독자 개미들이 있다. 차페크의 벌레들은 혐오스럽고 치졸하지만 속속들이 인간적이다. 그들의 욕망과 잔악한 악행들은 곧 흉측하게 일그러진 인류의 초상이다.

다만 카프카와 달리 차페크는 〈그럼에도 불구하고〉 이 부조리 속에서 위기를 맞은 평범한 〈사람〉들의 평범한 삶이 찬란히 불타고 삶을 끝맺는 하루살이들의 아름다움과 같다는, 휘발성 그 자체의 의미를 찾는 데 성공한다. 금세 사그라지는 것, 너무나 힘없이 짓밟히고 피 흘리는 것, 의미를 찾기에는 너무나 짧고 어리석은 존재, 이 유한성과 한계가 궁극적으로는 인간을, 그리고 모든 살아 있는 것을 흥미롭고 신비스럽게 한다. 영국의 소설가 니콜라스 셰익스피어Nicholas Shakespeare의 말을 빌리면 〈차페크의 서정성에는 너무 깊이 삼켜 목멘 숨결처럼, 빼앗기고 위기에 처한 존재의 슬픔이 배어 있다〉. 여기가 바로 차페크가 카프카와 결별하고 앙리 베르그송과 손잡는 지점이다.

이처럼 삶이 유한하고 덧없기 때문에, 치졸하고 소소하기 때문에 아름답고 또한 의미를 가진다는 차페크 특유의 테마는 레오시 야나체크Leoš Janáček의 오페라로도 유명한 「마크로풀로스의 비밀」로 이어진다. 노화와 인간의 불멸에 대한 희비극 판타지인 이 아름답고 신비스러운 연극은 에밀리아 마르티라는 불후의 팜므 파탈을 등장시킨다. 수수께끼 같은 매력으로 남성들을 유혹하고 완벽한 성악으로 사로잡는 이 프리마 돈나는 알고 보면 3백년의 생을 뒤로한 불사신이다. 본질은 사라지고 껍데기만 남은 무의미한 욕망의 상징처럼 세대를 이어 가며 무려 1백년을 끌어 온 그레고르의 소송은, 에밀리아 마르티의 등장과 함께 짧고 처절하고 화려한 드라마로 변신한다. 소소하고 무의미해 보이는 일상도, 그 속의 짧은 사랑과 늙으면 시들 열정도, 시든 장미 꽃다발처럼 쉽사리 휘발하는 무대의 감동이라도, 유한하고 덧없기에 의미가 있다는 것이다. 따라서 열정을 위해 젊은 목숨을 버리는 야네크의 허망하지만 아름다운 죽음은 에밀리아 마르티의 불멸과 날카롭게 대조를 이룬다. 삶의 가치마저 판단할 수 없게 된 마비 상태, 그 지루한 무의미야말로 육신의 유한함보다 더 무서운 비극이라는 「마크로풀로스의 비밀」은 시몬 드 보부아르Simone de Beauvoir의 실존주의 소설 『모든 인간은 죽는다*Tous les hommes sont mortels*』와도 일맥상통한다. 하지만 불멸자의 고독을 연민한 보부아르와 달리 차페크는 불멸을 꿈꾸는 인간의 두려움과, 영원한 젊음을 지닌 미학적 존재를 향한 주체할 수 없는 필멸자의 욕망을 더 눈여겨보고 연민하며 긍정한다. 에밀리아 마르티라는 궁극의 프리마 돈나는 공허한 욕망의 근원이며 대상이며 기표다. 이처럼 도저히 닿을 수 없는, 이루어질 수 없는 것을 향한 인간 욕망의 철저한 허망함을 인식하고 받아들이는 과정을 통해 연극은 초인이 아닌 〈평범한 삶〉의 의미를 돌아보게 되는 것이다.

5

 화려한 불멸의 유혹을 뿌리치고 평범한 삶 속에서 발견할 수 있는 휘발성의 아름다움을 찬미하는 것, 이는 기자로서 매일 쓰던 칼럼 속에서도 차페크가 늘 주목하고 돌아보던 주제다. 산문집 『사람을 믿어라*Believe in People*』에서 차페크는 꽃, 개, 고양이는 물론이고 새해 결심이나 치통까지도 〈진짜로 존재하기 때문에〉 호기심을 가지고 살펴보아 마땅한 것들이라고 주장한다. 상대주의라 비난을 받기도 했던 차페크의 이러한 태도는, 그 자신의 말을 빌면 〈모든 존재하는 것에 대한 열렬한 관심〉이었다. 이러한 미시적 시선은 양차 대전으로 포위된 당대의 문맥에서 철저히 정치적이고 전복적인 것이었다.

 언론인으로서 이상적인 시민 사회를 꿈꾸며 체코 자유 민주주의 공화국의 초대 대통령 마사리크T. G. Masaryk의 정치 철학을 열정적으로 옹호한 것도, 독일의 전체주의가 체코의 민족성과 자유를 짓밟게 된 뮌헨 회담 이후 목숨을 걸고 반(反)나치 운동에 앞장선 것도, 오로지 이처럼 휘발적인 아름다움과 덧없는 욕망과 일상적인 디테일로 충만한 〈사람〉의 〈삶〉을 근심하는 행보였기 때문이다. 과거의 체코 문학에서는 찾아볼 수 없었던 자연스럽고 시적인 소박한 소시민들의 언어로 소박한 소시민들의 삶을 찬양한 〈글쟁이〉로서, 차페크는 유럽을 짓누르던 파시즘이야말로 그가 믿는 이상적인 정치가 옹호해야 할 가치이자 또한 이상적인 정치 주체이기도 한 〈사람〉 혹은 〈사람다움〉을 무자비하게 파괴하는 주적이라는 결론을 내렸기 때문이다.

인류라는 추상이 아닌 〈사람〉이라는 실존을, 공허하게 현혹하는 수사나 클리셰가 아닌 명료한 언어를 바라보는 차페크의 시각은 현란한 수사를 동원한 군중 선동가였던 히틀러 Adolf Hitler의 이데올로기가 품은 무서운 위험성을 즉각적으로 알아차렸다. 그 위험성이 실체가 되어 그가 그토록 사랑하던 독립 체코 공화국의 존폐가 경각에 달리게 된 1936년 발표한 「하얀 역병」은, 스스로 인간의 조건을 초월한 초인이라 착각하는 독재자와 근시안적인 개인들의 뒤틀어진 이기주의가 결합해 파국을 초래하는 과정을 그린 희곡이다. 이 작품은 독일에서 히틀러와 나치즘이 승승장구하게 된 과정을 적나라하게 — 거의 숨김없이 — 그려 낸다. 청년 실업, 경제 독과점, 군수 산업과 정치권력의 결탁, 소시민의 이기주의와 침묵하는 이상주의까지. 그러나 이러한 시사적인 주제와 명료한 정치적 의도의 배후에는 〈노화와 죽음이라는 슬픈 존재 조건 앞에서 인간이 얼마나 무력한가〉라는 질문, 즉 「곤충 극장」과 「마크로풀로스의 비밀」을 비롯한 차페크의 모든 글을 관통하는 실존주의적 문제의식이 자리한다. 그리고 이는 차페크 문학적 영감의 마르지 않는 샘이었으며 파시즘과 군중심리 앞에서 침묵하기를 거부하는 양심적 지식인의 정치적 힘이기도 했다.

카렐 차페크는 결국 체코를 점령한 게슈타포가 〈공공의

적⟩인 그를 체포하러 달려오기 3개월 전, 제2차 세계 대전의 서막이 오르기 직전인 1938년 크리스마스에 인플루엔자 후유증으로 세상을 떠났다. 동시에 짧았던 독립 체코 민주주의의 꿈도 그의 죽음과 함께 막을 내렸다. 짧고 덧없기에 더욱 아름다운, 그리고 영원한 ⟨의미⟩를 남기고 말이다.

김선형

카렐 차페크 연보

1890년 출생 1월 9일 오스트리아-헝가리 제국 보헤미아 북동부의 말레 스바토뇨비체Malé Svatoňovice에서 의사 안토닌 차페크Antonín Čapek와 가정주부 보주에나Božena의 막내로 태어남. 형 요세프Josef와 누나 헬레나Helena는 훗날 각기 화가와 작가로 명성을 날리게 되며 평생 동생 카렐에게 영혼의 동반자로서 힘이 되어 줌.

1895~1900년 5~10세 아버지가 병원을 개업한 우피체Úpice에서 초등학교를 다님. 1890년 차페크의 언어와 사회사상에 큰 영향을 끼친 할머니를 한집에 모시고 살게 됨.

1901년 11세 대도시에서 교육받기 위해 할머니와 함께 동부 보헤미아의 주도 흐라데츠 크랄로베Hradec Králové로 이사함. 그곳에서 중·고등학교 2년을 보냄.

1905년 15세 불법 학생 단체에 가입했다는 이유로 고등학교에서 퇴학당함. 결혼한 누나 헬레나가 살고 있던 브르노Brno로 가서 학업을 계속함.

1907~1909년 17~19세 부모님과 함께 프라하로 이주. 명문 아카데미 김나지움Akademické Gymnázium에서 2년간 수학함. 1909년 6월 전 과목 A의 우수한 성적으로 졸업함. 9월 형 요세프와 뮌헨을 여행함. 박물관, 대학 등 문화유산에 깊은 감명을 받음. 10월 중부 유럽에서 가장 오래된 대학인 프라하의 카렐Karel 대학 철학과에 입학함.

1910년 20세 대학 2년차 과정을 독일 베를린의 프리드리히 빌헬름 Friedrich Wilhelm 대학에서 수강.

1911년 21세 대학 3학년 1학기는 카렐 대학에서, 2학기는 프랑스 파리의 소르본 대학에서 수강. 학기를 마치고 프랑스를 여행한 후 다시 체코슬로바키아로 돌아와 3년간 학업에 매진함.

1914년 24세 세르비아 황태자 부부 암살과 함께 제1차 세계 대전이 발발함. 대량 학살 무기와 화학전 등 문명의 이기가 총동원된 이 잔인한 전쟁은 서구 지식인들로 하여금 세계와 인류의 미래에 대한 깊은 우려와 인간성에 대한 전반적 회의를 품게 함. 이는 애국자였던 카렐 차페크의 입장에서는 체코 독립 공화국을 가능하게 해준 역사적인 분수령이 되는 양가적인 사건이었음. 새로운 체코 민주 공화국에서 카렐 차페크는 문화적 선구자로 큰 역할을 담당하게 됨.

1915년 25세 에드바르트 베네시Edvard Beneš 박사(훗날 제2대 체코 대통령이 됨)를 사사하며 실용주의를 수용함. 11월 철학 박사 학위를 받음. 허리에 이상이 있는 것으로 진단받아 제1차 세계 대전에 징집되지 않음. 이때부터 척추 질병은 그가 평생 짊어져야 할 지병이 됨.

1916년 26세 형 요세프와 함께 쓴 산문집 『빛나는 심연 외(外)*Zářivé hlubiny a jiné prózy*』 출간.

1917년 27세 단편집 『그리스도의 십자가*Boží muka*』 출간. 잡지 『나로드*Narod*』의 편집진에 합류함. 3월 라자니Lažany 백작의 아들 프로코프 라잔스키Prokop Lažanský의 가정 교사 일을 시작. 그러나 같은 해 9월 그 일을 그만두고 10월 22일 자로 형 요세프와 함께 우익 계열 일간지 「나로드니 리스티Národní listy」의 문화부 편집자로 취직함. 형제는 동시에 풍자 주간지 『네보이사*Nebojsa*』 창간에도 참여함.

1918년 28세 미국 실용주의를 소개하는 『실용주의-실용적 삶의 철학 *Pragmatismus čili Filosofie praktického života*』, 『크라코노시의 정원 *Krakonošova zahrada*』(요세프 차페크와 공저) 출간.

1919년 29세 프랑스 시인 G. 아폴리네르Guillaume Apollinaire의 시

집 『변두리*Pásmo*(원제: Zone)』 번역 출간.

1920년 30세 여배우이자 미래의 배우자가 될 올가 스헤인플룽고바 Olga Scheinpflungová와 친분을 맺음. 우파 일간지 「나로드니 리스티」의 정치적 노선에 반발, 차페크 형제를 비롯한 몇몇 편집자들이 자발적으로 집단 퇴사함. 『새로운 시대의 프랑스 시*Francouzská poezie nové doby*』 번역 출간. 첫 주요 작품인 희곡 「R. U. R.(*Rossumovi univerzální roboti*)」 발표. 이 작품을 통해 신조어 〈로봇*robot*〉이 세계적으로 널리 쓰이게 됨. 이는 〈농노의 강제 노동〉을 뜻하는 〈로보타*robota*〉에서 착안해 만든 말로, 카렐이 아니라 형인 요세프가 만들어 낸 단어임. 카렐 차페크는 『옥스퍼드 영어 사전』의 어원 담당자에게 짤막한 서신을 보내 요세프가 신조어를 만든 장본인이라고 직접 보고함. 희곡 「강도*Loupežník*」 발표. 에세이집 『어휘 비판*Kritika slov*』 출간.

1921년 31세 단편집 『고통스러운 이야기들*Trapné povídky*』, 요세프와 함께 창작한 희곡 「곤충 극장*Ze života hmyzu*」 발표. 형제가 함께 좌익 언론이자 훗날 체코 최고의 유력 일간지로 성장하는 「리도베 노비니 Lidové noviny」에서 훨씬 더 좋은 조건으로 편집자 일을 제안받음. 카렐 차페크는 크랄로프스케 비노흐라디Královské Vinohrady 극장에서도 고문 겸 상주 극작가로 일하게 됨. 미래의 배우자 올가는 당시 이 극장에서 연기자로 활동하고 있었음.

1922년 32세 희곡 「사랑이라는 숙명적 게임*Lásky hra osudná*」(요세프 차페크와 공저), 「마크로풀로스의 비밀*Věc Makropulos*」 발표. 소설 『절대성의 공장*Továrna na absolutno*』 출간. 당시 체코슬로바키아의 대통령 T. G. 마사리크Tomáš Garrigue Masaryk와 처음 만남. 차페크는 곧 그와 친구가 되었고, 훗날 일련의 인터뷰를 쓰게 됨. 작가와 애국적 정치가의 이 특별한 관계는 훗날 바츨라프 하벨Václav Havel(체코 독립 공화국의 초대 대통령이자 극작가)에게 크나큰 영감을 줌. 이 무렵 체코 국립 극장의 배우 재고용 사건에 항의하는 뜻으로 극장 고문직에서 사임할 의사를 표명했으나 사태가 해결되자 계속 머무름. 르쥐츠니 Říční 거리의 널찍한 아파트로 이사한 차페크의 집에서 금요일마다 다양한 견해를 표방하는 지식인들이 회합을 갖기 시작함. 훗날 빌라의 가든파티로 발전한 〈매주 금요일 체코 애국자들의 회합〉은 차페크가 세상을 뜰 때까지 계속되었음.

1923년 33세 극장 고문직을 사임하고 지병인 척추 질병을 치료하기 위해 이탈리아로 여행을 떠남. 서한집 『이탈리아에서 보낸 편지들 *Italské listy*』 출간.

1924년 34세 모친 별세. 국제 펜클럽 총회와 대영 제국 박람회 건으로 두 차례 영국을 방문함. 대영 제국 박람회에서 현대 문명과 대량 생산 체제에 대한 우려를 표명함. 장편소설 『크라카티트 *Krakatit*』, 서한집 『영국에서 보낸 편지들 *Anglické listy*』 출간.

1925년 35세 문예 소품집 『사사로운 것들 *O nejbližších věcech*』 출간. 체코슬로바키아 펜클럽 결성을 위한 준비 회합을 창립함. 체코 대통령 관저인 프라하 궁으로 마사리크 대통령을 방문함. 2월 체코슬로바키아 펜클럽 회장으로 추대됨. 체코 과학 아카데미 회원 자격을 얻게 되지만 더 중요한 작가가 차지해야 할 자리라면서 곧 사임함. 입체파 화가로 명망을 얻게 된 형 요세프와 함께 전국 노동자 정당에 가입해 의회 의석에 도전하지만 실패함. 정당 자체가 몇 년 후에 와해됨. 비노흐라디 Vinohrady로 이사함.

1926년 36세 다양한 선언문 작성에 적극적으로 참여함. 여름휴가 기간 동안 슬로바키아 토폴치안키 Topolčianky의 대통령 별장에서 지냄. 신년 전야 파티에서 체코의 정치 상황을 풍자하는 연극을 상연하고 이로 인해 일부 언론의 미움을 사게 됨.

1927년 37세 펜클럽 회장직 사임 의사를 밝혔으나 회원들의 압력으로 유임함. 일부 언론에서 차페크의 명성을 흠집 내고자 비방성 기사를 게재함. 차페크 측에서는 명예 훼손으로 언론사를 고소함. 작가 협회의 일원으로 파리를 여행하는 동안 프랑스 지식인들과 친분을 쌓음. 형 요세프와 함께 희곡 「창조자 아담 Adam stvořitel」 발표. 이 작품으로 체코 내셔널 어워드 연극 부문 수상.

1928년 38세 마사리크 대통령과의 인터뷰를 정리해 인터뷰집 제1권인 『T. G. 마사리크와의 대화 1: 젊음의 시대*Hovory s T. G. Masarykem 1: Věk mladosti*』를 출간. 심도 깊은 정치, 종교, 철학적 토의로 점철된 차원 높은 일련의 인터뷰가 실려 있음.

1929년 39세 2부작 단편집 『왼쪽 호주머니에서 나온 이야기*Povídky z jedné kapsy*』와 『오른쪽 호주머니에서 나온 이야기*Povídky z druhé kapsy*』, 정원 가꾸기에 대한 에세이집 『원예가의 열두 달*Zahradníkův rok*』 출간. 차페크가 1927년 고소했던 언론사 편집자에게 보상금을 지급하고 정정 보도를 하라는 판결이 내려짐. 4월 부친 별세. 10월 올가와 함께 스페인을 여행함.

1930년 40세 서한집 『스페인 여행*Výlet do Španěl*』 출간. 체코 국립 극장 상임 위원으로 추대됨.

1931년 41세 UN의 전신인 국제 연맹의 문학 예술 위원회 위원으로 추대됨. 체코 펜클럽 회장에 재선됨. 에세이집 『마르시아스: 혹은 문학의 언저리에서*Marsyas čili na okraj literatury*』, 마사리크 대통령과의 인터뷰 제2권인 『T. G. 마사리크와의 대화 2: 인고의 세월*Hovory s T. G. Masarykem 2: Život a práce*』 출간.

1932년 42세 동화집 『아홉 편의 동화: 그리고 또 하나의 이야기*Devatero pohádek a ještě jedna od Josefa Čapka jako přívazek*』, 우화 및 소품집 『출처가 수상쩍은 이야기들*Kniha apokryfů*』, 서한집 『네덜란드 풍경*Obrázky z Holandska*』 출간. 아벤티움Aventinum 출판사를 떠나 관록 있는 출판사인 프란티셰크 보로비František Borový로 이적. 이와 동시에 출판사에 거액을 투자해 주주가 됨.

1933년 43세 동화집 『다셰니카: 어느 강아지의 일대기*Dášeňka čili život štěněte*』, 소설 『호르두발*Hordubal*』 출간. 문화지에서 비평의 본질과 기능에 대한 열띤 논쟁을 주도함. 펜클럽 회장직에서 물러남.

1934년 44세 『호르두발』과 함께 소설 3부작을 완성하는 『별똥별*Povětroň*』, 『평범한 인생*Obyčejný život*』, 마사리크 대통령과의 인터뷰 제3

권인 『T. G. 마사리크와의 대화 3: 삶에 대한 숙고 *Hovory s T. G. Masarykem 3: Myšlení a život*』 출간. 경제 위기로 고통받는 어린이들을 위한 서명 운동과 조직적인 나치스 선동에 반대하는 서명 운동을 주도함.

1935년 45세 국제 펜클럽 상임 회장 허버트 조지 웰스Herbert George Wells가 차페크를 국제 펜클럽 회장 후보로 추대하나 차페크는 사임함. 8월 26일 올가와 결혼함.

1936년 46세 소설 『도롱뇽과의 전쟁 *Válka s mloky*』 출간. 부다페스트에서 열린 국제 연맹 주최 심포지엄에 참가함. 올가와 함께 덴마크, 노르웨이, 스웨덴을 여행한 후 『북유럽 여행기 *Cesta na sever*』 출간. 노르웨이 언론이 차페크를 노벨 문학상 주요 후보로 낙점함.

1937년 47세 희곡 「하얀 역병 Bílá nemoc」 발표, 소설 『최초의 구조대 *První parta*』 출간. 새 대통령으로 취임한 에드바르트 베네시Edvard Beneš를 방문함. 파리 펜클럽 총회에 특별 초대 손님으로 참가함. 10월 서거한 전 대통령 마사리크의 장례식에 참석함.

1938년 48세 희곡 「어머니 Matka」 발표. 히틀러 치하 나치스의 급속한 세력 확장과 오스트리아 점령으로 국제 정세가 격동함. 프랑스와 영국 등 강대국들이 개입한 뮌헨 조약으로 체코 국경 지대가 독일령이 됨. 그러나 독일은 국경 지대에 만족하지 않고 1939년 끝내 체코를 침략하고 폴란드로 진군하여 제2차 세계 대전이 발발함. 1938년 차페크는 체코의 국민적 자구 노력의 구심점에 서서 동맹국들을 설득하려 최선을 다함. 프라하 국제 펜클럽 총회에서 독일의 임박한 침략을 경고하고 체코슬로바키아 작가들의 탄원서를 작성했고, 9월에는 프랑스와 영국의 방관으로 일어난 사태를 국민들에게 설명하는 정부 성명을 작성했으며, 세계의 양심을 촉구하는 체코 작가 성명서를 집필함. 노벨 문학상 후보로 재차 낙점됨. 암울한 전망이 드리우던 11월에 영국 망명 제안이 들어오지만, 나치스 점령 후 누구보다 먼저 체포될 줄 알면서도 — 게슈타포가 그를 〈공공의 적 3번〉으로 지목함 — 체코에 그대로 머무름. 1938년 12월 25일 저녁 인플루엔자 합병증으로 사망함. 12월 29일 비셰흐라트 Vyšehrad 공동묘지에 묻힘. 평생의 동지였던 형 요세프 차페크는 베르겐-벨젠Bergen-Belsen 강제 수용소로 끌려가 7년 후인 1945년 4월 사망함.

1939년 소설『작곡가 폴틴의 삶과 작품Život a dílo skladatele Foltýna』(미완성), 산문집『나는 개와 고양이를 길렀다Měl jsem psa a kočku』(요세프 차페크와 공저) 출간.

1940년 칼럼집『달력Kalendář』,『사람들에 대하여O lidech』출간.

1946년 시집『정열의 춤Vzrušené tance』, 우화 및 소품집『우화, 그리고 짧은 글Bajky a podpovídky』, 현대의 이슈에 대한 시적 코멘트『카렐 차페크 일곱 편의 풍자시Sedm rozhlásků K. C.』출간.

1947년 칼럼집『나뭇가지와 월계수Ratolest a vavřín』출간.

1953년 문예 소품 및 칼럼집『집에서 찍은 사진Obrázky z domova』출간.

1954년 문예 소품 및 칼럼집『우리를 둘러싼 것들Věci kolem nás』출간.

1957년 칼럼집『칼럼의 영역Sloupkový ambit』출간.

1959년 비평집『창조에 관한 비망록Poznámky o tvorbě』출간.

1966년 잡기 기사 모음집『둑에서 바라본 나날들의 흐름Na břehu dnů』출간.

1970년 문학 및 문화 비평 에세이집『요나단을 위한 자리!Místo pro Jonathana!』출간.

1971년 서한집『올가에게 보낸 편지Listy Olze』출간.

1975년 시적 논평집『테이블 아래 시간의 부스러기Drobty pod stolem doby』출간.

1977년 풍자 2부작『요세프 호로우시카 스캔들Skandální aféra Josefa Holouška』,『코웁카 편집장의 위대한 꿈Podivuhodné sny redaktora Koubka』출간.

1978년 서한집 『아니엘카에게 보낸 편지*Listy Anielce*』 출간.

1980년 서한집 『서랍장에서 나온 편지*Dopisy ze zásuvky*』 출간.

1988년 영화 단상 모음집 『영화 대본*Filmová libreta*』 출간.

열린책들 세계문학 204 곤충 극장

옮긴이 김선형 1969년 서울에서 태어났다. 서울대학교 영어영문학과를 졸업하고 동 대학원에서 르네상스 영시로 문학 박사 학위를 받았다. 세종대학교 초빙 교수로 재직한 바 있으며 현재 서울시립대학교 연구 교수로 재직 중이다. 1994년 아이작 아시모프의 『골드』를 첫 작품으로 번역 문학과 인연을 맺었고 C. S. 루이스의 『스크루테이프의 편지』, 토니 모리슨의 『빌러비드』와 『재즈』, 마거릿 애트우드의 『시녀 이야기』, 실비아 플라스의 『실비아 플라스의 일기』, 더글러스 애덤스의 『은하수를 여행하는 히치하이커를 위한 안내서』, F. 스콧 피츠제럴드의 『벤자민 버튼의 시간은 거꾸로 간다』, 카렐 차페크의 『도롱뇽과의 전쟁』, 존 케네디 툴르의 『바보들의 결탁』, 살만 루슈디의 『수치』 등을 우리말로 옮겼다. 2010년 유영 번역상을 수상했다.

지은이 카렐 차페크 **옮긴이** 김선형 **발행인** 홍지웅·홍예빈
발행처 주식회사 열린책들 **주소** 경기도 파주시 문발로 253 파주출판도시
전화 031-955-4000 **팩스** 031-955-4004 **홈페이지** www.openbooks.co.kr
Copyright (C) 주식회사 열린책들, 2012, *Printed in Korea*.
ISBN 978-89-329-1204-2 04890 **ISBN** 978-89-329-1499-2 (세트)
발행일 2012년 6월 10일 세계문학판 1쇄 2020년 10월 5일 세계문학판 3쇄

이 도서의 국립중앙도서관 출판예정도서목록(CIP)은 서지정보유통지원시스템 홈페이지(http://seoji.nl.go.kr)와 국가자료공동목록시스템(http://www.nl.go.kr/kolisnet)에서 이용하실 수 있습니다.(CIP제어번호:CIP2012002498)

열린책들 세계문학
Open Books World Literature

001 **죄와 벌** 표도르 도스또예프스끼 장편소설 | 홍대화 옮김 | 전2권 | 각 408, 512면

003 **최초의 인간** 알베르 카뮈 장편소설 | 김화영 옮김 | 392면

004 **소설** 제임스 미치너 장편소설 | 윤희기 옮김 | 전2권 | 각 280, 368면

006 **개를 데리고 다니는 부인** 안똔 체호프 소설선집 | 오종우 옮김 | 368면

007 **우주 만화** 이탈로 칼비노 단편집 | 김운찬 옮김 | 416면

008 **댈러웨이 부인** 버지니아 울프 장편소설 | 최애리 옮김 | 296면

009 **어머니** 막심 고리끼 장편소설 | 최윤락 옮김 | 544면

010 **변신** 프란츠 카프카 중단편집 | 홍성광 옮김 | 464면

011 **전도서에 바치는 장미** 로저 젤라즈니 중단편집 | 김상훈 옮김 | 432면

012 **대위의 딸** 알렉산드르 뿌쉬낀 장편소설 | 석영중 옮김 | 240면

013 **바다의 침묵** 베르코르 소설선집 | 이상해 옮김 | 256면

014 **원수들, 사랑 이야기** 아이작 싱어 장편소설 | 김진준 옮김 | 320면

015 **백치** 표도르 도스또예프스끼 장편소설 | 김근식 옮김 | 전2권 | 각 504, 528면

017 **1984년** 조지 오웰 장편소설 | 박경서 옮김 | 392면

018 **수용소군도** 알렉산드르 솔제니찐 기록문학 | 김학수 옮김 | 464면

019 **이상한 나라의 앨리스** 루이스 캐럴 환상동화 | 머빈 피크 그림 | 최용준 옮김 | 336면

020 **베네치아에서의 죽음** 토마스 만 중단편집 | 홍성광 옮김 | 432면

021 **그리스인 조르바** 니코스 카잔차키스 장편소설 | 이윤기 옮김 | 488면

022 **벚꽃 동산** 안똔 체호프 희곡선집 | 오종우 옮김 | 336면

023 **연애 소설 읽는 노인** 루이스 세풀베다 장편소설 | 정창 옮김 | 192면

024 **젊은 사자들** 어윈 쇼 장편소설 | 정영문 옮김 | 전2권 | 각 416, 408면

026 **젊은 베르테르의 슬픔** 요한 볼프강 폰 괴테 장편소설 | 김인순 옮김 | 240면

027 **시라노** 에드몽 로스탕 희곡 | 이상해 옮김 | 256면

028 **전망 좋은 방** E. M. 포스터 장편소설 | 고정아 옮김 | 352면

029 **까라마조프 씨네 형제들** 표도르 도스또예프스끼 장편소설 | 이대우 옮김 | 전3권 | 각 496, 496, 460면

032 **프랑스 중위의 여자** 존 파울즈 장편소설 | 김석희 옮김 | 전2권 | 각 344면

034 **소립자** 미셸 우엘벡 장편소설 | 이세욱 옮김 | 448면

035 **영혼의 자서전** 니코스 카잔차키스 자서전 | 안정효 옮김 | 전2권 | 각 352, 408면

037 **우리들** 예브게니 자먀찐 장편소설 | 석영중 옮김 | 320면

038 **뉴욕 3부작** 폴 오스터 장편소설 | 황보석 옮김 | 480면

039 **닥터 지바고** 보리스 빠스쩨르나끄 장편소설 | 박형규 옮김 | 전2권 | 각 400, 512면

041 **고리오 영감** 오노레 드 발자크 장편소설 | 임희근 옮김 | 456면

042 **뿌리** 알렉스 헤일리 장편소설 | 안정효 옮김 | 전2권 | 각 400, 448면

044 **백년보다 긴 하루** 친기즈 아이뜨마또프 장편소설 | 황보석 옮김 | 560면

045 **최후의 세계** 크리스토프 란스마이어 장편소설 | 장희권 옮김 | 264면

046 **추운 나라에서 돌아온 스파이** 존 르카레 장편소설 | 김석희 옮김 | 368면

047 **산도칸 ― 몸프라쳄의 호랑이** 에밀리오 살가리 장편소설 | 유향란 옮김 | 428면

048 **기적의 시대** 보리슬라프 페키치 장편소설 | 이윤기 옮김 | 560면

049 **그리고 죽음** 짐 크레이스 장편소설 | 김석희 옮김 | 224면

050 **세설** 다니자키 준이치로 장편소설 | 송태욱 옮김 | 전2권 | 각 480면

052 **세상이 끝날 때까지 아직 10억 년** 스뜨루가츠끼 형제 장편소설 | 석영중 옮김 | 224면

053 **동물 농장** 조지 오웰 장편소설 | 박경서 옮김 | 208면

054 **캉디드 혹은 낙관주의** 볼테르 장편소설 | 이봉지 옮김 | 232면

055 **도적 떼** 프리드리히 폰 실러 희곡 | 김인순 옮김 | 264면

056 **플로베르의 앵무새** 줄리언 반스 장편소설 | 신재실 옮김 | 320면

057 **악령** 표도르 도스또예프스끼 장편소설 | 박혜경 옮김 | 전3권 | 각 328, 408, 528면

060 **의심스러운 싸움** 존 스타인벡 장편소설 | 윤희기 옮김 | 340면

061 **몽유병자들** 헤르만 브로흐 장편소설 | 김경연 옮김 | 전2권 | 각 568, 544면

063 **몰타의 매** 대실 해밋 장편소설 | 고정아 옮김 | 304면

064 **마야꼬프스끼 선집** 블라지미르 마야꼬프스끼 선집 | 석영중 옮김 | 384면

065 **드라큘라** 브램 스토커 장편소설 | 이세욱 옮김 | 전2권 | 각 340, 344면

067 **서부 전선 이상 없다** 에리히 마리아 레마르크 장편소설 | 홍성광 옮김 | 336면

068 **적과 흑** 스탕달 장편소설 | 임미경 옮김 | 전2권 | 각 432, 368면

070 **지상에서 영원으로** 제임스 존스 장편소설 | 이종인 옮김 | 전3권 | 각 396, 380, 496면

073 **파우스트** 요한 볼프강 폰 괴테 희곡 | 김인순 옮김 | 568면

074 **쾌걸 조로** 존스턴 매컬리 장편소설 | 김훈 옮김 | 316면

075 **거장과 마르가리따** 미하일 불가꼬프 장편소설 | 홍대화 옮김 | 전2권 | 각 364, 328면

077 **순수의 시대** 이디스 워튼 장편소설 | 고정아 옮김 | 448면

078 **검의 대가** 아르투로 페레스 레베르테 장편소설 | 김수진 옮김 | 384면

079 **예브게니 오네긴** 알렉산드르 뿌쉬낀 운문소설 | 석영중 옮김 | 328면

080 **장미의 이름** 움베르토 에코 장편소설 | 이윤기 옮김 | 전2권 | 각 440, 448면

082 **향수** 파트리크 쥐스킨트 장편소설 | 강명순 옮김 | 384면

083 **여자를 안다는 것** 아모스 오즈 장편소설 | 최창모 옮김 | 280면

084 **나는 고양이로소이다** 나쓰메 소세키 장편소설 | 김난주 옮김 | 544면

085 **웃는 남자** 빅토르 위고 장편소설 | 이형식 옮김 | 전2권 | 각 472, 496면

087 **아웃 오브 아프리카** 카렌 블릭센 장편소설 | 민승남 옮김 | 480면

088 **무엇을 할 것인가** 니꼴라이 체르니셰프스끼 장편소설 | 서정록 옮김 | 전2권 | 각 360, 404면

090 **도나 플로르와 그녀의 두 남편** 조르지 아마두 장편소설 | 오숙은 옮김 | 전2권 | 각 408, 308면

092 **미사고의 숲** 로버트 홀드스톡 장편소설 | 김상훈 옮김 | 424면

093 **신곡** 단테 알리기에리 장편서사시 | 김운찬 옮김 | 전3권 | 각 292, 296, 328면

096 **교수** 샬럿 브론테 장편소설 | 배미영 옮김 | 368면

097 **노름꾼** 표도르 도스또예프스끼 장편소설 | 이재필 옮김 | 320면

098 **하워즈 엔드** E. M. 포스터 장편소설 | 고정아 옮김 | 512면

099 **최후의 유혹** 니코스 카잔차키스 장편소설 | 안정효 옮김 | 전2권 | 각 408면

101 **키리냐가** 마이크 레스닉 장편소설 | 최용준 옮김 | 464면

102 **바스커빌가의 개** 아서 코넌 도일 장편소설 | 조영학 옮김 | 264면

103 **버마 시절** 조지 오웰 장편소설 | 박경서 옮김 | 408면

104 **10 1/2장으로 쓴 세계 역사** 줄리언 반스 장편소설 | 신재실 옮김 | 464면

105 **죽음의 집의 기록** 표도르 도스또예프스끼 장편소설 | 이덕형 옮김 | 528면

106 **소유** 앤토니어 수전 바이어트 장편소설 | 윤희기 옮김 | 전2권 | 각 440, 488면

108 **미성년** 표도르 도스또예프스끼 장편소설 | 이상룡 옮김 | 전2권 | 각 512, 544면

110 **성 앙투안느의 유혹** 귀스타브 플로베르 희곡소설 | 김용은 옮김 | 584면

111 **밤으로의 긴 여로** 유진 오닐 희곡 | 강유나 옮김 | 240면

112 **마법사** 존 파울즈 장편소설 | 정영문 옮김 | 전2권 | 각 512, 552면

114 **스쩨빤치꼬보 마을 사람들** 표도르 도스또예프스끼 장편소설 | 변현태 옮김 | 416면

115 **플랑드르 거장의 그림** 아르투로 페레스 레베르테 장편소설 | 정창 옮김 | 512면

116 **분신** 표도르 도스또예프스끼 장편소설 | 석영중 옮김 | 288면

117 **가난한 사람들** 표도르 도스또예프스끼 장편소설 | 석영중 옮김 | 256면

118 **인형의 집** 헨리크 입센 희곡 | 김창화 옮김 | 272면

119 **영원한 남편** 표도르 도스또예프스끼 장편소설 | 정명자 외 옮김 | 448면
120 **알코올** 기욤 아폴리네르 시집 | 황현산 옮김 | 352면
121 **지하로부터의 수기** 표도르 도스또예프스끼 장편소설 | 계동준 옮김 | 256면
122 **어느 작가의 오후** 페터 한트케 중편소설 | 홍성광 옮김 | 160면
123 **아저씨의 꿈** 표도르 도스또예프스끼 장편소설 | 박종소 옮김 | 312면
124 **네또츠까 네즈바노바** 표도르 도스또예프스끼 장편소설 | 박재만 옮김 | 316면
125 **곤두박질** 마이클 프레인 장편소설 | 최용준 옮김 | 528면
126 **백야 외** 표도르 도스또예프스끼 소설선집 | 석영중 외 옮김 | 408면
127 **살라미나의 병사들** 하비에르 세르카스 장편소설 | 김창민 옮김 | 304면
128 **뻬쩨르부르그 연대기 외** 표도르 도스또예프스끼 소설선집 | 이항재 옮김 | 296면
129 **상처받은 사람들** 표도르 도스또예프스끼 장편소설 | 윤우섭 옮김 | 전2권 | 각 296, 392면
131 **악어 외** 표도르 도스또예프스끼 소설선집 | 박혜경 외 옮김 | 312면
132 **허클베리 핀의 모험** 마크 트웨인 장편소설 | 윤교찬 옮김 | 416면
133 **부활** 레프 똘스또이 장편소설 | 이대우 옮김 | 전2권 | 각 308, 416면
135 **보물섬** 로버트 루이스 스티븐슨 장편소설 | 머빈 피크 그림 | 최용준 옮김 | 360면
136 **천일야화** 앙투안 갈랑 엮음 | 임호경 옮김 | 전6권 | 각 336, 328, 372, 392, 344, 320면
142 **아버지와 아들** 이반 뚜르게네프 장편소설 | 이상원 옮김 | 328면
143 **오만과 편견** 제인 오스틴 장편소설 | 원유경 옮김 | 480면
144 **천로 역정** 존 버니언 우화소설 | 이동일 옮김 | 432면
145 **대주교에게 죽음이 오다** 윌라 캐더 장편소설 | 윤명옥 옮김 | 352면
146 **권력과 영광** 그레이엄 그린 장편소설 | 김연수 옮김 | 384면
147 **80일간의 세계 일주** 쥘 베른 장편소설 | 고정아 옮김 | 352면
148 **바람과 함께 사라지다** 마거릿 미첼 장편소설 | 안정효 옮김 | 전3권 | 각 616, 640, 640면
151 **기탄잘리** 라빈드라나트 타고르 시집 | 장경렬 옮김 | 224면
152 **도리언 그레이의 초상** 오스카 와일드 장편소설 | 윤희기 옮김 | 384면
153 **레우코와의 대화** 체사레 파베세 희곡소설 | 김운찬 옮김 | 280면
154 **햄릿** 윌리엄 셰익스피어 희곡 | 박우수 옮김 | 256면
155 **맥베스** 윌리엄 셰익스피어 희곡 | 권오숙 옮김 | 176면
156 **아들과 연인** 데이비드 허버트 로런스 장편소설 | 최희섭 옮김 | 전2권 | 각 464, 432면
158 **그리고 아무 말도 하지 않았다** 하인리히 뵐 장편소설 | 홍성광 옮김 | 272면
159 **미덕의 불운** 싸드 장편소설 | 이형식 옮김 | 248면

160 **프랑켄슈타인** 메리 W. 셸리 장편소설 | 오숙은 옮김 | 320면

161 **위대한 개츠비** 프랜시스 스콧 피츠제럴드 장편소설 | 한애경 옮김 | 280면

162 **아Q정전** 루쉰 중단편집 | 김태성 옮김 | 320면

163 **로빈슨 크루소** 대니얼 디포 장편소설 | 류경희 옮김 | 456면

164 **타임머신** 허버트 조지 웰스 소설선집 | 김석희 옮김 | 304면

165 **제인 에어** 샬럿 브론테 장편소설 | 이미선 옮김 | 전2권 | 각 392, 384면

167 **풀잎** 월트 휘트먼 시집 | 허현숙 옮김 | 280면

168 **표류자들의 집** 기예르모 로살레스 장편소설 | 최유정 옮김 | 216면

169 **배빗** 싱클레어 루이스 장편소설 | 이종인 옮김 | 520면

170 **이토록 긴 편지** 마리아마 바 장편소설 | 백선희 옮김 | 192면

171 **느릅나무 아래 욕망** 유진 오닐 희곡 | 손동호 옮김 | 168면

172 **이방인** 알베르 카뮈 장편소설 | 김예령 옮김 | 208면

173 **미라마르** 나기브 마푸즈 장편소설 | 허진 옮김 | 288면

174 **지킬 박사와 하이드 씨** 로버트 루이스 스티븐슨 소설선집 | 조영학 옮김 | 320면

175 **루진** 이반 뚜르게네프 장편소설 | 이항재 옮김 | 264면

176 **피그말리온** 조지 버나드 쇼 희곡 | 김소임 옮김 | 256면

177 **목로주점** 에밀 졸라 장편소설 | 유기환 옮김 | 전2권 | 각 336면

179 **엠마** 제인 오스틴 장편소설 | 이미애 옮김 | 전2권 | 각 336, 360면

181 **비숍 살인 사건** S. S. 밴 다인 장편소설 | 최인자 옮김 | 464면

182 **우신예찬** 에라스무스 풍자문 | 김남우 옮김 | 296면

183 **하자르 사전** 밀로라드 파비치 장편소설 | 신현철 옮김 | 488면

184 **테스** 토머스 하디 장편소설 | 김문숙 옮김 | 전2권 | 각 392, 336면

186 **투명 인간** 허버트 조지 웰스 장편소설 | 김석희 옮김 | 288면

187 **93년** 빅토르 위고 장편소설 | 이형식 옮김 | 전2권 | 각 288, 360면

189 **젊은 예술가의 초상** 제임스 조이스 장편소설 | 성은애 옮김 | 384면

190 **소네트집** 윌리엄 셰익스피어 연작시집 | 박우수 옮김 | 200면

191 **메뚜기의 날** 너새니얼 웨스트 장편소설 | 김진준 옮김 | 280면

192 **나사의 회전** 헨리 제임스 중편소설 | 이승은 옮김 | 256면

193 **오셀로** 윌리엄 셰익스피어 희곡 | 권오숙 옮김 | 216면

194 **소송** 프란츠 카프카 장편소설 | 김재혁 옮김 | 376면

195 **나의 안토니아** 윌라 캐더 장편소설 | 전경자 옮김 | 368면

196 **자성록** 마르쿠스 아우렐리우스 명상록 | 박민수 옮김 | 240면
197 **오레스테이아** 아이스킬로스 비극 | 두행숙 옮김 | 336면
198 **노인과 바다** 어니스트 헤밍웨이 소설선집 | 이종인 옮김 | 320면
199 **무기여 잘 있거라** 어니스트 헤밍웨이 장편소설 | 이종인 옮김 | 464면
200 **서푼짜리 오페라** 베르톨트 브레히트 희곡선집 | 이은희 옮김 | 320면
201 **리어 왕** 윌리엄 셰익스피어 희곡 | 박우수 옮김 | 224면
202 **주홍 글자** 너대니얼 호손 장편소설 | 곽영미 옮김 | 360면
203 **모히칸족의 최후** 제임스 페니모어 쿠퍼 장편소설 | 이나경 옮김 | 512면
204 **곤충 극장** 카렐 차페크 희곡선집 | 김선형 옮김 | 360면
205 **누구를 위하여 종은 울리나** 어니스트 헤밍웨이 장편소설 | 이종인 옮김 | 전2권 | 각 416, 400면
207 **타르튀프** 몰리에르 희곡선집 | 신은영 옮김 | 416면
208 **유토피아** 토머스 모어 소설 | 전경자 옮김 | 288면
209 **인간과 초인** 조지 버나드 쇼 희곡 | 이후지 옮김 | 320면
210 **페드르와 이폴리트** 장 라신 희곡 | 신정아 옮김 | 200면
211 **말테의 수기** 라이너 마리아 릴케 장편소설 | 안문영 옮김 | 320면
212 **등대로** 버지니아 울프 장편소설 | 최애리 옮김 | 328면
213 **개의 심장** 미하일 불가꼬프 중편소설집 | 정연호 옮김 | 352면
214 **모비 딕** 허먼 멜빌 장편소설 | 강수정 옮김 | 전2권 | 각 464, 488면
216 **더블린 사람들** 제임스 조이스 단편소설집 | 이강훈 옮김 | 336면
217 **마의 산** 토마스 만 장편소설 | 윤순식 옮김 | 전3권 | 각 496, 488, 512면
220 **비극의 탄생** 프리드리히 니체 | 김남우 옮김 | 320면
221 **위대한 유산** 찰스 디킨스 장편소설 | 류경희 옮김 | 전2권 | 각 432, 448면
223 **사람은 무엇으로 사는가** 레프 똘스또이 소설선집 | 윤새라 옮김 | 464면
224 **자살 클럽** 로버트 루이스 스티븐슨 소설선집 | 임종기 옮김 | 272면
225 **채털리 부인의 연인** 데이비드 허버트 로런스 장편소설 | 이미선 옮김 | 전2권 | 각 336, 328면
227 **데미안** 헤르만 헤세 장편소설 | 김인순 옮김 | 264면
228 **두이노의 비가** 라이너 마리아 릴케 시 선집 | 손재준 옮김 | 504면
229 **페스트** 알베르 카뮈 장편소설 | 최윤주 옮김 | 432면
230 **여인의 초상** 헨리 제임스 장편소설 | 정상준 옮김 | 전2권 | 각 520, 544면
232 **성** 프란츠 카프카 장편소설 | 이재황 옮김 | 560면
233 **차라투스트라는 이렇게 말했다** 프리드리히 니체 산문시 | 김인순 옮김 | 464면

234 **노래의 책** 하인리히 하이네 시집 | 이재영 옮김 | 384면

235 **변신 이야기** 오비디우스 서사시 | 이종인 옮김 | 632면

236 **안나 까레니나** 레프 똘스또이 장편소설 | 이명현 옮김 | 전2권 | 각 800, 736면

238 **이반 일리치의 죽음 · 광인의 수기** 레프 똘스또이 중단편집 | 석영중 · 정지원 옮김 | 232면

239 **수레바퀴 아래서** 헤르만 헤세 장편소설 | 강명순 옮김 | 272면

240 **피터 팬** J. M. 배리 장편소설 | 최용준 옮김 | 272면

241 **정글 북** 러디어드 키플링 중단편집 | 오숙은 옮김 | 272면

242 **한여름 밤의 꿈** 윌리엄 셰익스피어 희곡 | 박우수 옮김 | 160면

243 **좁은 문** 앙드레 지드 장편소설 | 김화영 옮김 | 264면

244 **모리스** E. M. 포스터 장편소설 | 고정아 옮김 | 408면

245 **브라운 신부의 순진** 길버트 키스 체스터턴 단편집 | 이상원 옮김 | 336면

246 **각성** 케이트 쇼팽 장편소설 | 한애경 옮김 | 272면

247 **뷔히너 전집** 게오르크 뷔히너 지음 | 박종대 옮김 | 400면

248 **디미트리오스의 가면** 에릭 앰블러 장편소설 | 최용준 옮김 | 424면

249 **베르가모의 페스트 외** 옌스 페테르 야콥센 중단편 전집 | 박종대 옮김 | 208면

250 **폭풍우** 윌리엄 셰익스피어 희곡 | 박우수 옮김 | 176면

251 **어셴든, 영국 정보부 요원** 서머싯 몸 연작 소설집 | 이민아 옮김 | 416면

252 **기나긴 이별** 레이먼드 챈들러 장편소설 | 김진준 옮김 | 600면

253 **인도로 가는 길** E. M. 포스터 장편소설 | 민승남 옮김 | 552면

254 **올랜도** 버지니아 울프 장편소설 | 이미애 옮김 | 376면

255 **시지프 신화** 알베르 카뮈 지음 | 박언주 옮김 | 264면

256 **조지 오웰 산문선** 조지 오웰 지음 | 허진 옮김 | 424면

각 권 8,800~15,800원